FRÉDÉRIC MITTERRAND

Frédéric Mitterrand est né en 1947 à Paris. Diplômé de l'Institut d'études politiques de Paris, il est professeur d'histoire, de géographie et d'économie de 1968 à 1971. Sa passion pour le cinéma l'incite à créer en 1971 une chaîne de cinémas d'art et essai (salles Olympic et Entrepôt). Dès 1981, il produit ou anime des émissions de télévision (« Étoiles étoiles », « Du côté de chez Fred », ou « Les amants du siècle »). Il réalise plusieurs courts métrages et deux longs métrages : *Lettres d'amour en Somalie* en 1981 et *Madame Butterfly* en 1995. Auteur de récits historiques (*Les aigles foudroyés* ou *Mémoires d'exil*) et de biographies (*Destins d'étoiles*), il fait entrer ses lecteurs dans l'intimité des puissants et leur fait vivre les grands événements de notre temps. En 2005, il publie *La mauvaise vie* (Robert Laffont), roman d'inspiration autobiographique qui connaît un succès considérable et paraîtra aux États-Unis début 2010. Il sera suivi en 2007 de *Le Festival de Cannes* (paru en Pocket sous le titre *La mauvaise vie, suite... : le Festival de Cannes*).
Après avoir été directeur de l'Académie de France à Rome – plus connue sous le nom de Villa Médicis – Frédéric Mitterrand a été nommé ministre de la Culture et de la Communication en juin 2009.

LA MAUVAISE VIE

**

LE FESTIVAL DE CANNES

DU MÊME AUTEUR
CHEZ POCKET

LETTRES D'AMOUR EN SOMALIE
MÉMOIRES D'EXIL
LES AIGLES FOUDROYÉS
UN JOUR DANS LE SIÈCLE
LA MAUVAISE VIE
LA MAUVAISE VIE, SUITE…

FRÉDÉRIC MITTERRAND

LA MAUVAISE VIE

**

LE FESTIVAL DE CANNES

ROBERT LAFFONT

Le papier de cet ouvrage est composé de fibres naturelles, renouvelables, recyclables et fabriquées à partir de bois provenant de forêts plantées et cultivées durablement pour la fabrication du papier.

ISBN 978-2-266-18241-6

Pour Alexandre

Quand il eut passé le pont,
les fantômes vinrent à sa rencontre.

Murnau, *Nosferatu*, 1922.

L'ombre du père

En souvenir de Sean Flynn,
le fils d'Errol, et de Lili Damita

La concierge m'a donné la clef en me jetant un regard oblique et elle m'a soufflé que c'était au cinquième à gauche en sortant de l'ascenseur. Nous n'avions pas très envie de nous parler, il y avait cette gêne entre nous. Elle espérait sans doute que je reprendrais l'appartement et qu'elle toucherait sa commission à l'insu de l'agence, or c'est le genre de question qu'il ne faut pas aborder trop vite. L'autre gardienne, celle qui avait été mise dans la confidence parce qu'elle faisait des heures chez ma mère quelques numéros plus haut en remontant l'avenue, s'était montrée plus loquace en me décrivant la bonne affaire : bel immeuble du début de siècle, trois grandes pièces en plein soleil, inhabitées depuis quinze ans, la propriétaire en Amérique, une dame très âgée et pressée de s'en défaire pour mettre ses affaires en ordre. J'avais compris tout de suite, je connaissais l'adresse. J'étais un peu honteux d'avoir réveillé cette ambiance de conciliabules et de marché noir qui s'agite naturellement aux marges des riches car je n'avais ni l'intention ni les moyens d'acheter l'appartement. Je voulais seulement le visiter pour des raisons qu'il m'était difficile d'expliquer et qui auraient certainement suscité de la méfiance; or il me fallait absolument la clef, je ne pouvais laisser passer la chance inespérée de retrouver une dernière fois sa présence, d'être seul avec lui alors qu'il avait disparu depuis si longtemps, chez lui où nul n'était venu pendant toutes ces années où on avait fini par l'oublier. J'étais déjà dans l'ascenseur quand la concierge m'a tout de même lancé qu'elle pourrait faire le ménage si je souhaitais revenir; je n'ai pas répondu, je n'avais plus envie de lui mentir, j'étais en nage, comme sorti de moi, tendu vers le cinquième dont j'approchais lentement, il n'y avait plus que du viol et de l'effraction dans l'air.

Quand j'avais douze ou treize ans, au début des années soixante où les illusions d'une fin d'enfance et l'air du temps me faisaient croire que tout irait de mieux en mieux, je le voyais souvent passer à toute allure sur sa Harley alors que je me rendais au lycée. Je m'arrêtais net pour ne rien perdre de cette apparition fulgurante, le suivant des yeux jusqu'au moment où le vrombissement si caractéristique de la moto se perdait dans le trafic. Les cheveux au vent car on portait encore rarement un casque à cette époque, en chemise à col ouvert quelle que fût la saison, blond, baraqué, le sourire de la vitesse et de la jeunesse à plein régime, exsudant la virilité à l'assaut des conquêtes d'une vie neuve et mystérieuse. Le superman américain, l'équipée sauvage à la mesure de mes rêves de gamin timide, la beauté qu'on ne voit qu'au cinéma et qui traverse en trombe les rues bourgeoises du seizième en plein mirage. Il n'y avait pas que moi pour être bouleversé, c'était aussi la sensation du quartier qui alimentait les conversations à la récréation et suscitait interrogations et commentaires parmi les parents. Les garçons l'évoquaient avec une envie torturante, les filles ne parvenaient pas à cacher qu'elles en étaient folles, les mères le considéraient avec une curiosité nuancée d'indulgence tandis que leurs maris vagabondaient dans de vieux souvenirs en Technicolor qui leur rappelaient leur propre jeunesse. On ne savait pas très bien pourquoi il s'était installé à Paris, on le sentait vaguement orphelin, en tout cas très solitaire, on le recevait dans certaines familles où ses bonnes manières, son apparente candeur héritée de là-bas, son excellente pratique du français et le charme de son accent laissaient à chaque fois la meilleure impression et lui ouvraient de nouvelles portes. On ne lui connaissait pas de petite amie ni de fiancée officielle dans le genre des demoiselles pour rallyes en smoking où l'on hésitait quand même à l'inviter ; avec le prestige du dollar, il allait sans doute dans les boîtes à la mode où l'on rencontre des femmes qui ont plus d'expérience. En ce temps-là les rumeurs sur les beaux mecs dont on ne connaît pas les amours étaient encore rares et d'ailleurs je ne saurai jamais ce qu'il en fut vraiment.

Moi, comme j'en avais déjà pris l'habitude lorsque la panique menaçait, j'écoutais tout et je ne disais rien ; j'attendais qu'il repasse devant moi et malheureusement ce n'était pas tous les jours. En revanche je me documentais avec le plus de précision possible en me plongeant dans la collection de *Cinémonde* accumulée par mon frère aîné. J'y retrouvais des articles sur ses parents, des photos de lui enfant, toute une imagerie conventionnelle dont l'exotisme et le glamour me semblaient merveilleusement romanesques et où je glanais çà et là, entre les lignes, quelques détails dramatiques à peine esquissés qui me travaillaient en profondeur et me rapprochaient encore plus de lui. Le jeune Californien au regard clair qu'on ne voyait jamais qu'avec un seul de ses parents divorcés quand il avait encore à peu près mon âge, flashé au cours d'une soirée de gala effervescente ou posant avec tout le naturel composé de rigueur pour la séance de barbecue devant la piscine ; le beau gosse superbement en avance mais pas encore tout à fait terminé qui joue bravement le rôle de l'autre qui n'est plus là ; *the last American boy* tellement lisse et limpide qu'il ne laissera rien transparaître de ses sentiments puisqu'on ne lui demandera pas ce qu'il en pense. Je reconstituais ainsi la légende contestée de son père, aventurier d'origine australienne – au démarrage singulièrement trouble de gigolo tous azimuts – et second couteau de l'espionnage nazi que ses qualités athlétiques et ses dons de comédien, révélés dans de grands films d'action et d'aventures, avaient propulsé au premier rang des stars d'Hollywood, et puis aussi noceur alcoolique prématurément vieilli, perclus de dettes et englué devant les tribunaux dans des scandales de nymphettes abusées ; un Hemingway de série B qui avait certainement du mal à cacher ses faiblesses au gamin qu'il trimbalait dans les premières. Pourtant je sentais bien que cette mauvaise réputation du père qui flottait jusqu'à Paris rejaillissait plutôt favorablement sur le fils ; rejeton innocent d'un don Juan dépravé, il héritait de sa séduction rajeunie et sans tache. La carrière de la mère était plus floue ; adolescente évadée au début de la Grande Guerre d'un milieu bordelais plus que modeste dont l'horizon se limitait au ciel plombé de la Garonne, figure des cabarets de Pigalle durant les Années folles grâce à la protection de Mistinguett, piquante meneuse de revue à Berlin, juste avant Hitler, mais plus proche du répertoire de *L'Ange bleu* que de celui de Kurt Weill, vedette imprécise de quelques films très Mitteleuropa dirigés par de bons metteurs en scène qui lui donnèrent l'intuition de ne pas s'éterniser parmi les Chemises brunes, embarquée pour l'Amérique avec un maigre carnet d'adresses de protecteurs qui ne cachaient pas leurs intentions et poursuivant son ascension en poussant la chansonnette en plusieurs langues et en dansant avec entrain jusqu'à Broadway, l'antichambre des studios pour une jolie fille qui sait se défendre et n'a plus beaucoup de temps à perdre dans le combat contre la montre. Enfin de vrais rôles avec Walsh, Lubitsch et Ophüls, le grand amour, le beau mariage, et ensuite assez vite le chapitre classique du divorce sanglant et des bagarres pour la garde de l'enfant et la pension alimentaire, le tout un peu atténué dans les « Actualités » par Pearl Harbor ; une Claudette Colbert en mineur qui ne s'intéressait pas autant au cinéma mais qui sut prendre la tangente du côté des milliardaires et de Beverley Hills avant qu'il ne fût trop tard.

Il y avait un mystère : cette mère l'avait aimé, certaines photos dans *Cinémonde* disaient tout de même la vérité ; pourquoi avait-il donc choisi de s'éloigner d'elle ? Certes, à Paris où elle avait fait ses débuts et où elle revenait de loin en loin, et dans sa langue maternelle en quelque sorte, mais avec la tentation de faire du cinéma comme son père en reprenant quasiment les mêmes rôles sur des scénarios bâclés, que lui proposèrent cyniquement des réalisateurs tâcherons et des producteurs à la petite semaine ; histoires de pirates naufragés dans des bassins de Cinecittà, polars fauchés expédiés à la va-vite dans les faubourgs de Madrid, aventures de guerre sur fond de transparences pompées aux archives militaires. Était-elle trop dure avec lui, cette mère au caractère bien trempé qui le poussait dans ses études, lui reprochait-elle de ressembler dangereusement à son ex-mari qu'elle poursuivait de sa rancune, voulait-elle l'obliger à suivre la filière des jeunes tueurs au sourire cannibale programmés pour rafler leur premier million de dollars avant trente ans et pour épouser des blondes en analyse dont elle rayait les noms sur une sorte de *shopping list* ? Ou bien avait-il tout simplement besoin de s'affirmer en tenant à distance l'attachement abusif de l'Américaine vieillissante et caricaturale qu'elle était devenue et en renouant avec l'héritage complexe et angoissant d'un père dont le cœur avait cessé de battre dans les bras d'une lolita de treize ans sur un yacht avarié saisi par des huissiers, le jour même où il entrait lui-même à l'université au volant de la Mustang flambant neuve que lui avait achetée sa mère ? Le fait est qu'il semblait irrésistiblement attiré par le souvenir du disparu. Bien sûr il aurait fallu lui poser ces questions directement mais je n'osais même pas me glisser dans les maisons où je savais qu'on l'accueillait à bras ouverts, cette damnée moto roulait décidément trop vite et je n'avais pas encore l'âge d'aller chez Régine.

La fin, sa fin tellement injuste et malheureuse, je ne l'ai connue qu'une dizaine d'années plus tard, si tant est que l'on sache précisément, aujourd'hui encore, ce qui s'est vraiment passé. Je finissais mes études, ses films n'étaient plus joués nulle part, il avait quitté Paris depuis longtemps et renoncé au cinéma pour devenir correspondant de guerre au Viêtnam. Son père combattait les Japs en scope couleur et le public n'avait aucun mal à reconnaître les méchants et les gentils ; il écrivait sur la sale guerre et photographiait les marines épuisés, les villages brûlés et leurs habitants affolés, les blessés et les morts, le bétail décimé, les jeunes prisonniers ligotés dans les rizières. C'était un autre scénario de Jaunes et la ressemblance avec son père était encore plus stupéfiante, mais devant ses reportages le public avait désormais bien du mal à soutenir le camp de l'Amérique. Il travaillait pour les meilleurs magazines, qui avaient trouvé très malin de jouer la carte du spectacle en l'engageant et qui n'en revenaient pas de la qualité de ses papiers. Ils lui en redemandaient sans cesse en le poussant à prendre de plus en plus de risques. Quand les Viêt-công ont fini par l'attraper, il portait le même uniforme que le héros d'Hollywood qu'il avait voulu venger ; les rangers, le *battle dress*, le casque à treillis, mais il n'y avait pas d'infirmière amoureuse pour le *happy end* et il ne portait pas non plus de mitraillette, juste ses carnets et son Nikon de reporter. C'était amplement suffisant pour les petits hommes surexcités qui fourmillaient autour de lui en l'invectivant dans une langue inconnue. Ils ne savaient rien de son histoire qui aurait peut-être intéressé l'un de leurs commissaires politiques s'il avait eu le temps de la lui faire connaître, mais ils pouvaient s'en raconter une autre puisqu'il avait le profil idéal ; celui de l'ennemi impérialiste américain qui massacre un peuple innocent et qui va payer pour ses crimes, le géant blond survitaminé que ses valeureux vainqueurs malingres exhiberont devant les caméras, réduit à l'état d'épave hirsute étalant ses remords et implorant la mansuétude de ses rééducateurs. Il avait l'habitude des erreurs de casting mais celle-ci lui fut fatale. On était pressé aux studios de Hanoi, ses gardiens remontaient vers le nord en le traînant dans la jungle avec une cohorte de prisonniers, les derniers détails sont imprécis et les témoignages se contredisent : la faim et le paludisme, la jambe gangrenée après l'infection d'une blessure, une rafale sur le bord de la piste Hô Chi Minh parce qu'il ne pouvait plus avancer ? Pour eux, c'était lui aussi bien qu'un autre, ils avaient assez d'apollons foudroyés sous la main ; pour sa mère, c'était le début d'une très longue attente, il n'était pas question qu'elle se suicide comme Charles Boyer après la mort de son fils par overdose et elle s'était persuadée que son *wonder boy* lui reviendrait un jour.

La clef a parfaitement tourné dans la serrure. Il faisait un peu sombre et j'ai eu le réflexe d'allumer pour mieux voir. L'électricité marchait, la compagnie avait continué à prélever les abonnements sur son compte, sans doute suffisamment approvisionné pour que la banque ne soit pas inquiétée. J'en ai ressenti de l'anxiété, une espèce de vertige, tout était à sa place comme s'il venait de sortir et très en ordre aussi ; cela ne m'étonnait pas car je l'avais toujours imaginé comme un type très net, et le reste à l'avenant autour de lui. En revanche les vitres étaient sales, ce qui expliquait le manque de clarté qui m'avait surpris en entrant, ça sentait un peu le renfermé et une mince couche de poussière recouvrait uniformément chaque meuble et chaque objet. On aurait dit une sorte de neige légère qui donnait à l'ensemble une impression de gris et de fané. La décoration, sobre et agréable, avait cet émouvant aspect « figé soixante » que l'on retrouve en tournant les pages des magazines un peu démodés ; une lampe design à l'abat-jour en forme de fleur, de l'acier et du verre fumé, deux fauteuils en plastique gonflable, des lithographies d'Agam et de Vasarely mais aussi d'anciennes images de la Coupe de l'America dans des cadres d'acajou, un méli-mélo de brocante, un beau bureau à cylindre avec le haut qui se referme en coulissant comme on en voit dans les films de John Ford et de Capra ; j'ai pensé que c'était peut-être un cadeau de sa mère. Il y avait aussi une superbe photo de ses parents sur leur yacht, du temps où ils faisaient des croisières d'amoureux en voilier vers les îles de Californie, puis d'autres encore que j'avais vues dans *Cinémonde* mais aucun reflet des années parisiennes ; les jeunes filles du seizième et les belles inconnues plus expertes n'avaient pas dû compter beaucoup. Je ne touchais à rien pour ne pas laisser de marques dans la poussière, je me contentais de regarder. Dans la chambre, le lit à deux places était fait au carré avec ses draps bleus vaguement décolorés comme le reste ; il était de taille normale et je me suis dit bêtement qu'il devait se coucher de travers pour tenir dedans. J'ai eu très envie de m'y étendre ne serait-ce qu'un instant mais là encore je suis parvenu à résister. Au-dessus du lit, il y avait agrafée au mur une affiche de son premier film, une histoire de pirates, la suite en quelque sorte d'un des plus grands succès de son père, la réalisation était médiocre mais il y était d'une beauté fracassante. Je me suis demandé ce qui l'avait poussé à la mettre à cet endroit où elle écrasait un peu la pièce ; un soupçon de narcissisme, l'amusement, quelque chose de plus profond et connu de lui seul pour veiller sur son sommeil ? Autrement il n'y avait aucun indice de sa carrière au cinéma ; j'ai remarqué quelques livres et des disques, Graham Greene et Cole Porter, Fitzgerald et Ravi Shankar, un recueil de pensées chinoises,

April Stevens à Puerto Rico, un album de photos sur les petits Blancs du Middle West pendant la grande crise, le bagage très raisonnable d'un type ouvert et tranquille en décalage avec sa génération déjà lancée sur le toboggan du pétard et de la pop. C'était en pile sur une table de chevet et par terre ; un instant j'ai cru le voir sur son lit plongé dans cette littérature vintage jusque tard dans la nuit, écoutant cette musique qui n'était pas de son temps, pas trop fort pour ne pas gêner les voisins ; un brusque accès de mélancolie m'a serré le cœur. Enfin ce n'était pas non plus le genre de garçon à dormir en pyjama. Il y avait aussi deux ou trois revues qui traînaient près d'une corbeille à papier, j'ai été surpris de constater à quel point *Match* avait changé ; le format, la maquette, le portrait de la fille en couverture, une actrice dont on n'entendait plus parler. La cuisine avait moins bien résisté. Elle était parsemée de cadavres de petits insectes desséchés et le réfrigérateur avait implosé, dévoré de l'intérieur par la masse de glace produite par le freezer ; l'inondation qui en avait résulté s'était évaporée, laissant une auréole noirâtre sur le carrelage. L'incident avait dû survenir en été, pendant les vacances, puisqu'il était passé inaperçu des habitants de l'immeuble. J'ai essayé de reconstituer la date mais cela m'a rappelé les problèmes de maths à l'école avec les lavabos qui se vident et les trains qui se croisent et j'ai laissé tomber. Les produits de toilette dans la salle de bains auraient fait le bonheur d'un accessoiriste de téléfilms tendance un peu rétro et là encore, ça m'a fait drôle en découvrant un flacon d'eau de Cologne comme celui dont se servait mon père ; j'en avais toujours aimé le parfum qui sentait le propre, le cuir et les voyages. Au fond j'étais assez content de moi, j'avais mené mon expédition clandestine en respectant les formes et sans laisser de traces, j'étais en proie à une sorte d'ivresse légère comme en éprouvent, paraît-il, les plongeurs qui se sont aventurés dans les abysses et à qui il reste juste assez de conscience pour avoir la force de remonter. Là où il se trouvait peut-être, il devait se rendre compte que quelqu'un pensait encore intensément à lui, un inconnu dont il n'avait jamais soupçonné l'existence et qui partageait en secret jusqu'à sa mort affreusement solitaire ; cette idée devait lui faire du bien.

Mais dans le dressing j'ai quand même fini par déraper, il y avait des miroirs partout qui réfléchissaient mon image et j'ai fait glisser les portes coulissantes parce que je savais qu'il était aussi à l'intérieur ; les costumes, les pantalons, les chemises américaines, le blouson *bomber pilot* alignés sur les cintres restituaient exactement son allure ; j'ai ouvert les tiroirs et je suis tombé sur les chaussettes, les tee-shirts, les caleçons de la marque Fruit of the Loom qui n'avait pas encore fait faillite, ceux qui ressemblent à des shorts de boxeur. La poussière bien sûr s'était infiltrée jusque-là, les habits, les sous-vêtements étaient ternes, mais on voyait bien le corps, toute la forme de ce corps magnifique, lui-même retourné à la poussière. J'ai pris un des caleçons, il dégageait une fade odeur de cendre et d'abandon, je me suis déshabillé et je l'ai échangé contre le mien, nous n'avions décidément pas la même taille et je flottais un peu, je me suis assis sur le sol en coco qui grattait mes jambes nues, j'ai attendu longtemps, en silence, les yeux fermés. Il était tout à moi.

Je me suis réveillé à la nuit tombée. En sortant j'ai fouillé dans le sous-main sur le bureau et j'ai barboté deux planches-contacts en noir et blanc qui étaient rangées avec des factures pour des leçons d'escrime. Deux fois douze photos où on le voyait torse nu avec un sabre d'abordage, mimant des attitudes de duelliste, les épreuves pour un dossier de presse sans doute : le sourire éclatant, les gestes maladroits, ce n'était pas un bon acteur. Je les ai gardées jusqu'à maintenant, elles sont encadrées dans le couloir, je les vois à chaque fois que je rentre chez moi.

Après tout ce temps passé au cinquième, j'avais un peu peur que la concierge ne fasse des histoires, mais la lumière était encore allumée dans la loge et elle a repris la clef sans commentaires. On a vendu l'appartement peu après, je n'ai pas su ce qu'on avait fait des meubles et des vêtements. Sa mère est morte tout récemment à Hollywood, presque centenaire. Aucune des notices nécrologiques parues dans les journaux ne rappelait qu'elle avait eu un fils et qu'elle ne s'était jamais consolée de l'avoir perdu. J'ai bien examiné le tout, très en détail, aucune, vraiment aucune.

Premier jour

Le TGV m'emmène à Cannes en cinq heures. Ce n'est pas beaucoup plus long que de prendre l'avion et nettement moins fatigant compte tenu des trajets, de la foule dans les aéroports, des retards et des contrôles de sécurité. À chaque fois je me dis autant de gagné pour lire mais la paresse aidant ce sont plutôt les magazines et l'envie de dormir qui l'emportent. Le progrès a démoli une partie du charme d'autrefois car le train va si vite que l'on n'a plus le temps d'observer les changements de lumière et de végétation au fur et à mesure qu'il fonce vers le sud. En plus il fait beau depuis Paris et la fameuse barre de Valence, dont me parlait mon grand-père lorsque nous mettions deux jours à descendre en voiture sur la nationale 7, a bel et bien disparu dans le ciel de mai. Autrefois, quand je prenais le Mistral de nuit pour aller à Saint-Raphaël, le réveil était une cérémonie joyeuse ; soudain tout était différent, le soleil, les cyprès et les palmiers, les maisons ocre, le bleu de la mer, on arrivait dans un autre monde. *Paris-Méditerranée* montre très bien cette sensation d'éblouissement brutal lorsque Annabella et Jean Murat en décapotable découvrent d'un seul coup la Côte d'Azur, sortant d'un tunnel comme s'ils franchissaient une frontière. Mais c'est un film de 1932 et qui se souvient vraiment aujourd'hui d'Annabella et de Jean Murat, son mari de l'époque avant qu'elle n'épouse Tyrone Power ? Je l'ai beaucoup vue à la fin de sa vie quand elle habitait dans un appartement de Neuilly qui sentait la vieillesse, sans savoir alors que Michel Romanoff prenait soin d'elle. Michel, mon Michel bien-aimé et son dernier amour, intraitable pourfendeur des bolcheviks qui ont massacré sa famille, neveu de Nathalie Paley, l'étoile filante (Saint-Pétersbourg, Paris, Hollywood, New York), le meilleur premier assistant du cinéma des années cinquante protégé par Clouzot et Duvivier contre les types des syndicats qui voulaient faire virer des studios le prince prolétaire, le rejeton de tsars à la gueule d'ange que Cocteau aurait bien glissé dans son escarcelle, le merveilleux conteur qui peut faire frissonner de bonheur lorsqu'il décrit le silence et l'intensité qui régnaient sur le plateau quand ses patrons disaient « moteur ». Michel a gardé le chien Mundo après la mort d'Annabella et j'avais été frappé par la violence de son chagrin lorsque le pauvre animal s'était fait écraser par une voiture, je ne connaissais encore rien de leur histoire, je n'avais pas vu les photos de l'étoile sur le retour et de son jeune amant magnifique.

Maintenant, le train est si rapide que tout se passe le même jour, il faut faire très attention pour se rendre compte que ce n'est plus pareil d'un bout à l'autre de la ligne. Le wagon est bondé, des gens n'ont pas trouvé de place et restent assis sur leurs valises à côté de la porte des toilettes ; ils n'auraient pas dû monter et le contrôleur leur parle comme à des immigrés sans papiers ; j'en ai vu de moins rogues devant des bandes de jeunes plus ou moins rappeurs qui voyageaient sans billet et s'en vantaient goguenards. Au temps des compartiments et des couloirs il y avait aussi souvent des jeunes types qui n'avaient pas de place réservée et qui fumaient sur leurs valises en draguant les filles devant *E pericoloso sporgersi*. Je les enviais sans trop savoir pourquoi, ils me paraissaient libres, pauvres, sans attaches, j'ai fini par comprendre que c'étaient les filles que j'enviais. Les vitres ne s'ouvrent plus à cause de la climatisation, *E pericoloso sporgersi* a disparu comme tant d'autres choses délicieusement insolites de mon enfance, c'est à croire qu'il n'y a plus d'Italiens dans les trains à moins peut-être d'aller à la Mostra de Venise plutôt qu'au Festival de Cannes. J'y suis allé d'ailleurs une fois à la Mostra, avec Catherine Breillat et François Wimille, à la fin des années soixante, on cherchait désespérément Hiram Keller dans tous les palaces du Lido pour avoir des invitations et on ne connaissait personne. Nous avons tout de même vu Gina Lollobrigida qui lançait des baisers à la foule en motoscafo sur le Grand Canal et Alberto Sordi qui nous a signé des autographes à la porte du Harry's Bar où nous n'osions pas entrer. Après nous sommes partis pour la Grèce dans une voiture bringuebalante pour tenter de rattraper l'été. Venise, c'est toujours à la fin de l'été alors que Cannes c'est quand le printemps arrive enfin. En traversant la Yougoslavie sur des routes encore très chaudes, François réclamait sur un air de comptine des gigolos serbo-croates. On sortait de l'affaire Markovic et la bête sexuelle balkanique avait une cote d'enfer. Catherine s'en fichait, elle savait bien que François l'aimait et moi en conduisant je m'émerveillais silencieusement de les avoir pour amis. Je n'ai jamais compris pourquoi la presse n'a pas dit que l'on violait aussi les hommes durant les atroces guerres qui ont pulvérisé le royaume de Tito, ils avaient pourtant l'air tellement chauds et fous ces jeunes Yougos qui se pressaient autour de nous quand on s'arrêtait pour prendre de l'essence. L'information aurait sans doute intéressé François, mais de toute manière l'enchanteur de nos vingt ans est mort avant Sarajevo emporté par le sale truc. Je le retrouve souvent dans les films de Catherine mais nous ne sommes pas très nombreux à le savoir.

Après Marseille, j'engage la conversation avec un couple d'avocats qui se rendent aussi au festival. Jeunes et sympathiques, elle très belle et lui la gentillesse même, ils sont spécialisés dans les droits d'auteur et ils vont passer les dix jours qui viennent à rédiger des contrats et à relire des lettres d'engagement. D'année en année, le volume des transactions qui se font à Cannes augmente de manière faramineuse et ils s'attendent à travailler d'arrache-pied sans voir le moindre film. L'époque où l'on réglait des affaires en griffonnant une nappe en papier sur un coin de table est bel et bien révolue, si tant est qu'elle ait jamais existé. Enfin il paraît que c'est comme ça que Godard aurait plumé les producteurs américains de Golan Globus ; on raconte toujours tant de choses sur son compte et les Golan Globus ne sont plus là pour confirmer ; c'étaient des types d'une arrogance et d'une vulgarité abyssales qui ont mené grand train pendant deux ou trois festivals, yachts, *parties*, publicité maximum, et qui ont disparu d'un seul coup ; à Cannes comme ailleurs le parking est à deux pas du Carlton. De toute façon à mon âge et dans le milieu, tout le monde a pu croiser Godard et en garde une blessure, parce qu'il a fait des films sublimes et parce qu'il peut être d'une perversité diabolique. Au début on s'en approche chaviré d'émotion et laminé par le rouleau compresseur de la nomenklatura culturelle qui ne souffre aucune critique à son endroit, le cite, le célèbre, l'oint comme les gardes rouges autrefois Mao. Il vaut mieux s'abstenir si on est puéril au point de penser qu'on aurait pu être copain avec Picasso ou Stravinski. On n'en retire que de la détresse et ça fait du mal aux films. La seule fois où je n'ai pas eu l'impression qu'il me faisait passer un examen dont je serai inévitablement recalé, ce fut lorsque cet abruti d'entarteur, qui amusait tant les mauvaises gens, s'est attaqué à lui avec la fulgurance vénéneuse d'un crotale et que je l'ai aidé à se laver de toute cette crème répugnante dans les toilettes du Palais du Festival justement. J'étais dégoûté par l'horreur et l'imbécillité de l'attentat, plein de tendresse pour cet homme humilié si bassement et qui méritait peut-être de recevoir une lettre de rupture comme celle que lui envoya Truffaut, mais pas de subir un affront si misérable. Il ne disait rien pendant que je passais ses lunettes sous le robinet et pourtant je crois qu'à cet instant peut-être il m'aimait bien. Le reste, les programmes que j'ai voulu monter pour lui rendre hommage dans mon cinéma et qu'il a torpillés pour des vétilles, une visite à Rolle dans un appartement décoré par la Stasi et par un froid sibérien où j'ai fini par aller regarder les cygnes gelés sur le Léman plutôt que de continuer à écouter ses remarques glaçantes, et d'autres moments amers, je préfère ne plus y penser et me souvenir seulement de tout ce qu'il nous a donné sur le grand écran de ses plus beaux films.

À Londres, j'ai quinze ans et je vois *Breathless* avec David que j'aime en douce et qui ne le sait pas dans une de ces salles cathédrales où le public fume et sort précipitamment avant « *the end* » pour ne pas être coincé par le *God save the Queen*. C'est un double programme, la panacée pour les films qui ne marchent pas très fort, et je mets un moment à comprendre que *Breathless* est la traduction d'*À bout de souffle* dont mes frères disaient avec excitation à la maison devant les parents médusés : « C'est fou ils parlent tout le temps de coucher ensemble. » David rigole en lisant les sous-titres, une incroyable impression de liberté me submerge, j'ai la sensation de grandir d'un seul coup. J'ai complètement oublié ce que pouvait être l'autre film. Deux ou trois ans plus tard c'est *Le Mépris*. Difficile d'expliquer aujourd'hui le choc ressenti par un adolescent qui n'est jamais allé à Capri et se retrouve sur la terrasse de la maison de Malaparte en faisant le malin auprès de ses copains parce qu'il a lu *Kaputt*, en livre de poche. Mon prof de philo se moquait cruellement du film, ça tombait bien : je ne comprenais rien à ses cours. Et voilà plus de quarante ans que je rêve d'aller enfin à Capri avec les images et les sons du *Mépris* dans la tête, la musique de Georges Delerue et le travelling sur Raoul Coutard dont je me suis tant servi pour mes émissions de cinéma. Et ça ne s'est pas arrêté ensuite, on a toujours un film de Godard comme repère à chaque instant de sa vie. C'est un vieil homme maintenant et à quoi bon regretter ce que l'on n'a pas pu obtenir ? À ceux qui seraient quand même tentés par l'aventure, je recommande Depardon, le même genre d'expérience et ils ne seront pas déçus du voyage.

Les deux avocats m'apprennent que la plupart des actes sur lesquels ils planchent sont inscrits au tribunal de Cannes, le joli temple néoantique de l'avenue Carnot, et que ni les registres ni le greffe ne peuvent y suffire surtout quand il faut convoquer des interprètes assermentés de turc ou de japonais pour authentifier les textes. Encore un autre exemple du succès mondial de Cannes auquel je n'aurais pas pensé. À l'arrivée, ils me donnent leur carte et je songe un peu tristement que je ne risque pas d'avoir de contrats à négocier ni de droits d'auteur à inscrire.

Quand on n'a pas grand-chose à y faire, le Festival de Cannes est une drogue dure de la jeunesse, elle donne l'illusion que l'on s'amuse au cœur du monde. C'est difficile de décrocher, ça prend du temps et cela demande des efforts mais finalement je m'étais juré il y a quelques années que je n'y retournerais pas tant que je n'aurais pas un film à présenter ou un projet précis à défendre. Promesse à soi-même non tenue puisque je reviens afin de présider un jury d'enseignants et que je suis encore en train de me demander si ce n'est pas un prétexte pour me libérer de cet engagement secret. Mais je m'en fiche en me disant que je vais si peu au cinéma désormais, voir cinquante films à la suite offre tout de même une bonne occasion de se remettre à jour, et ne me laissera pas trop le temps de m'interroger sur l'utilité de ma présence ni de ressentir le « blues » du type qui n'accomplit jamais ce qu'il devrait faire et se gâche avec constance. Après une longue abstinence que je n'ai pas mise à profit pour devenir le nouveau Spielberg, j'adopte le profil discret du cinéphile de base qui me permettra peut-être de surmonter la nostalgie des ambitions perdues et de faire la paix avec les regrets et les souvenirs. Il y en a tant qui remontent à la surface.

Descendre du train en gare de Cannes c'est revoir dans sa tête des images d'actualité que François Chalais montrait et commentait si bien de sa voix métallique au tempo inimitable. Claudia Cardinale, Brigitte Bardot, Silvana Mangano en robes d'été, souriant aux caméras d'un festival en noir et blanc et c'était aussi du cinéma dont les plans improvisés se confondent avec les séquences de certains de mes films préférés qui n'intéressent plus beaucoup les jeunes d'aujourd'hui. François Chalais savait mieux que personne que l'on peut raconter des grandes histoires avec les bouts d'histoires des autres et qu'il y a autant de poésie dans les images des paparazzis voleurs et des reporters en planque sur la Croisette que dans bien des longs métrages aux scénarios trop léchés. Il était particulièrement à son affaire à Cannes où la fantaisie et le désir rédigeaient le script au jour le jour, enrôlant par surprise une distribution que même Zanuck ne pouvait pas s'offrir. Lili Palmer riant sur l'épaule de David Niven au pique-nique des îles de Lérins, Magali Noël qui danse le mambo la nuit sur la plage éclairée par des phares de voiture, Melina Mercouri chantant « Les Enfants du Pirée » sur les marches de l'ancien palais, Alain Delon et Romy Schneider en voiture de sport avec Magda, la mère de Romy, qui les surveille à l'arrière, Jayne Mansfield jouant surprise et confusion après avoir perdu le soutien-gorge de son bikini dans la piscine de la Bégum, Sophia Loren qui court devant le Blue Bar avec sa robe soulevée par le vent, Marcello Mastroianni fatigué qu'on lui demande s'il est content de passer pour le nouveau tombeur de la via Veneto, Martine Carol qui se dit si heureuse d'être de retour alors qu'on lit la panique dans son regard, les starlettes traînant leurs valises dans les petits hôtels de la rue d'Antibes et qui posent sur le sable devant des essaims de jeunes mâles, « mouille tes lèvres, pointe tes seins et pense aux hommes, un de ces petits cons en blouson de daim finira bien par t'emmener au Palm Beach ». Moi, je suis venu un peu après François Chalais, on était passé à la couleur, la télé était déjà dans la place, il me régalait au bar du Martinez, les serveurs l'appelaient « monsieur François » et balayant de son regard bleu la cohue au-dehors il avait l'élégance de ne pas me dire que c'était mieux avant ; autre chose, c'était autre chose simplement, et on nous resservait des Americano. Au fond il n'y a que la gare qui n'a pas changé.

Une jeune fille vient me chercher, il est temps que je fasse connaissance avec mon jury, le festival commence ce soir. Il y a plusieurs jurys en marge du jury officiel, les critiques, les jeunes, les cathos et même les cheminots. Maintenant que l'on enseigne le cinéma à l'école, le film qui obtiendra notre prix est assuré de passer partout dans les lycées. Beaucoup de monde à la réunion, des profs d'un peu partout, des journalistes de *Nice-Matin*, mes futurs collègues, Amel qui vient d'arriver de Tunis. L'atmosphère tient de la rentrée des classes et de l'arrivée dans un club de vacances quand on cherche à deviner qui seront les partenaires les plus agréables pour les excursions-découvertes. Je me rapproche instinctivement d'une jolie brune, enseignante à Sarlat, qui ressemble à Cher période Sonny and Cher, quelque chose dans le regard me dit qu'on va bien s'entendre. Christine, la chef de toute l'organisation, me considère avec un peu d'appréhension ; c'est elle qui m'a fait venir et elle doit se demander si elle a fait le bon choix lorsqu'elle m'entend dire que je n'hésite pas à sortir quand je m'ennuie à un mauvais film. Déclaration imprudente qui doit confirmer la réputation de dilettante qui me colle à la peau et qui m'a toujours semblé parfaitement injuste. Mais j'ai l'habitude et j'éprouve même un malin plaisir à créer la surprise en démontrant le contraire. Enfin nous sommes ici au camp du drap d'or de l'Éducation nationale, tout respire la bonne volonté, le désir d'écoute et le dialogue laïque ; nos échanges se tiennent justement dans un des lycées de Cannes, bel hôtel d'autrefois dans le genre palace balnéaire transformé en établissement scolaire au début des années vingt. Les élèves tapotent sur leurs portables dans un jardin de Riviera où il ne manque que les fauteuils en osier, on s'attend à voir passer les tables roulantes du room service entre les salles de classe. La femme du proviseur me montre la vue sur la baie de Cannes depuis le balcon de son appartement et son mari me fait discrètement comprendre qu'ils ne regrettent pas du tout leur ancien poste dans le Pas-de-Calais. Chaque fois que je rencontre des enseignants aimables, je pense à l'enfant qui n'en fiche pas une rame et qui travaillerait peut-être mieux avec des gens comme eux et dans ce bel endroit si singulier. L'enfant qui passe son brevet aujourd'hui et qui me manque déjà. Mais qui pouvait bien descendre ici avant la Première Guerre ?

Installation à la villa d'Estelle, charmant petit hôtel soigné et sans prétention tenu par un jeune ménage délicieux de gaieté et de prévenance, dans une rue qui donne sur la Croisette, à deux pas du nouveau palais. Cannes suscite toujours en moi un assaut de rêveries érotiques et en prenant possession de ma chambre j'imagine immanquablement que je pourrais y emmener des garçons. Mais le genre de la maison est manifestement familial et je me vois mal déranger cette tranquille harmonie en passant en force avec un inconnu. J'ai déjà suffisamment de peine à surmonter ma gêne quand je tente le coup dans les casernes anonymes de Paris avec les réceptionnistes de nuit qui certes en ont vu d'autres mais ne manquent pas de me montrer qu'ils savent à quoi s'en tenir en lorgnant pardessus mon épaule vers celui qui se tient en retrait derrière moi. Ils en profitent pour me coller le tarif maximum avec petit déjeuner compris comme si j'avais vraiment prévu de traîner jusqu'au lendemain. J'ouvre la fenêtre en grand, j'inspecte les terrasses, j'observe les voisins et j'échafaude des stratégies acrobatiques dont je sais déjà qu'elles ne seront pas praticables. Inutile d'espérer en des refuges de fortune où je pourrais m'échapper pour quelques heures en laissant mes petites affaires bien en ordre dans ma chambre, il est quasi impossible de trouver une chambre à Cannes pendant le festival. Mettons que j'essaye, traînant mon boulet de sexe avec moi, et qu'après avoir essuyé quantité de refus humiliants je trouve l'abri éphémère idéal, forcément dans un grand hôtel hors de prix où il y a beaucoup de passage et donc des concierges heureusement débordés et parfois des défections miraculeuses, il faut encore courir le risque d'affronter en traversant le hall le regard torve et le sourire en coin de l'homophobe de service, un type interchangeable que je connais en général depuis longtemps et qui ne loupe pas l'occasion de me demander où j'en suis maintenant qu'on ne se voit plus autant qu'avant, et comme c'est dommage, ajoute-t-il sur un ton d'amicale sollicitude ; bien qu'il y ait au moins quatre ascenseurs sur chaque palier vu le standing de l'hôtel, il monte toujours précisément dans le même ascenseur que nous, les injures sociales ambulantes, et toujours avec un pote sympa aussi macho que lui et qui se rappelle opportunément m'avoir battu un jour au tennis, ce dont je serais bien en peine de me souvenir étant donné que je n'ai jamais tenu une raquette de ma vie, à moins qu'il ne s'agisse d'une blonde survitaminée, étoile de la pub ou de la communication à Canal +, qui se délecte déjà de la bonne histoire qu'elle va pouvoir raconter à ses copines et qui se plaint en soupirant de la chaleur auprès de l'autre, le pauvre gars malheureusement perdu pour la cause, qui m'accompagne soudain moins farouche à l'idée que nous montons peut-être tous ensemble vers une petite soirée surprise. Une fois pourtant, une seule fois, ça a parfaitement marché. Nous sommes allés au Montfleury, on m'a donné la clef comme si j'étais un client régulier, nous n'avons rencontré personne, le garçon a été très bien. C'était un Gitan descendu pour voir les belles femmes du festival et qui n'était pas contre un petit écart ni vu ni connu. En quittant l'hôtel à l'aube nous sommes tombés sur Patrick Dewaere, épuisé et blafard, il a eu l'air soulagé de trouver à qui parler, et nous sommes restés un moment tous les trois ensemble, discrets et sans railleries, évadés de nos propres tourments qui regardent le jour se lever.

Il faudrait avoir la sagesse de renoncer et s'y tenir mais il y a tant de garçons à Cannes que je ne peux m'empêcher de frôler ceux qui passent à ma portée. Beaux gosses de luxe sur des yachts loués à la journée, starlets allumeurs à l'affût du bon casting, petits beurs à l'accent du Midi qui arpentent la Croisette en flairant que ce n'est pas le bon endroit pour casser du pédé, semi-voyous de la plage populaire en grappe le long du grillage du

Beach Club du Majestic comme les cannibales de *Soudain l'été dernier*, voituriers, sécurité et serveurs, lunettes noires, panoplies et gels bon marché, tous affairés comme des soldats en campagne mais pauvres, anonymes, isolés, si contents quand on les reconnaît et qu'on leur parle. Pour chaque année de Cannes il y a au moins un garçon avec qui j'aurais aimé avoir une aventure, un de ces garçons inatteignables qui surgissent dans votre vie à toute allure et s'y installent gaiement de toute la force de leur inconscience, mais le temps efface mes repères et je n'arrive plus à mettre une date précise sur les différents espaces de quelques jours où je les ai rencontrés. Et puis, je les ai perdus de vue pour la plupart, le festival s'achève comme les contes de fées de l'enfance, quand les lumières s'éteignent le Prince charmant disparaît. On tente parfois de prolonger un peu, on rentre à Paris ensemble, serrés à plusieurs dans une petite voiture, on a promis de ne plus se quitter mais le charme est déjà en train de s'évanouir, on se quitte insensiblement au fur et à mesure que l'on remonte sur l'autoroute, finies l'échappée belle et ses complicités d'écornifleurs, la perspective de la vie quotidienne reprend les évadés, à l'arrivée c'est novembre en juin, la copine récupère son bien, chacun repart de son côté. Je n'ai pas tenté de les effacer, saisis en pleine jeunesse, je les garde comme des souvenirs tendres et presque inutiles qui me retrouvent immanquablement lorsque j'arrive à Cannes et je les revois alors tels qu'ils étaient. Incapables de faire les gestes que j'espère, ces gestes qui leur viennent si naturellement avec les filles, ils rigolent gentiment en se glissant pour dormir dans ma chambre où un canapé providentiel résout des histoires embrouillées de clefs perdues et de rendez-vous manqués, la situation les amuse, mon embarras les flatte, pour un peu ils viendraient s'asseoir sur mon lit en boxer-short après la douche pour faire la conversation au pyjama boutonné jusqu'au col et sanglé dans des draps qui leur offre l'hospitalité et regarde l'air de rien leurs épaules nues à peine sèches et qui sentent le propre, mais évidemment ils sont recrus de fatigue ce soir, ils sont toujours épuisés ces soirs-là et ce qui les épuise le plus c'est l'effort pour ne plus savoir ce que je pourrais attendre d'eux, au fond d'eux-mêmes ils peuvent à peine le concevoir, ils flairent seulement qu'il ne s'agirait pas d'un jeu sans conséquence, que ça risquerait plutôt d'entraîner des complications alors qu'ils sont venus à Cannes pour plein de bonnes raisons qu'ils sont prêts à exposer généreusement et qui me font hocher la tête avec sympathie, et surtout pas pour se compliquer la vie, ce n'est déjà pas si simple d'être obligé d'aller coucher dans cette chambre et de vouloir dormir sans avoir vraiment sommeil, et moi je n'ai pas la force, la ruse ou le courage de leur expliquer l'inexplicable, d'essayer de leur apprendre ce qui ne s'apprend pas. Il n'y avait, bien sûr, aucun reproche à leur faire, c'était ainsi et voilà tout.

Laurent était devenu célèbre à quinze ans grâce à un film qui avait fait scandale et obtenu un grand succès. Il en avait un peu plus de vingt et on se retournait sur lui dans la rue sans faire le rapprochement. Il souffrait peut-être d'avoir été oublié et il mettait étrangement son pouvoir sexuel incandescent entre parenthèses comme s'il voulait prolonger cette enfance qu'on ne voyait plus en lui. C'était un vrai garçon, vif, drôle et amical, qui faisait des ravages sans s'en rendre compte et j'évitais le plus possible de me retrouver seul avec lui. Heureusement, les filles ont fini par l'avoir. Jérémie se disait le fils de l'un des nombreux flics qui font le service d'ordre à Cannes, mais il me donnait plutôt l'impression d'un adolescent fugueur à peine conscient de l'existence du festival. Il traînait aux abords des grands hôtels où il connaissait plusieurs commis de son âge, peut-être y avait-il aussi servi avant d'en être congédié ou peut-être se livraient-ils tous ensemble à de petits trafics, une hypothèse n'excluant pas l'autre. Bien que très méfiant, il m'avait laissé l'approcher ; un autre type était aussi sur le coup, un critique de cinéma dont les jugements et les analyses étaient reçus comme des oracles. Son intelligence et sa réputation m'avaient toujours intimidé mais comme nous étions embarqués l'un et l'autre dans la même histoire dont Jérémie tirait gracieusement les ficelles avec une fausse candeur remarquable, il en est résulté une sorte d'amitié secrète entre nous deux qui s'est prolongée jusqu'à sa mort. C'est à Jérémie que je dois cette aventure dans l'aventure, il a disparu très vite, sa silhouette est devenue floue mais il nous aura laissé cette complicité clandestine que nous avons longtemps partagée et dont je suis désormais le seul à me souvenir. Joseph était un black qui déambulait royalement sur la Croisette en tenue phosphorescente de sapeur africain sans connaître personne. Il dormait dans un foyer de miséreux du côté de l'autoroute, se lavait à la plage de bon matin sans faire attention aux regards chavirés des premiers baigneurs et se changeait à la consigne de la gare où il remisait son invraisemblable garde-robe. Ce n'était évidemment pas dans ce genre d'endroit qu'il risquait de rencontrer Jean-Paul Goude mais ce n'était pas si grave puisqu'il n'en avait jamais entendu parler. En revanche, il possédait un moral d'acier, une tchatche d'enfer et la rage de ne pas retomber sur la case départ à la fin du festival. Je l'évitais raisonnablement mais il avait senti au premier coup d'œil que j'étais vulnérable. J'avais tout assez bien deviné et à vrai dire le nègre Banania ressemblait aussi à Carl Lewis. Je n'ai pas fait long feu, il portait mon smoking bien mieux que moi et me lisait comme un carnet d'adresses ; bloc musculeux d'anthracite adhésif il sut profiter à toute allure du brusque élargissement de son horizon en collant sans faire de manières inutiles à toutes les nouvelles relations que j'avais eu la bonne idée de lui présenter. Ensuite j'ai assisté de loin à la rapide ascension qui fit de lui un acteur très demandé, presque célèbre et de plus loin à sa chute énigmatique qui l'a laissé sur le carreau de Harlem où je l'ai croisé par hasard, semi-clochard carbonisé par je ne sais quoi, la drogue, de lourdes bêtises et les illusions perdues, une faille sans doute que je n'avais pas discernée. Il reviendra peut-être, c'était un garçon stupéfiant de culot et d'énergie vitale. Le petit Lionel dont le père était percepteur à Antibes, un métier pour lequel je n'arrive pas à avoir beaucoup de sympathie. Il séchait ses cours au lycée et enfournait sa mobylette en emmenant sa copine pour humer l'atmosphère du festival. Je les engageai pour un stage plus ou moins fictif sur une émission de télévision et compte tenu du désordre ambiant l'équipe ne s'est pas demandé s'ils avaient l'âge ou le droit de nous suivre. Je les emmenais partout comme des petits pages pleins de bonne volonté, un peu surpris quand même de se voir si bien traités. Lionel était doux, délicat, bien élevé, on aurait dit le jeune frère de Pascal

Greggory chez qui je l'ai d'ailleurs entraîné une fois sans sa copine pour déjeuner avec Gabriel Aghion, dans une maison de Cabris qui semblait hors du temps ; elle l'est restée pour moi tant ce moment fut agréable, parmi les oliviers et dans le chant des cigales. Jour après jour j'ai réussi à jouer consciencieusement le bon garçon malgré une furieuse envie de l'embrasser. Il a dû garder un bon souvenir de ce parrainage affectueux car il travaille dans le cinéma et m'appelle de temps en temps. Nous restons dans nos rôles respectifs, il est celui qui ne se doute de rien et moi l'autre qui ne dévoile aucune de ses arrière-pensées. À ce jeu, on ne va évidemment pas très loin. Je garde toujours sur moi une photo d'identité où il sourit d'un air un peu mystérieux ; je ne sais pas comment je me la suis procurée, mais elle est là dans mon portefeuille et j'ai l'impression qu'elle me protège. Steve était boxeur de profession et un second rôle épatant l'avait propulsé sensation du moment. C'était la bonne vieille histoire qu'on adore dans le cinéma de l'inconnu venu d'ailleurs qui débarque sur l'écran par hasard et dont le naturel innocent crée la surprise parmi une profession blasée et un public engourdi. Tout était nouveau pour lui à Cannes, les intellos et les photographes, les fêtes et les filles sophistiquées. On racontait qu'il avait tombé une actrice célèbre pendant une soirée de gala dans les toilettes du Palm Beach et ce coup d'éclat lui valait un surcroît de prestige parmi la faune des traîne-patins toujours à l'affût de la bonne fortune miracle qui donne les clefs du paradis. Très gentil, très sympathique et dopé par toutes les promesses d'un bel avenir de comédien que l'on répandait sur lui mais Cannes est une brève croisière ensoleillée où les passagers de première classe ne reconnaissent plus personne quand le navire regagne le port et jette l'ancre en plein brouillard. Fils de famille bombardé jeune monstre sexuel dans un film agréablement insolent qui faisait courir la génération des branchés, Hadrien allumait tout ce qui passait à sa portée avec la féroce avidité d'un gosse de riche tombé dans un magasin de jouets. À force de m'autopersuader que j'étais beaucoup trop malin pour succomber à ses espiègleries, je m'étais retrouvé bel et bien presque amoureux. Je me disais : « Celui-là sera certainement très difficile à accrocher, mais il est le plus beau, le plus impertinent, le plus charmant de ceux dont je rêve. Ils sont tous à sa poursuite et pour cette fois c'est moi qui l'obtiendrai. Et puis il ne sait encore rien de la vie, il ne fait que jouer, à moi de savoir m'y prendre et il s'accrochera à moi. Ensuite c'est sûr nous resterons longtemps ensemble et je lui serai fidèle. La partie n'est pas gagnée mais cela vaut vraiment la peine de tout faire pour réussir. Je n'en trouverai jamais un autre qui me convienne aussi bien. » Des trucs comme ça qui me couraient constamment dans la tête, avec les questions et les réponses de l'abominable monologue, et lui l'elfe souriant qui bourdonnait autour de moi ; le train filait à grande vitesse. Il ne me restait plus qu'à commettre l'erreur fatale de lui avouer mes sentiments et les bons projets qui allaient avec. Mais je n'ai eu le temps de me dévoiler qu'à demi-mot au retour d'un petit raout bien arrosé au cap d'Antibes où Guy Cuevas nous avait régalés de langoureuses mélopées afro-africaines, atmosphère dangereuse incitant à l'imprudence. Alors que nous passions devant le Provençal, mégalithe hôtelier muré depuis des lustres, et que je triturais la nostalgie de Fitzgerald qui y avait vécu avec Zelda, enchaînant avec une mauvaise foi on ne peut plus orientée sur Cocteau, Radiguet et les Années folles où tu sais bien à l'époque tout était enfin possible, la nuit cessa brutalement d'être tendre et je vis une armée d'esprits malfaisants surgir du ténébreux palace abandonné pour s'engouffrer dans la voiture soudain plombée d'un silence et d'une tension insupportables. Hadrien ne s'intéressait pas du tout à ces évocations littéraires préhistoriques, sa méfiance n'était jamais loin et toujours en éveil; dans un bâillement hostile qui m'était directement adressé il m'informa sèchement de son point de vue définitif, toutes ces références qui lui passaient par-dessus la tête étaient selon lui « juste bonnes à faire divaguer les pédés ». La gueule de bois n'avait pas attendu le petit matin. Remis dans le droit chemin, il ne me restait plus qu'à compter les jours jusqu'à la fin du festival et les nuits aussi puisqu'il avait élu domicile sur le fameux canapé. Ce que je fis patiemment malgré toutes ses tentatives soigneusement calculées pour me reprendre en bride. Il est probable qu'il a dû entrer dans une grande école et épouser ce qu'on appelle une fille d'un bon milieu. On ne l'a plus revu au cinéma mais il est vrai qu'on n'a pas vu non plus beaucoup de bonnes comédies spirituelles et cyniques depuis ce temps qui me paraît désormais si loin. Il y a eu aussi Giuseppe qui s'appelait presque comme Hitler, il suffisait de changer une lettre. Il était le gigolo d'un ministre qui l'emmenait partout et qui me confiait dans le creux de l'oreille : « Quand je pense à tous ces emmerdeurs à qui je dois parler, celui-là c'est mon champagne. » Hitler avec une lettre changée avait le genre américain, muscles et santé, il était toujours de bonne humeur et il voulait absolument me montrer sa bite pour que je comprenne, et gratuit en plus, faveur spéciale puisqu'il m'avait à la bonne. Bizarrement je n'en avais pas vraiment très envie, c'était une période où je n'avais pas le moral, pourtant j'aimais écouter ses histoires d'amant professionnel, il ne citait jamais de noms mais ses descriptions sonnaient juste et j'essayais de reconnaître ses clients comme dans un film policier où la call-girl est morte assassinée en laissant son agenda avec des initiales pour chaque rendez-vous. En l'occurrence c'est le ministre qui est mort quelque temps après et s'il n'a pas lui-même attrapé la sale maladie je lui souhaite d'avoir enfin trouvé le protecteur régulier idéal. Allons, il vaut mieux s'arrêter là, car ça n'en finira jamais ; un magicien suisse qui avait bon cœur et aurait voulu me faire plaisir mais il pensait à sa mère femme de ménage à Lausanne, cette association d'idées suffisait à le bloquer et moi aussi qui voyais la vieille maman méritante, le fils perdu, les griffes du mélodrame ; un métis aux yeux bleus qui écrivait des scénarios délirants me pressait comme un citron pour que je lui présente des producteurs et avait des accès de folie meurtrière ; un voyou schizophrène qui transpirait à n'en plus finir et me disait « c'est le paludisme », mais c'était le manque de coke ; un animateur de radio locale qui s'était persuadé que je faisais la pluie et le beau temps à TF1 alors que je n'y travaillais plus depuis longtemps. Il me soupçonnait de participer à des réunions secrètes avec les pontes de la chaîne et me filait comme un détective privé. Oui, restons-en là, j'ai tant de festivals au compteur et si je continue à creuser trop de garçons vont revenir, je vais finir par me persuader que ce furent à chaque fois comme des histoires d'amour. Je sais qu'il en sera ainsi jusqu'à la fin, à l'article de la mort si je suis encore conscient c'est l'image d'un garçon qui dansera encore devant moi et rien ni personne d'autre.

Ouverture officielle et premier rituel des badges et des invitations. La petite équipe de notre jury se retrouve au grand complet devant les barrières au milieu de la foule des badauds et des chasseurs d'autographes qui attend les stars. On se faufile et on joue des coudes comme sur un quai de gare à l'heure d'affluence jusqu'aux types du contrôle qui nous exfiltrent rapidement. Je cherche à deviner les caractères, celle-ci porte une jolie robe, celui-là arbore un nœud papillon sur son complet de tous les jours pour faire smoking. Classiquement le consensus est de ne pas attacher beaucoup d'importance au protocole, les sentiments vrais et le sacro-saint naturel primant sur la foire aux vanités, mais au fond tout le monde est bien content d'être là et partage l'excitation générale, moi compris. Depuis ce matin la perspective de « monter les marches » est revenue en ritournelle dans les conversations, quelque chose entre le premier bal à la cour et la prise du palais d'Hiver. En fait, on nous a demandé de venir tôt, parmi les premiers, les gentils cousins de province du cinéma qui sont expédiés au balcon et poireautent pendant près d'une heure jusqu'à l'arrivée des chéris de la famille, créatures surnaturelles véhiculées en carrosse et devant qui s'ouvre miraculeusement la haie d'honneur. Ce n'est d'ailleurs pas ennuyeux car le spectacle de l'auto-admiration mise en abyme est retransmis à l'intérieur de la grande salle. On va pouvoir lire *Gala* en direct. Sur notre passage on entend quelques vagues « c'est qui, c'est qui ? » dans le public, les photographes bayent aux corneilles et regardent ailleurs, le bateleur de service expédie son annonce avec autant de conviction que s'il lisait le Bottin. On peut comprendre, notre participation est bien modeste dans l'atmosphère d'agitation frénétique suscitée par la première mondiale de *Da Vinci code*, c'est déjà bien que Christine ait obtenu de nous faire inviter à l'événement. La fameuse « montée des marches » dont tout le festival va se gargariser pendant dix jours c'est comme le nez de Rosy de Palma, un défaut de construction passé atout maître du glamour. Contraindre les heureux élus du festival en tenue de soirée à une pénible ascension pour atteindre le saint des saints était une aberration de plus à mettre sur le compte déjà bien chargé des architectes du palais bunker. Gilles Jacob a su tirer habilement parti de cette bévue, aménageant un seuil au bas de l'escalier où sont parqués les paparazzis, engageant un aboyeur physionomiste comme dans les grandes maisons pour présenter aimablement les alpinistes en les forçant à sourire devant les caméras qui les exposent à l'admiration populaire sur grand écran comme au Stade de France, siégeant lui-même entouré de ses affidés sur le palier du Nirvana pour accueillir les impétrants avec une politesse royale. Dédouané par tant d'usages raffinés le désir de plaire a profité pleinement de l'étiquette, du tapis rouge et des palmiers en pot ; la montée des marches est la minute warholienne de célébrité planétaire, le film des films où le narcisse cinéma se mire dans son reflet en mondovision. Dans sa version technicolor et Riviera l'esprit de Versailles a du bon. Ni Venise languissante à force d'intello-aristocratisme négligent, ni Berlin sympathiquement attifé en jeans et parkas ne sacrifient à ce cérémonial d'ancien régime tempéré par une courtoisie bienveillante et pour les cinéastes qui débarquent d'un peu partout, certains très obscurs et parfois copieusement méprisés voire menacés dans leur propre pays, ces bonnes manières ont valeur de reconnaissance officielle. Ils y sont extrêmement sensibles et il n'y a que quelques Français, fortes têtes dépenaillées et frondeuses, pour s'en plaindre. C'est à ce genre de détail, surface émergée d'un iceberg d'organisation impeccable, que le Festival de Cannes est resté le premier d'entre tous, formidable machine à ventiler la terre entière et à faire rêver de cinéma dans un mouchoir de poche où le reste de l'année, il y a du soleil mais pas beaucoup de lumière. C'est d'ailleurs entre chien et loup que la cérémonie est la plus belle. Il y a encore des baigneurs sur la plage, un air de vacances, tout le monde a bonne mine, le fronton des hôtels s'éclaire, la vulgarité inévitable du tintamarre s'estompe dans les ombres du crépuscule qui apportent une douceur insolite au spectacle de ces gens apprêtés et pressés comme s'il en allait de leur vie même. En général, le festival soigne particulièrement l'affiche des invités de prestige pour l'ouverture officielle mais hormis Monica Belluci en supervamp agréablement enveloppée et Vincent Cassel parfait en maître de cérémonie polyglotte, ils se sont tous évaporés de ma mémoire. Peut-être parce que je reste un incorrigible nostalgique de quelques réjouissantes apparitions du passé, Coluche contournant l'impératif du smoking de rigueur pour faire la belle en corsage pigeonnant et porte-jarretelles de fille de joie par exemple ; et peut-être parce que le gourdin *Da Vinci Code* m'a assommé au point de déclencher une crise d'amnésie réparatrice. Quand je pense à tout le mal qu'il faut se donner pour faire un film, je suis a priori le meilleur public possible toujours prêt à trouver des qualités au long métrage le plus critiqué, mais face à un tel monstre de bêtise et de prétention il me semble plus raisonnable de me déclarer incompétent et de renvoyer le jugement aux innombrables admirateurs d'un livre que je me réjouis de ne pas avoir lu. En sortant à tâtons de la projection je tombe sur Claire Chazal et Philippe Torreton qui me tirent de ma torpeur, fous rires à propos du film et instant d'amitié discrète comme je les aime. Ils m'emmènent au dîner de gala avec Amel, gaie comme un pinson. Toujours d'attaque, à l'aise partout, supérieurement intelligente, elle me permettra de voir le festival avec un œil neuf, me réveillant à chaque fois que j'aurais tendance à vouloir rejouer *Limelight*. L'alcool coule à flots à chaque table, histoire de noyer définitivement Jésus, Marie-Madeleine et leur marmaille. Je m'installe à la même table que David Kessler et Jean-Pierre Elkabbach sans imaginer que je suis en train de jouer mon avenir professionnel à pile ou face puisque je vais devoir bientôt changer de chaîne de radio et que je ne le sais pas encore même si je suis sensible à la chaleur de l'un et à la réserve de l'autre. Les agapes se poursuivent selon le mode ordinaire, discussions décousues, papillonnages frivoles et fausses retrouvailles enthousiastes. Un numéro de music-hall minable retient l'assistance en otage, promptement suivi par la débandade générale. Je raccompagne Amel à son hôtel, je n'ai pas le cœur à traîner dans les rues, le gardien de nuit de la villa d'Estelle est très beau, étudiant sportif au regard clair avec tout ce qu'il faut de politesse précise et un brin distante pour que nous sachions aussitôt très bien où nous en sommes l'un et l'autre. Je me couche sans penser peut-être.

Deuxième jour

Quand Pascaline venait à Cannes, du temps de la Bastide, cette merveilleuse maison aux allures de monastère italien que nous louions avec Marc au début des années quatre-vingt, providence des pique-assiettes où, disait-on, Colette avait habité autrefois avec son Jouvenel junior chéri, il m'est arrivé de l'emmener en scooter à la séance de 8 h 30, celle des cinéphiles Duracell qui courent de leur lit au palais bunker avec des yeux gonflés de lapins fous. Je ne sais plus très bien ce que nous avons vu, *L'Été meurtrier* peut-être pour sa copine Suzanne Flon et aussi *Furyo* pour le tropisme japonais, mais ce furent des moments très heureux où son sens bien personnel de la panique et du retard faisait merveille. Au fond, Pascaline n'est jamais réellement paniquée et seulement très raisonnablement en retard, elle est même étonnamment maîtresse d'elle-même dans des circonstances menaçantes où d'autres perdraient la tête mais comme tout l'intéresse et notamment un tas de choses auxquelles j'ai le tort de ne pas prêter assez d'attention, elle use de chaque instant avec une intensité extraordinaire qui induit une pratique très exercée de l'in extremis. Sa gaieté, sa fantaisie et un instinct de rébellion qui remonte à l'enfance conjugués à son perpétuel élan pour ne pas rater ce qui se passe d'amusant ou de stimulant pour l'esprit laissent l'impression d'un tourbillon permanent à ceux qui l'approchent sans la connaître. Seuls les sots s'y trompent, Pascaline est une force qui va sans perdre le cap ; en amitié, dans la conversation, pour les affaires. Vivre auprès d'une personnalité si puissante n'est peut-être pas exactement reposant mais il suffit d'imaginer que l'on suit une armée en campagne, aguerrie et bienveillante, une sorte de détachement des Casques bleus lorsqu'ils sont efficaces, ce qu'ils ne sont pas souvent alors que la mystérieuse capacité d'organisation de Pascaline triomphe de tous les obstacles et parvient toujours à ses fins. Bref, nous sautions sur mon scooter à 8 h 25 comme d'autres ont sauté sur Kolwezi, après qu'elle eut donné une avalanche de coups de téléphone dans toutes les directions résonnant dans la Bastide endormie malgré mes supplications pour partir rapidement, moi angoissé à la perspective de rater la séance et elle satisfaite d'avoir électrisé ses avant-postes qui s'étaient crus imprudemment à l'abri, d'excellente humeur puisqu'il y a de toute manière d'autres enjeux à gagner dans une belle journée qui commence. Quand on n'hésite pas à frapper à la porte d'un avion prêt à décoller et que l'on parvient à se faire ouvrir par des stewards abasourdis, forcer le passage des contrôleurs du festival qui ont pour consigne de ne jamais faire grâce d'une minute relève d'un jeu d'enfant ; pourtant avec Pascaline nous n'avons jamais loupé le générique. Dans la semi-obscurité de la salle, retrouvant péniblement mon souffle, je l'observais à la dérobée, corps épanoui, chic et reposée, fraîche et sentant bon, le regard concentré sur le film ; pensait-elle aussi à autre chose ?

Sans Pascaline, je n'aurais jamais rencontré John Huston, trois ou quatre ans avant sa mort. Il séjournait à l'hôtel du Cap à Antibes, le refuge des grands crocodiles où l'on respire le parfum de la grosse galette plutôt que les remugles de la Croisette. Les cartes de crédit y étaient encore refusées d'un air navré comme il se doit chez les vrais riches qui payent en signant seulement leur note ou bien en cash, de grosses coupures toutes neuves qui crissent agréablement sous les doigts. Pascaline connaissait bien John Huston, elle était allée le voir dans son île au Mexique en affrontant une mer démontée et dans son manoir en Irlande au cœur d'un labyrinthe de routes vicinales humides et toutes semblables. Ils avaient travaillé ensemble, bu d'excellents vins, pas mal rigolé et le tentacule téléphonique de Pascaline n'avait jamais lâché prise. Comme de juste son intuition ne l'avait pas trahie non plus, elle était aussi devenue l'amie de l'Indienne semi-analphabète qu'il emmenait partout dans ses bagages et qui lui servait de confidente, d'amante et de maman, une petite personne grise et rusée qui détenait les clefs pour parvenir dans l'intimité du vieil homme. La plupart des critiques français continuaient à le mépriser doucereusement en l'accusant d'avoir « bâclé » ses films mais j'étais en train de me libérer de leur dictature et je les soupçonnais plutôt de lui en vouloir d'avoir mené une existence aristocratique aventureuse et libre en ayant eu l'habileté de se maintenir dans le système hollywoodien. Pascaline pour sa part se moquait des critiques et ignorait superbement les controverses de cinéphiles.

John Huston était aussi beau que dans *Chinatown* où Polanski avait eu l'idée géniale de lui faire jouer le rôle du père incestueux et pervers de Faye Dunaway. Avec ses yeux pochés et ses longs bras de gibbon il ressemblait beaucoup à Henry Miller dans sa vieillesse et je me demandais s'il jouait lui aussi au ping-pong avec son Indienne nue, ses petits seins tressautant à chaque revers. Je n'avais évidemment pas grand-chose à lui dire car l'heure n'était pas aux déclarations d'admirateur intimidé mais de toute manière c'était sans importance puisque Pascaline à son habitude se chargeait de la conversation et de toutes les plaisanteries appropriées. Je pensais seulement que cet homme qui avait dirigé et tenu dans ses bras quelques-unes des plus belles femmes du cinéma n'en avait au fond vraiment aimé qu'une seule, l'intrépide et secrète Suzanne Flon. Lui rendait-il encore visite dans son petit appartement en plein ciel de la rue Vaneau où elle soignait ses chats et ses géraniums comme une vieille demoiselle de province ? La seule idée que ces deux êtres, apparemment si différents, aient pu partager une longue histoire d'amour, aussi discrète que passionnée, me confortait dans l'affection transie qu'ils m'inspiraient. Si je ne connaissais John Huston que par ses films, je savais qui était la « vraie » Suzanne Flon, comme on l'écrit dans le titre des biographies qui se veulent pleines de révélations, la belle qu'on ne remarque pas et qui s'éclaire à volonté pour ceux qui en valent la peine, la douce à la voix cristalline qui s'introduit à la Kommandantur en apportant des gâteaux secs pour ces messieurs et fait sauter tout l'immeuble afin de faire évader les résistants.

C'est par Pascaline aussi que j'ai connu Volker Schlöndorff à la fin du tournage d'*Un amour de Swann* au cours d'un long week-end de printemps dans sa propriété où des dames invisibles repassent les draps chaque soir en faisant la couverture. Il lui avait confié le petit rôle de Mme de Gallardon, le film n'était franchement pas très réussi mais on ne le savait pas encore, Jeremy Irons nous avait rejoints, beau et élégant comme tout, l'atmosphère était délicieusement gaie et amicale, la détente après une périlleuse mission accomplie. Proust chez Pascaline, c'était le petit Marcel qui rentre à la maison, on avait l'impression de vivre l'événement en direct. Cela faisait si longtemps que la crème de la crème s'agitait fébrilement à la perspective d'une adaptation de *La Recherche* au cinéma, comme si l'on avait fouillé dans ses tiroirs pour en subtiliser « son » livre ; à force d'avoir trempé leurs petites madeleines dans les tasses en porcelaine du *Guépard* et de *Mort à Venise*, les beaux esprits s'étaient persuadés que Visconti se lancerait dans l'aventure et leur signerait le travelling définitif dans un garde-meubles de duchesses, de messieurs du Jockey, de femmes entretenues et de gigolos où ils auraient l'illusion de se reconnaître ; d'autres lecteurs distingués soutenaient en ricanant que ce pauvre Luchino se perdrait une fois de plus dans la dentelle et que décidément, non, seuls Losey ou Bergman à la rigueur pourraient transmettre l'esprit du livre sur grand écran ; on s'était excité à n'en plus finir sur le casting idéal avec l'espoir d'y grappiller une apparition éminemment légitime, on avait suggéré des décors miraculeusement préservés et tout le monde était tombé d'accord pour vanter les qualités du scénario de Pinter que personne n'avait eu vraiment l'occasion de lire. Il a été publié depuis mais l'enthousiasme était alors bien retombé avec la fin du suspense, Schlöndorff à qui nul n'avait pensé et Ruiz ensuite, inconnu au bataillon des proustiens infatigables, ayant démontré par défaut qu'il est à peu près impossible de tirer un film de certains textes. Enfin Schlöndorff était infiniment sympathique et tellement dénué d'affectation que c'en était presque inquiétant compte tenu de ce que l'on attendait encore du film. Je repensais à Mathieu Carrière qu'il avait révélé vingt ans plus tôt dans *Les Désarrois de l'élève Törless*, et à qui je m'étais imprudemment identifié au cours d'une phase persistante de délire austro-hongrois qui m'envoyait terminer mon adolescence dans un sévère pensionnat militaire de Bohême pour y subir les brimades érotiques d'arrogants blondinets en uniforme ; je me remémorais toutes mes infructueuses tentatives pour intéresser ce faux jumeau romanesque lorsqu'il m'avait été donné de le croiser à plusieurs reprises durant sa première période parisienne où il oscilla entre Marguerite Duras, une carrière en demi-teinte de Romy Schneider au masculin et d'ahurissants numéros crypto-nazis sur la scène occupée par des travelos de l'Alcazar ; une erreur de casting de plus, Mathieu Carrière n'aimait que les femmes et il avait vu clair dans mon jeu. Mes tristes petits secrets me suivaient donc malgré toute la gaieté de ce week-end dans le plus charmant des caissons sensoriels, et j'éprouvais déjà ce sentiment d'un lancinant à-quoi-bon muselé par les bonnes manières que la vision de Jeremy Irons, improbable Swann en peignoir au bord de la piscine, ne parvenait plus à dissiper. J'ai bien d'autres souvenirs de ce genre grâce à Pascaline et l'image de l'exquise Sabine Haudepin danse encore dans ma mémoire, aussitôt aimée et jamais rappelée comme si j'avais eu peur de m'attacher une fois de plus.

C'est à tout cela que je songe alors que je me presse à la séance du matin, seul et avec l'impression de vouloir revivre vraiment ce que je ne revivrai jamais. Avec Pascaline, nous ne nous voyons plus tout à fait comme autrefois, même si nous essayons de nous persuader du contraire ; c'est à croire que le temps est une raison suffisante pour nous éloigner doucement de ceux que nous aimons. Enfin le socle reste solide, à toute épreuve même. Dans la salle je retrouve Amel, la mémoire s'évanouit et nous embarquons ensemble vers l'Irlande insurgée de Ken Loach ; *Le vent se lève* est le vrai film trotskiste dans toute sa maîtrise dialectique et sa cruauté, le titre aurait dû suffire à me prévenir (vérification faite, le titre anglais est moins volontariste, encore un petit arrangement de la pensée dominante, toujours obsédée par le fameux « sens de l'Histoire »). Il s'agit d'un chapitre de la révolution irlandaise que je ne connaissais pas. Cinq ans après le déclenchement de l'insurrection les Anglais sont en train de perdre pied malgré la sauvagerie inouïe de leur répression et ils sont enfin prêts à reconnaître l'existence de l'État libre d'Irlande contre le maintien d'avantages substantiels et la sécession du nord de l'île, mais les patriotes républicains se déchirent entre ceux qui veulent accepter le compromis et ceux qui veulent continuer la lutte jusqu'à la victoire complète et définitive ; la guerre civile succède à la guerre d'indépendance et les partisans du refus finissent collés au poteau par leurs anciens camarades. Le très gracieux Cilian Murphy à qui on a eu tout le temps de s'attacher car il est le personnage central du film est évidemment fusillé en premier et on ne peut que pleurer sur le sort de ce magnifique garçon plein de courage et d'idéal, sacrifié sur l'autel de l'opportunisme politique. Ken Loach n'a pas besoin d'insister, même s'il ne nous épargne rien du sinistre cérémonial de l'exécution, les meilleurs sont ceux qui ne transigent jamais et payent de leur vie la défense de leurs justes convictions. Belles lumières, beaux décors et paysages, beaux mecs que l'on a d'ailleurs tendance à confondre. L'histoire est racontée avec l'apparente sobriété d'un constat désolé mais dans un souci constant de pédagogie révolutionnaire basique ; elle est mise en scène avec un savoir-faire classique et sans surprise qui sert efficacement la volonté militante, elle joue clairement à l'explication de texte pour faire comprendre aux pauvres ignorants que nous sommes les données de la situation actuelle qui n'auraient donc pas changé soixante-quinze ans plus tard, un a priori qui demanderait à être vérifié mais n'appelle en l'occurrence aucune hésitation ni discussion. La démonstration ne se perd pas dans les nuances, elle est forte, violente et ne traîne pas. J'imagine qu'elle doit sembler globalement convaincante pour le public qui ressent de la commisération à l'égard de ces pauvres Irlandais martyrisés et désunis par ces brutes d'Anglais perfides, et qui en même temps s'en fiche un peu depuis que la compétition est ouverte entre les drames les plus sanglants au hit-parade planétaire des abominations du XXe siècle ; mais moi je renâcle à force de traquer le diable dans le ton, les détails et leur enchaînement, toute la petite cuisine. Je retrouve dans le film la célébration de la haine de classe comme au bon vieux temps de la révolution d'Octobre et des massacres, la fascination ténébreuse pour les luttes de clans et les exclusions en chaîne, un penchant obsédant pour la mort au nom de la table rase, autant de symptômes inquiétants que les trotskistes n'ont pas eu besoin d'autocritiquer puisqu'un tour de passe-passe éhonté voudrait faire croire que leur inspirateur fut le véritable humaniste raisonnable de la geste révolutionnaire où il se montra pourtant d'une férocité impitoyable. Ken Loach rencontré quelques années plus tôt à Paris m'avait surpris par sa détestation implacable de tout ce que j'aime en Angleterre, les traditions, le thé et les jardins, la politesse, les vieilles dames et la *country life*, l'accent flûté de la reine. Mais comme j'admirais ses films et qu'il exposait ses griefs avec un air de douceur tranquille je le prenais pour l'un de ces émouvants petits curés navrés par l'incrédulité générale que l'on croise parfois en les considérant comme des chic types un peu illuminés mais inoffensifs. J'avais aussi la nostalgie du cinéma des jeunes gens en colère des années soixante qui plantaient leurs caméras dans des banlieues ouvrières sinistres toutes de brique, d'usines ct de ciel plombé où des comédiens au physique rude et farouche exprimaient leur rage prolétarienne avec une vigueur sexuelle impressionnante ; il était différent, plus introverti et frêle, mais il avait repris l'héritage. Et puis Vanessa Redgrave, candidate trotskiste à plusieurs élections, m'avait régalé de lyrisme insurrectionnel, enflammé et passablement foutraque, au cours d'un lunch de grand style donné en son honneur à l'ambassade britannique. On peut d'ailleurs comprendre qu'il ne soit pas indispensable d'être né dans le West End londonien ou dans un de ces magmas urbains lépreux piétinés par Margaret Thatcher avant d'être jetés à la poubelle par Tony le joli cœur pour avoir une juste mesure de la misère et de l'injustice sociale en Angleterre. J'étais donc enclin à considérer la profession de foi révolutionnaire d'un metteur en scène très estimé et d'une glamoureuse super lady du septième art, le petit gars qui jette des pavés sur le carrosse et la princesse d'une vénérable dynastie de comédiens célèbres, avec toute la sympathie que suscitent les grands originaux britanniques parmi ceux des Français qui souffrent de l'absence cruelle de personnalités extravagantes dans notre république petite-bourgeoise du politiquement correct. Mais dans *Le vent se lève* il est difficile de prendre le radicalisme de Ken Loach à la légère et sa vision du monde fait froid dans le dos ; Pol Pot n'est pas loin et il harangue dans son rétroviseur les anciens jeteurs de bombes de l'IRA au moment précis où ils viennent justement de déposer les armes. Les fanatiques de tous bords n'ont certes pas dételé, il suffit de voir l'inoxydable et terrifiant révérend Paisley à la télévision pour en avoir le cœur net, mais une paix acceptable n'a jamais été si proche. Ken Loach n'en veut pas, c'est son droit et c'est aussi une mauvaise action que de nous faire croire avec talent qu'elle est impossible. Mon jury s'éparpille à la sortie et je ne sais pas ce qu'il en pense mais je constate que la plupart des gens sortent en trouvant le film formidable et déjà les clichés inévitables sur le grand retour de Ken Loach, son meilleur film depuis longtemps, fusent de tous côtés ; les billevesées de la lobotomisation médiatique ordinaire ont décidément encore de l'avenir. Amel seule, avec son intelligence aiguë, se doute de la manipulation ; un reste d'honnêteté m'incite à rester vague et à ne pas lui faire partager mon agacement ; au fond je ne suis pas non plus un spécialiste du conflit irlandais.

Nous courons à la projection de *Paris je t'aime*, enfilade de tranches de vie métropolitaine par plusieurs cinéastes venus d'un peu partout. Le principe de *Paris vu par...*, celui de la nouvelle vague où les sketches de Jean Rouch et de Chabrol étaient les meilleurs et celui qui a été réalisé vingt ans plus tard où j'avais moi-même commis un chapitre sur la rue du Bac révélateur de mon incapacité patente à filmer une fiction. Le moins que l'on puisse dire est que le recours à un tir croisé international ne profite guère à ce qui semble avoir été conçu comme une opération de propagande pour la capitale. On pense avec un amusement mâtiné d'effroi à la réaction des étrangers qui auraient songé à visiter la Ville lumière devant l'image désagréable qu'en donne le film. À leur place j'annulerais sans hésiter tout projet de voyage pour choisir une destination plus amène. La plupart des historiettes n'ont guère d'intérêt tout en surfant sur un certain esprit du temps particulièrement glauque : dragues nocturnes, deals sordides, violences au quotidien. Le manque d'amour et de générosité semble être le lot d'une humanité parisienne égoïstement repliée sur elle-même. Les tournages donnent l'impression d'avoir été lancés à partir de quelques feuillets de scripts écrits à la va-vite et même le sketch de Gus Van Sant est moyen. On se console comme on peut avec une scène de boulevard enlevée par Gena Rowlands et Ben Gazzara qui joue sur la nostalgie Cassavetes et avec la lettre d'une grosse Américaine qui est bien la seule à montrer avec un certain élan qu'elle apprécie Paris. C'est d'ailleurs à peu près le seul moment où l'on a le sentiment de voir la ville. Une micropolémique entoure la projection, un ou deux sketches auraient été éliminés du montage final, les réalisateurs recalés crient à la censure, un argument qui intéresse toujours. Au point où nous en sommes j'ai presque envie de voir ce qu'ils ont fait, c'est peut-être moins décevant. En tout cas la Mairie de Paris qui a dû certainement mettre la main à la poche pour contribuer au financement de ce bizarre dépliant touristique descend en grand arroi à Cannes afin d'exprimer sur les plateaux de télévision toute la satisfaction que lui inspire le film. Au nom du sacro-saint « il faut savoir communiquer », les politiques ont toujours adoré le mélange des genres, belles actrices et starlettes intellos, cinéastes angoissés et critiques en pleine gloire éphémère, animateurs à oreillettes et notes de frais à gogo. Le protocole du festival ne sait plus où donner de la tête pour contenter ces vedettes d'un nouveau genre plutôt plus capricieuses que les autres. Il ne vient à l'idée de personne de rappeler devant les caméras que la cinéphilie supposée de nos édiles a déjà été mise à rude épreuve par le film de réclame particulièrement contre-productif de Luc Besson pour la campagne des Jeux olympiques. En même temps je n'ai pas très envie non plus de jeter la pierre à Mister Bertrand, qui n'a pas dû avoir le loisir de suivre toute l'affaire de très près et qui est généralement loin de forcer sur les petits plaisirs de la nomenklatura ; il ne doit pas s'amuser tous les jours avec les écolos fachos qui le menacent en permanence quand ils ne transforment pas le boulevard du Montparnasse en corridor de Dortmund, tout habités qu'ils sont par leur mirage d'une cité musée idéale pour vélocipédistes débordants de bonne conscience et d'arrogance, superbement ignorants des vieillards désorientés qui se font écraser régulièrement dans les couloirs d'autobus. Pas un mot d'ailleurs dans le film sur les ravages actuels de la dévastation urbaine, de bonnes âmes ont dû expliquer qu'il ne fallait pas cracher dans la soupe. Le plus ennuyeux pour moi c'est de penser à ce qu'il faudra que je trouve à dire quand je rencontrerai la productrice du film, une personne charmante et courageuse, délicieusement amicale, parfaitement recommandable et qui comprendra tout de suite que j'essaye de lui mentir gentiment. Je sais trop bien que tout le monde peut se tromper, comme on dit, et il ne m'apparaît pas nécessaire de faire de la peine aux gens que j'aime au moment où ils sont confrontés à leur erreur, en pleine frénésie anxiogène du Festival de Cannes. Je n'ose pratiquement jamais dire ce que je pense vraiment, l'écrire à peine, c'est plus que de la lâcheté, cela vient de très loin, remonte à l'enfance et ses fractures mal réparées.

Comme nous ne disposons que d'une heure avant la prochaine projection, j'emmène Amel au grill du Majestic, façon de jouer au type qui s'y connaît et initie la petite nouvelle à la grande vie. Le luxueux palace ressemble à un camp retranché, sévèrement gardé par les habituels cerbères tout droit sortis de *Matrix*, lunettes noires, corps musculeux collant aux complets sombres, antennes de robots tueurs. Où se trouve le QG avec lequel ils sont en contact permanent et qui les lâche comme des pitbulls au moindre soupçon d'incident, dans les caves de l'hôtel ou dans une suite aux volets fermés avec les appareils de détection jusque dans la baignoire ? Il y a de la rue Lauriston dans cette obsession permanente du contrôle et de la sécurité. Avec moi ils sont plutôt gentils, il y en a toujours un pour me reconnaître vaguement et je n'ai plus la timidité d'autrefois, mais cette nécessité de faire ami-ami avec l'armée des videurs me laisse à chaque fois la même impression de connivence désagréable que j'éprouve lorsque je voyage dans un pays du tiers-monde sous la protection très volatile de flics rébarbatifs. À l'intérieur de la forteresse bruisse une volière cosmopolite de téléastes speedés, d'Américains aussi aimables et bruyants que Joe Pecci dans les films de Scorsese, d'Asiatiques aux nationalités indécises déjà bien attaqués par l'alcool, d'Africains déguisés en Africains. J'essaye de me rappeler en quelle année au même endroit Melina Mercouri, alors ministre de la Culture du gouvernement grec, m'expliquait avec des accents de comploteuse balkanique qu'elle détestait Valentina Cortese assise à quelques mètres d'elle sur la banquette d'en face. Je n'ai jamais su quels griefs précis nourrissaient l'animosité de Melina, peut-être une rivalité professionnelle ou sentimentale dont Giorgio Strehler aurait été l'enjeu, peut-être rien d'autre que l'amertume de vieillir dont elles se renvoyaient l'une à l'autre le reflet comme dans un miroir. Car Valentina, planquée derrière des lunettes noires et parlant à voix basse à un jeune homme qui l'accompagnait comme mon frère jumeau, ne semblait pas porter non plus son accusatrice dans son cœur. La situation était néanmoins un peu compliquée parce qu'elles ne pouvaient pas décemment se fuir du regard toutes les deux trop longtemps et de manière outrancière. Elles échangeaient donc de grands sourires débordants d'amitié et je ne savais plus quelle contenance adopter ; on aurait dit qu'elles étaient prêtes à se tomber dans les bras l'une l'autre alors qu'elles se crachaient virtuellement au visage. Le mieux pour moi était de m'en tenir à mon statut d'animal de compagnie et d'attendre qu'on me remplace le plus vite possible, or ce fut interminable, personne ne se souciant de me sortir de ce guêpier et je ne me rappelle plus aujourd'hui par quel stratagème je parvins finalement à tirer mon épingle du jeu. Au théâtre le confident disparaît quand la reine a fini sa tirade, il a dû se passer quelque chose comme ça et je n'ai plus servi à rien. En fait, Melina et moi nous ne nous connaissions qu'à peine et bien qu'elle fût peu encline à lâcher ses proies une fois qu'elle les avait agrippées je n'étais tout de même que du menu fretin ; c'était mon lien de parenté avec François qui m'avait valu d'être annexé d'office à la grande mouvance internationale des forces progressistes et d'avoir le privilège de nouer une flatteuse relation avec l'une de ses principales héroïnes. Par vanité, faiblesse et curiosité j'ai un peu péché en ce sens durant quelque temps avec diverses célébrités aux idées avancées avant d'apprendre à me méfier de ce genre d'impostures et de connivences superficielles qui m'ont en vérité toujours mis mal à l'aise. Une journaliste de télévision à la langue acérée qui m'avait un jour traité de « laquais de la gauche balnéaire » m'a sans doute aidé à opérer cette prise de conscience ; elle est oubliée maintenant et je me dis parfois aussi que j'ai eu tort de l'écouter, comme elle je n'ai pas su me constituer l'un de ces fameux réseaux qui permettent de nager avec le courant en gardant la tête hors de l'eau.

Je n'ai revu Melina qu'une seule fois à l'occasion de la remise des prix du cinéma européen, pâle copie des Oscars où j'eus le malheur de servir comme maître de cérémonie lors d'une soirée calamiteuse retransmise en direct et en Eurovision depuis le théâtre des Champs-Élysées. J'avais planché sur le programme pendant plusieurs semaines avec un fol enthousiasme et il y avait, me semble-t-il encore, tous les ingrédients d'un beau spectacle. Au prix d'âpres négociations, Marlene Dietrich avait accepté de lire un message de bienvenue rédigé par mes soins qu'elle m'avait renvoyé plusieurs fois hachuré de corrections et de commentaires cinglants avant de l'enregistrer depuis son appartement où elle vivait cloîtrée de l'autre côté de l'avenue Montaigne, Roman Polanski et Isabella Rossellini devaient lire des lettres d'Ingrid Bergman dont je présentais le premier bout d'essai en couleurs, j'avais convaincu Pedro Almodóvar, Hanna Schygulla, Liv Ullmann et Philippe Noiret de remettre des trophées, ce qui constituait tout de même une belle affiche, un tableau de jeunes comédiens était chargé d'incarner une série de personnages célèbres du septième art dont Chantal Thomass avait refait les costumes avec un soin extraordinaire ; grâce à Micheline Presle et Françoise Arnoul j'étais parvenu à retrouver un à un toute une pléiade de grands acteurs légendaires, alors plus ou moins oubliés, pour les persuader de poser tous ensemble sur scène comme un tableau rappelant les anciennes photos des studios d'Hollywood où toutes les stars sont rassemblées, de jeunes et belles actrices en vogue étaient supposées m'aider pour les enchaînements, une fanfare devait jouer les meilleurs airs de Nino Rota, empruntés aux films de Fellini. Enfin, *last but not least*, Yves Montand et Melina Mercouri s'étaient laissé convaincre de remettre le super grand prix à la fin de la cérémonie. Ce n'avait pas été une mince affaire car la chute du mur de Berlin, survenue quelques jours plus tôt, les avait surexcités, ce que je pouvais fort bien comprendre même s'il m'avait plutôt semblé, au cours de multiples coups de téléphone un peu embrouillés, que l'idée qu'un événement historique de cette importance pût se dérouler sans eux alors que leur copain Rostropovitch jouait du violoncelle devant toutes les caméras du monde braquées sur la porte de Brandebourg avait sans doute contribué à leur agitation et au peu de cas qu'ils faisaient d'une célébration conventionnelle du cinéma européen. La concurrence de l'écroulement de l'empire soviétique une fois surmontée, tout tenait quand même assez bien sur le papier, mais j'avais trop présumé de mes ambitions, à la télévision il faut faire simple. La ladrerie de la chaîne qui m'employait entraînant l'absence de toute répétition adéquate, d'incroyables conflits de préséance avec la direction du théâtre qui méprisait souverainement le monde du cinéma, l'interventionnisme du ministère de la Culture et l'avalanche de faux problèmes qui est l'ordinaire de ce genre de manifestation torpillèrent insidieusement l'organisation de la soirée. Il ne m'était d'ailleurs pas venu à l'idée qu'aucun des présentateurs vedettes de la télévision n'avait convoité de prendre ma place. J'avais cru pouvoir frapper un grand coup et ce fut un naufrage. Rien ne ressemble plus à un réalisateur monténégrin qu'un réalisateur slovène, du moins lorsqu'il s'agit de tirer d'une enveloppe un nom difficilement prononçable sans un sérieux entraînement quand on ne l'a pas malheureusement échangée avec une autre. Nulle n'est plus difficile à tenir en place qu'une actrice revêche, qui eut son heure de gloire sous l'Occupation et modifie toutes les places du tableau pompeusement intitulé « Les immortels du cinéma français » pour que ce soit plus convivial et définitivement impossible de les retrouver sur le plan initial. Aucune supplication ne peut faire fléchir une jeune comédienne mécontente de devoir remettre un trophée indigne de sa réputation pourtant toute fraîche et qui abandonne la partie au dernier moment en assenant le sempiternel « c'est pas mon problème ! ». Personne ne peut dégeler une salle hostile et où fusent les ricanements quand on meuble avec peine en attendant une entrée en scène qui ne vient pas. Il y eut donc des carambolages de Yougoslaves qui se croyaient tous lauréats, des rideaux qui se fermèrent à l'improviste, des cameramen qui tombèrent dans la fosse d'orchestre, des invités qui se moquèrent férocement du défaut d'organisation, des envolées intempestives de la fanfare qui avait perdu le fil. Pour les spectateurs devant leur petit écran, ce fut aussi réjouissant qu'*Une nuit à l'Opéra* des Marx Brothers, mon affolement et mon air traqué de cocu de vaudeville contribuant généreusement au comique involontaire de ce happening délirant. J'ai connu bien des désastres télévisuels dont je me suis en général plutôt bien tiré mais je crois n'avoir jamais eu autant envie de planter là un tel cauchemar et de m'enfuir en plein direct. Au fond j'étais affreusement triste de voir mon scénario s'effondrer comme un château de cartes même si l'arrivée d'Yves Montand et de Melina permit de sauver les meubles in extremis. Ils avaient suivi toute la soirée depuis leur loge et ne voulaient pas la mort du pécheur. Ils se lancèrent au contraire dans un numéro d'improvisation farceuse où ils récapitulèrent tout ce qui leur avait plu dans le spectacle, engueulant gentiment le public pour son manque d'indulgence. Bien plus, Melina parvint à me retrouver après la fin dans le coin des coulisses où je me cachais prostré, ruminant mon chagrin et mon amertume, afin de me consoler avec des mots pleins de gaieté et d'amitié qui me touchèrent profondément et que je n'ai pas oubliés. Je n'étais plus le neveu de l'oncle mais un petit collègue infortuné dont elle avait compris l'échec et senti le désarroi.

Chaque fois que je revois un de ses films je n'ai plus très envie de me moquer d'elle autrement qu'avec tendresse, comme on plaisantait sur Marguerite Duras, le cannibalisme théâtral avec lequel elle bouffe littéralement l'écran pour qu'on ne regarde plus qu'elle m'émeut et je repense surtout à cette générosité sans égale qui l'animait dans ses orages comme dans ses caresses. Elle était déjà très malade ce fameux soir et elle en jouait d'ailleurs avec emphase pour se donner du courage et faire taire les mauvaises langues sidérées par sa réussite en ministre de la Culture, ce qu'elle appelait son meilleur rôle, et qui persiflaient drôlement : « C'est normal qu'elle s'occupe bien du Parthénon puisqu'elle l'a vu construire. » Melina est morte quelque temps plus tard, je n'ai jamais pu lui dire à quel point elle m'avait fait du bien dans les coulisses obscures où les machinos avaient hâte que je m'en aille et il me semble de toute manière qu'elle ne s'en serait pas souvenue.

Trêve de nostalgie, nous fonçons avec Amel à la projection de *Hamaca Paraguaya*. Le Paraguay est un pays qui m'a toujours fasciné, le plus mystérieux d'Amérique du Sud, enclavé, oublié, loin de tout. Un aïeul illuminé y a fait de nébuleuses affaires avant la guerre de 14, achetant des milliers d'hectares de terres avec une partie de la fortune siphonnée à mon innocente grand-mère. On a longtemps évoqué en soupirant dans la famille le domaine mythique dont nul n'a jamais su où il pouvait bien se trouver avant de ranger les vieux papiers illisibles de ce rêve d'aventure dans le tiroir où l'attendaient des liasses d'emprunts russes. L'histoire du Paraguay est une mine à scénarios : la république utopique des jésuites qui protégèrent et armèrent les Indiens guaranis, l'épopée du dictateur López et de sa maîtresse française, copie de l'Hortense Schneider du Second Empire, qui menèrent une guerre hallucinante contre le Brésil et l'Argentine, tellement sanglante qu'il ne resta plus qu'un homme valide pour dix femmes avec cet avantage pour les survivants qu'ils ne durent pas s'ennuyer afin de remplir le devoir patriotique de rééquilibrer la démographie, le règne interminable et ténébreux de l'inoxydable Stroessner si accueillant pour ses nombreux petits copains germaniques rescapés de l'apocalypse du IIIe Reich, les généraux Alcázar et Tapioca de Tintin et la Palombie de Spirou et de l'adorable Marsupilami, le joueur de tennis follement sexy qui me faisait délirer dans les années soixante-dix et dont j'ai oublié le nom, fantasme absolu de tombeur anonyme. Hélas, il n'y a rien de tout cela dans le film, juste deux petits vieux juchés sur des hamacs dans une clairière écrasée de chaleur, où l'on entend un chien aboyer interminablement ; ils espèrent des nouvelles de leur fils perdu dans le désert du Chaco où il guerroie contre les Boliviens. Quelques esprits cultivés et dont le moral d'acier résiste à la torpeur tropicale murmurent dans la salle profondément endormie qu'il s'agit de la version paraguayenne de *En attendant Godot* mais cette intéressante comparaison ne réveille personne. Pour ma part j'aime bien les films où l'on s'ennuie, j'ai le temps de mieux observer la mise en scène. Du temps de sa gloire où je m'accrochais vaguement à son sillage, Michel Guy disait que l'ennui n'est pas un critère esthétique. Dans sa bouche ce n'était pas qu'un paradoxe de snob, il s'ennuyait avec enthousiasme et on se sentait moins seul d'admirer des spectacles qui ne se seraient peut-être pas imposés sans lui. Enfin *Hamaca Paraguaya* est tout de même assez radical dans le genre emmerdant et pendant que je m'acharne à chercher ce qu'a voulu dire l'auteur avec un tel parti pris de lenteur, je sens que des vagues sournoises de sommeil montent à l'assaut; la peur de sombrer tout à fait m'empêche de vérifier si Amel s'est confortablement calée dans son fauteuil comme en avion pour mieux voir ou pour pouvoir roupiller tranquillement. Le fait est que le générique de fin me prend par surprise, j'ai loupé le moment où les deux petits vieux ont dû faire un tour complet avec le hamac et je ne saurai jamais si le fils revient de la guerre du Chaco. Années trente, arbitrage de la SDN, c'est plutôt la Bolivie qui a perdu : souvenirs de Sciences-Po, ce genre de choses m'intéresse encore et sur l'écran défilent beaucoup de noms aux consonances allemandes avec des prénoms en espagnol, deuxième ou énième génération, ce qui n'est pas tout à fait pareil, encore le bon vieux soupçon de Stroessner en blanchisseur de nazis auquel je reviens parce qu'on revient toujours à ce genre de trucs dans nos tristes vies sans romanesque. C'est un peu comme l'obsession du sexe, j'ai lu quelque part que les hommes y pensent au moins une fois toutes les sept minutes. C'est idiot mais à chaque fois que j'y pense moi aussi je me demande si j'y ai déjà pensé sept minutes avant, parfois c'est plus court comme entre deux *fucking* dans les films de mon Martin chéri, le nabot new-yorkais barbu à la voix éraillée de Kalachnikov, mais si, Kalachnikov l'armurier soviétique à la retraite de fauché qui serait milliardaire s'il avait pu vendre sa licence dans un pays capitaliste. Ce qui est bien avec l'ennui c'est que je me retrouve confronté à un de mes vieux problèmes, c'est plus fort que moi je passe mes temps morts à tout mélanger et quand je regarde quelque chose je réfléchis à autre chose. Ça doit avoir quelque chose à voir avec l'immaturité affective mais je n'ai pas trouvé quoi. Dans les brumes du réveil chaque matin, quand je constate une fois de plus que je suis seul dans mon lit et que je suis en train d'oublier mes rêves, je pense aussi à plein de choses.

En sortant de l'étouffoir paraguayen la foire de la Croisette nous saute à la figure. Tous ces gens qui déambulent doivent se raconter durant tout le reste de l'année qu'ils ont fait le Festival de Cannes comme d'autres font les lacs italiens ou la vallée des Rois. Le grand frisson, la preuve définitive, c'est de se faire photographier à côté de quelqu'un de connu, une vedette de la télé de préférence, quand on appartient au gibier rien de tel pour prendre la mesure de sa popularité. Nettement faiblissante en ce qui me concerne. Et lorsque cela tombe sur moi malgré tout l'épreuve est encore un peu plus déprimante car elle est assortie de la remarque rituelle : « Comme c'est dommage on ne vous voit plus nulle part. » J'y réponds selon la sympathie que m'inspire la personne ; « je passe maintenant sur le câble » permet de marquer ses distances en affirmant une discrète supériorité sociale ; « vous me reverrez bientôt » installe un climat de complicité entre gens d'expérience qui connaissent les hauts et les bas de l'existence, ces deux options étant préférables au « ça ne dépend pas de moi » un tantinet misérabiliste qui me range du côté des victimes, catégorie suspecte n'éveillant aucune considération véritable, et ouvre la boîte de Pandore des remarques habituelles sur la dégradation des programmes, le déclin de la culture et le gaspillage de la redevance. Je grimace intérieurement en faisant le bon garçon devant l'appareil qui ne marche pas une fois sur deux et en rameutant une tierce personne pour prendre la photo, de toute manière il n'y a pas d'échange, le cliché à peine effectué on regarde déjà ailleurs à la recherche d'un plus gros calibre ; c'est à se demander ce qu'ils vont pouvoir faire de ce portrait tiré à la va-vite avec le soleil dans l'œil, pas de quoi alimenter longtemps la conversation au cours de la soirée à thème « souvenirs de Cannes » où les invités bâillent d'ennui et de morne jalousie. Allez, c'est bien gentil tout ça mais il manque Benjamin Castaldi et le barbecue n'attend pas. Comme me l'a dit récemment une dame dans l'autobus : « C'est bien vous ? J'ai eu du mal à vous reconnaître, vous avez tellement vieilli. » Là-dessus je tombe sur les femmes panthères qui ne rajeunissent pas non plus. La mère et la fille, voilà bientôt vingt ans qu'elles viennent à Cannes, arborant leurs tenues tachetées de fiancées de Tarzan, miracles indémodables de stylisme sauvage et cousu main. La fille réalise des courts métrages, la mère lui sert de groupie et d'agent, présentement entourées de quelques loustics au teint terreux elles cherchent des invitations pour n'importe quoi, le moindre strapontin sera le bienvenu. À force de hanter la Croisette elles ont fini par atteindre une sorte de notoriété et il arrive qu'on les laisse passer dans les soirées sangria des attachés de presse sur le carreau et des jeunes cinéastes tiers-mondistes à l'avenir problématique. Elles sont d'ailleurs très gentilles, émouvantes avec le moral d'acier qu'elles opposent aux humiliations qu'on leur fait subir, leur confiance aveugle dans les vertus du festival. Je me demande où elles peuvent bien dormir, ce qu'elles font le reste de l'année, comment elles trouvent l'énergie de revenir un festival après l'autre. S'il ne tenait qu'à moi, elles seraient invitées partout. Elles sont au fond un scénario à elles toutes seules, pauvres reines de la forêt vierge qui se sont trompées de jungle, un scénario qui mériterait d'être filmé mais que personne ne se donne la peine de lire. Nous parlons un peu mais l'angoisse est trop forte et le temps presse, il faut filer pour lancer quelques coups de fil hors de la bulle enchantée vers le monde réel qui attend des descriptions exaltantes, endosser un smoking défraîchi, se retrouver dans la cohue jamais rassasiée d'observer les pingouins qui se dandinent en hâte à l'assaut du palais sous le soleil et les palmiers.

Autant l'avouer, a priori je ne sais rien de Lou Ye, le réalisateur d'*Une jeunesse chinoise*, ce qui confirme une fois de plus que ma cinéphilie du temps des cinémas Olympic s'est bel et bien évaporée et comme je ne jette plus qu'un regard mi-agacé, mi-méfiant sur les *Cahiers du cinéma*, à la manière des drogués qui prennent leur dose en haïssant ce qu'ils sont devenus, je me demande s'il s'agit de l'un de ces maîtres du cinéma de la Chine officielle, premier de la classe dans le beau style tonitruant des superproductions historiques incompréhensibles tellement appréciées des sinisants approximatifs que nous sommes, ou d'un autre de ces ovnis qui filment plus ou moins clandestinement la Chine d'aujourd'hui, son cynisme capitaliste triomphant, sa jeunesse oppressée et ses paysans laminés, ses marginaux urbains qui se débattent comme ils peuvent et se sentent foutus d'avance. En tout cas le film ne fait pas recette au bas des marches auprès des paparazzis clairsemés. Au demeurant l'équipe du film offre une image encourageante, jeune, pauvrement attifée en cérémonie de province, brushing Regecolor de rockers démodés pour les garçons comme on en voit tant dans les rues asiatiques et sages ondulations permanentées pour les filles à la manière des hôtesses de l'air sur les publicités de China Airlines, à l'exception de la coupe au bol très « révolution culturelle » d'une mamie quasiment en bleu de chauffe qui couve sa nichée avec une bienveillance touchante ; peut-être la productrice du film. Ils ont tous l'air très contents d'être là et du traitement médiatique pourtant médiocre qui leur est prodigué. Je ne vais pas tarder à comprendre pourquoi.

Une jeunesse chinoise est un film extraordinaire et magnifique, deux heures vingt d'une plongée fiévreuse dans l'histoire d'une génération d'étudiants chinois qui a été pulvérisée par la répression de la place Tian'anmen et la reprise en main politique effectuée par l'alliance de la vieille garde communiste et des technocrates de la nouvelle économie libérale. Je me souviens très bien de l'étonnement que l'on avait ressenti en 1989 devant la contestation chinoise symbolisée par cette étrange déesse de la Liberté surgie de nulle part et autour de laquelle une multitude vibrante de jeunes Chinois s'était rassemblée au pied même du mausolée de Mao. Jusque-là on en était resté à une vision stéréotypée de la Chine rouge, de son régime totalitaire et de sa société monolithique, à peine troublée par le soubresaut en somme mystérieux de l'écrasement de la bande des Quatre, la veuve Mao se chargeant de la pointe de romanesque indispensable. En relatant la vie à l'université durant les années précédentes, marquée par une effervescence intellectuelle, amoureuse et sexuelle à l'opposé de l'image puritaine et renfermée qui avait cours en Occident, le film nous rapproche brutalement de toute cette jeunesse inconnue et nous fait comprendre comment cette vague de contestation imprévue a pu se produire alors qu'elle se préparait en fait depuis longtemps à l'ombre d'un pouvoir rigide et sclérosé. Dans les salles de cours bondées, les boums supposées interdites mais frémissantes avec drague et disco, les couloirs en plein tumulte des facultés, les chambres des foyers où filles et garçons couchent ensemble passionnément, malgré la promiscuité. On les croyait coupés du monde libre quand ils le portaient en eux à travers toutes les brèches de la littérature des pays frères et des échanges d'étudiants avec l'Allemagne de l'Est ou le tiers-monde qui paraissaient sous contrôle et avaient pourtant cessé de l'être. La mise en scène est d'une intelligence rare, elle analyse les sentiments intimes des protagonistes avec une empathie profondément émouvante, éclaire l'histoire politique comme la répression sur la place Tian'anmen d'une manière habilement allusive et néanmoins étouffante, elle fait partager ce qui est en train de naître au cœur du désordre et de l'incertitude de l'avenir, la détresse, les illusions et la rage de se faire entendre. On pense inévitablement aussi à la Chine d'aujourd'hui, à tout ce qu'on lui reproche et à tout ce qu'on peut attendre d'elle au vu d'un constat si fort et si lucide. Malgré la longueur du film et le fait qu'on se sente parfois un peu perdu dans l'enchevêtrement torrentiel des destins individuels et des événements politiques, la salle est saisie et la fameuse rumeur de Cannes se met aussitôt en branle : longue ovation du public quand les lumières se rallument et paparazzis prévenus on ne sait comment qui accourent en foule désormais pour mitrailler l'équipe. Thierry Frémaux, l'homme qui programme le festival, me fait part à la sortie de la joie que lui procure cet accueil mais il me confirme aussi ce dont je me doutais. Les officiels chinois sont furieux que le film ait été sélectionné et comme je lui demande si l'attribution d'un prix au palmarès ne protégerait pas un réalisateur aussi doué que Lou Ye il me détrompe nettement, une distinction quelconque aggraverait au contraire leur rancune et exposerait Lou Ye à une sanction sévère. Je suis à moitié convaincu, je n'ai pas encore renoncé à penser qu'un prix à Cannes peut faire reculer le tigre de papier des bureaucrates et il me semble que c'est en raison de cet espoir que toute l'équipe était si heureuse de présenter son film ce soir. Mais il est tard, la conversation s'éteint et la nuit se referme sur nous. Je raccompagne Amel à son hôtel près de la gare et je rentre chez moi sans faire attention à l'agitation qui persiste dans les rues, envahi par les images du film et mes réflexions incertaines. Au fond que sais-je de la Chine ?

Troisième jour

Une jeunesse chinoise ne s'est pas effacée au cours du sommeil, j'ai dû rêver sans doute aux deux jeunes Chinois à la beauté pasolinienne que j'avais rencontrés à Pékin lorsque j'essayais de m'associer à un studio chinois pour tourner *Madame Butterfly*, car je les retrouve en embuscade parmi les pensées nébuleuses du réveil. Je les revois distinctement comme si je venais de les quitter alors que cet épisode de ma curieuse carrière cinématographique remonte à une dizaine d'années et que je les avais à peu près oubliés depuis. Les pourparlers avec le studio chinois étaient assez avancés, j'avais déjà commencé à repérer un décor et à faire un premier casting pour les figurants et les petits rôles, les deux garçons avaient entendu parler du projet et voulaient être engagés. Leur candidature spontanée était intrigante, je tentais de comprendre comment l'information leur était parvenue dans cette ville tentaculaire où j'étais moi-même perdu comme un fétu de paille. Ils n'étaient inscrits sur aucun registre professionnel, ils n'avaient jamais fait de cinéma, ils étaient inconnus du personnel du studio, peut-être appartenaient-ils à ces fratries de jeunes gens qui traînaient aux abords des grands hôtels pour étrangers et se renseignaient auprès des portiers, des garçons du même âge et qui avaient la chance de bénéficier d'un emploi régulier. Sous les dehors organisés et policés de l'activité urbaine où les belles filles à bicyclette ne dévisageaient plus depuis longtemps les Occidentaux et où le trafic intense s'écoulait avec une indifférence majestueuse le long d'artères interminables, j'imaginais les à-côtés populeux d'une vie de rue, de bandes, de conciliabules féroces dans ces petits immeubles à quatre étages jetés à l'infini sur des terrains vagues par les années Mao, sales, lépreux, enfumés par les cuisines communautaires et où s'entassait l'indescriptible chaos d'innombrables familles misérables. Ils venaient de là probablement. Ils baragouinaient un peu le « broken english » mondial et comme ils pensaient que j'avais en tête une sorte de film karaté chantant à la manière des feuilletons de sorcières et fantômes qui allumaient l'éclat bleuté de téléviseurs entrevus le soir par les fenêtres, ils m'avaient emmené dans le club de sport où ils entretenaient leur agilité sous des posters de Bruce Lee et de Jackie Chan. Le gymnase ne payait pas de mine, je n'avais pas la moindre idée de l'endroit où je me trouvais après un trajet d'une heure en taxi agrémenté par les vociférations incompréhensibles du chauffeur et je me sentais dans cet état d'apesanteur et de fatalisme qui m'a toujours très bien convenu. Celui des deux garçons qui me semblait le plus averti, un brun aux traits délicats bouclé comme un angelot, s'était mis en caleçon pour faire ses exercices en laissant admirer son corps harmonieusement dessiné, fin et musculeux. Son copain l'encourageait à la manœuvre et me regardait en me lançant des sourires goguenards. Nous étions seuls tous les trois dans le local perdu qui sentait le caoutchouc et la sueur, l'invite était claire et ils étaient si joyeux qu'il n'y avait certainement rien à craindre, mais je n'avais pas le cœur à profiter de la situation en abusant des espoirs de deux pauvres gosses à la retape quand je n'étais pas certain de pouvoir leur donner ce qu'ils attendaient de moi, les clefs du royaume magique du cinéma. J'étais abasourdi néanmoins par leur comportement si peu conforme à l'idée que je me faisais de la jeunesse chinoise. J'en étais resté au petit livre rouge brandi par des foules fanatisées et aux adolescents rageurs qui hurlaient des imprécations vengeresses sous le nez de pseudo-ennemis de la révolution, humiliés et tête baissée, condamnés à disparaître dans les poubelles de l'Histoire. C'étaient leurs parents les gardes rouges et ils appartenaient désormais à un tout autre monde qui se déroulait à toute allure devant eux et qu'ils ne voulaient manquer à aucun prix, celui de la vidéo, des vêtements de sport et des premiers portables, de l'argent roi qui les écraserait sans doute mais cela ils ne le savaient pas encore. Je n'avais pas vu venir ce bouleversement et j'étais encore moins à même de comprendre qu'il était la conséquence perverse des illusions et des défaites dont parle si bien *Une jeunesse chinoise*. Comme le chauffeur de taxi s'impatientait au-dehors en klaxonnant furieusement, j'étais parti en promettant qu'on se reverrait bientôt, ils m'avaient répondu par un au revoir plein de confiance ; *Madame Butterfly* n'a pas été tourné en Chine et il ne me reste de ce temps-là que l'image du gracieux gymnaste et de son comparse enjôleur, accrochés à leur rêve d'évasion et à celui qui m'a permis de me souvenir d'eux cette nuit. J'en garde une impression douce et triste qui va certainement me suivre pendant les heures à venir.

Je m'installe dans la bienfaisante routine qui me permet de garder l'esprit libre : café au bas de l'hôtel chez un couple de bistrotiers sympathiques, passage au Majestic pour prendre les journaux professionnels dans le hall encore désert à cette heure matinale, petite conversation avec la fille de la sécurité, une beurette blonde à l'accent du Midi qui « regarde toutes vos émissions » et n'a donc plus la télévision depuis longtemps, courte marche vers le palais où je m'émerveille chaque fois de la clémence du climat de la Côte d'Azur comme les Anglais d'autrefois qui lancèrent Cannes, retrouvailles avec Amel en bas des marches, gaie, régulière *as always*. Au programme de la première projection, *Volver* de Pedro Almodóvar, précédé d'une intense campagne de louanges hyperboliques telle que la grande salle est déjà prise d'assaut. Le début du film avec les femmes qui lavent les tombes au cimetière, les séquences à la campagne, certains échanges, le retour de Carmen Maura, tout cela est réjouissant mais l'imagination d'Almodóvar est moins débridée qu'avant, il y a des citations, des passages à vide où l'on s'ennuie, du bâclé sous le brillant et j'ai eu l'impression de me trouver en face d'un système qui ronronne autour de mini-provocations qui n'en sont plus. Si le film me déçoit, comme les deux précédents également encensés jusqu'à l'étouffement, il me pose aussi des questions qui m'intéressent. Pedro est devenu une superstar mondiale, ses films rapportent beaucoup d'argent et ils ont la carte gold auprès des critiques : n'est-il pas prisonnier de son succès au point d'en tourner un par an quand on sait tout le temps qu'il faut pour écrire un scénario, arrêter un casting, repérer, diriger et monter ? N'y a-t-il pas quelque chose de forcé dans cette image du réalisateur pédé branché beaux gosses qui aime tellement les femmes et les comprend si bien qu'il en est devenu une sorte de lesbienne à la caméra et que fait-il de cette imposture qui pourrait être drôle mais qu'il manie sans le détachement et l'insolence qui faisaient son charme ? Récriminations *in petto*, peut-être injustes et fausses mais qui m'aident à comprendre la gêne indéfinissable ressentie devant *Volver* et cet unanimisme béat qui me semble suspect, qui m'assomme même puisque j'ai toujours tendance à me méfier quand tout le monde est d'accord. Curieusement, l'esprit de Cannes, tant vanté pour sa clairvoyance, est parfois en retard lorsqu'il s'agit de reconnaître un grand réalisateur et se retourne soudain comme un bulldozer écrasant toute velléité de critique alors qu'il n'est pas forcément en aussi grande forme qu'auparavant ; ce qui arrive avec Almodóvar aujourd'hui est déjà arrivé dans le passé avec Wenders qui a attendu longtemps les honneurs de la programmation officielle avant de décrocher la Palme d'honneur ou avec Antonioni honteusement sifflé pour *L'Avventura*.

Je me souviens de la première fois où Almodóvar est venu à Cannes, je le trouvais génial selon la formule favorite de François que j'utilise souvent avec cette outrance qui nous était chère, et d'ailleurs j'avais vu ses premiers films et je ne me trompais pas. Il habitait une petite chambre très triste dans l'immeuble déjeté du Miramar et elle ne donnait pas sur la mer, son carnet de rendez-vous était pratiquement vide à l'exception d'une assez vague promesse d'entretien avec une fine mouche de *Libération*, j'étais l'un des seuls à savoir qui il était, à lui rendre visite et à lui dire tout le bien que je pensais de ses films. Il n'était pas aussi pittoresque ni aussi enjoué que je l'avais imaginé et il parlait de son travail avec un souci de rigueur intimidant. J'ai tout de même eu l'idée de lui proposer de présider le jury de « La nuit des starlettes » avec Silvana Pampanini et il a accepté ; il n'était pas venu à Cannes pour rigoler mais la solitude lui pesait sans doute, à sa place un des petits chéris des *Cahiers du cinéma* m'aurait certainement flanqué à la porte avec un air offensé.

« La nuit des starlettes » était une émission de télévision « en direct » que je présentais depuis quelques années et qui ramassait une audience considérable, ce qui lui valait d'être accueillie par un concert quasi général de ricanements condescendants. Le concept était d'autant plus saugrenu, donc attirant pour moi, que les starlettes avaient disparu depuis belle lurette avec tout le folklore des filles en bikini, des producteurs à gros cigares et des carrières qui démarrent dans un lit du Carlton. Dans la grande salle du Palm Beach assiégée par un public plus gala d'Annie Cordy que concert pop, dix jeunes comédiennes sorties de l'école de la rue Blanche jouaient le jeu crânement en interprétant des sketches que j'avais écrits et tournés à toute allure avant de défiler sur scène comme dans les concours de beauté ; il y avait les paparazzis en folie du bon vieux temps, des chansons à la mode et des apparitions surréalistes de célébrités pas toujours célèbres qui prodiguaient leurs conseils aux petites nouvelles, un jury pour rire que Dora Doll et Eddie Barclay n'auraient raté pour rien au monde et au fond le bonus était général : dans une atmosphère de revue tirant sur la *varieta* à l'italienne on faisait revivre un mythe innocent, les candidates profitaient d'un bon coup de projecteur sur leur carrière naissante, le second degré était à la fête et on s'amusait beaucoup. Avec Thérèse ma productrice, une beauté corse au moral d'acier qui me poussait dans toutes mes divagations et me protégeait comme une marraine de la Mafia pour qui le fiston a toujours raison, nous organisions toute l'opération dans des conditions de débrouillardise invraisemblable, sans moyens mais en puisant dans le vivier de Cannes, véritable Samaritaine du show-business où l'on trouvait tout ce qu'on cherchait à condition que « ce soit vu à la télé », ne fût-ce qu'un instant. L'une des clefs de la réussite résidait dans le choix de la figure de proue à la présidence du jury, généralement une star en difficulté voire tout à fait oubliée qui avait dérivé jusqu'au festival pour des raisons inexpliquées, qui se sentait perdue dans la cohue et sautait sur l'occasion de raccrocher un peu de lumière éphémère en se retrouvant au centre d'une émission populaire où l'animateur ne lésinerait pas à la mettre en valeur comme si le monde était encore à ses pieds. Je m'y appliquais sincèrement, sans cruauté ni esprit de dérision et cela se savait. J'avais eu Mamie Van Doren, émouvante fausse Marilyn dans les polars fauchés des années cinquante où elle vampait un Mickey Rooney déjà rétamé, Bjorn Andresen le Tadzio de *Mort à Venise* pour qui Luchino avait ordonné sur le tournage « personne ne touche au gamin ! » et dont on avait perdu la trace dans les bars de Stockholm où il avait forcé sur l'aquavit et quelques autres fortifiants, Jane Russel aux mèches désormais blanches, imposante et mélancolique comme une reine en exil qui dispense sa bienveillance avec une indéfinissable lassitude. L'année de Pedro j'avais déjà enrôlé Silvana Pampanini, la bombe sensuelle au décolleté vertigineux du cinéma italien de l'après-guerre, grande sœur de Gina et de Sophia qui l'avaient en quelque sorte effacée, reconvertie en femme de milliardaire avec teckels, vison et diamants assortis, piaffant sur un yacht de Monaco à la perspective de reparaître en pleine gloire sur la Croisette. Tout le problème était de lui faire avaler le petit accroc à son come-back que représentait le partage de la présidence avec Pedro. Silvana n'avait jamais entendu parler du pape de la Movida mais elle était bonne fille, décidément ravie de venir et pas mécontente non plus de faire son entrée au bras d'un chevalier servant dont je lui avais vanté profusément les mérites. Lorsque j'y repense aujourd'hui je suis frappé par l'énergie que je pouvais consacrer à ce genre d'aventures, j'étais peut-être plus sage que maintenant, je considérais encore la frivolité comme une affaire sérieuse. De fait, je tenais ma récompense, ce fut la plus belle « Nuit des starlettes » : émeute à l'arrivée de la Rolls décapotable prêtée par un accro du mocassin croco et de la pince à cravate en or, Silvana illuminée comme un sapin de Noël envoyant des baisers à la foule sur le thème « je savais qu'ils ne m'ont pas oubliée », Pedro la tenant fermement par le bras pour qu'elle reste dans le champ des caméras, standing ovation du public lors de leur entrée triomphale dans la salle où les grincements de « c'est qui ces deux-là ? » étaient couverts par mes improvisations au micro, affolement d'une délégation de Chinois rouges qui s'étaient trompés de soirée en tombant nez à nez sur Irène Funfroc, la fausse reine Élisabeth invitée dans tous ses atours et qu'ils prirent pour la vraie en plongeant sur la moquette, morceau de bravoure de Liane Foly chantant a capella, un court-circuit ayant grillé d'un seul coup l'alimentation électrique de ses musiciens, excitation incontrôlable des candidates à qui Patrick Bruel faisait l'œil de velours, et moi accroché au fil conducteur de mon direct tandis que Silvana et Pedro désormais inséparables n'en finissaient pas de roucouler à chaque enchaînement. Je ne sais plus qui fut la lauréate, j'espère que ça a marché pour elle ensuite. Pedro m'a souvent reparlé de cette soirée comme s'il s'était agi du brouillon d'un de ses films et puis nos planètes se sont séparées, j'ai perdu de vue Silvana et de toute façon les feux de la jeunesse se sont éteints.

Juste le temps de sortir et de rentrer dans la salle en passant par le bistrot de l'hôtel pour prendre un café. Autrefois, au temps de l'ancien palais, on allait au Blue Bar où se croisaient les traîne-patins du festival dans une atmosphère ensoleillée de Montparno sur la Côte mais l'affreux Noga Hilton, héritage des récentes années de spéculation et de corruption effrénées, a tout dévoré autour de lui et il ne reste de l'agréable terrasse qu'une sorte de caravansérail pour tour opérateurs, climatisé comme à Las Vegas. *Fast Food Nation* arrive à point nommé pour nourrir les bouffées d'anti-américanisme primaire que je pourrais ressentir devant le Noga Hilton si je n'avais appris à me défier de ce genre de réactions. Le film raconte l'enquête d'un jeune cadre d'une chaîne de restauration rapide qui sert des hamburgers avariés à ses clients : trafic sur les produits, exploitation des clandestins mexicains, petits chefs tyranniques, cynisme des dirigeants qui manipulent les investigations pour mieux s'entre-tuer. Tout y est avec les McDo, la malbouffe, l'obésité et les horreurs du capitalisme en ligne de mire. C'est très bien fait et il n'y a rien à redire sauf que nous sommes une fois de plus en plein politiquement correct si j'en juge par le comportement du public à la sortie, aussi content que s'il venait de voir un autre film du rusé Michael Moore, Palme d'or l'an passé plus décernée par l'air du temps que par le goût du cinéma. L'amalgame ordinaire entre certaines de nos habitudes de consommation imprégnées du mode de vie américain et l'impérialisme étoilé m'a toujours paru réducteur avec des conséquences absurdes. Je ne vais plus beaucoup dans les fast foods, question d'âge autant que de pratique alimentaire, mais si j'y allais encore aussi souvent qu'avant je n'aurais pas l'impression de soutenir la guerre en Irak et d'être le complice du paltoquet de la Maison Blanche. Porter des jeans et des tee-shirts, éprouver une forte attirance sexuelle pour le beau gosse *made in USA* dans toute sa candeur et son amicale spontanéité, aimer New York ou l'idée que je me fais de la Californie, s'intéresser à la culture américaine et reconnaître toute la place qu'elle occupe dans mon imaginaire ne m'ont jamais rien retiré de ce que j'aime par ailleurs. John Wayne a eu grand tort de tirer sur tous les Indiens mais il n'a pas tué le petit Marcel, Jean Renoir a préféré finir sa vie à Hollywood plutôt que de continuer à être humilié par les producteurs français qui ne voulaient plus de lui et je ne suis pas encore mûr pour le Mecca-Cola même si je trouve que l'invention de ce breuvage antitrust et islamiquement correct est plutôt rigolote. La diabolisation permanente de l'Amérique, malgré tous les petits arrangements auxquels chacun procède, me semble relever d'une sorte de confusion mentale que je m'efforce de ne pas partager. De toute manière la critique de l'Amérique par les Américains eux-mêmes devient aussi une forme de récupération très efficace à l'usage de ceux des Européens qui souffrent d'un bizarre complexe de colonisés et qui peuvent ainsi s'offrir un peu de bonne conscience à très bon compte. Il faudrait aussi s'interroger sur la haine manifestée par la crème intello, droite et gauche réunies, lors de la projection de *La Guerre des étoiles*, opus trois, dans la même salle l'an passé, le « je déteste ça » méprisant des beaux esprits que j'ai entendu proférer d'un ton docte et qui me hérisse à chaque fois que je prends du plaisir à regarder ce qui m'est étranger mais ne laisse pas de m'amuser et de m'étonner. Il est vrai que j'étais assis à côté de Gus Van Sant qui avait l'air aussi intéressé que moi par le ravissant angelot scandinave qui perd son innocence pour devenir le super-méchant galactique des autres épisodes. Je voyais *Le Prince Éric contre les Martiens*, lui je ne sais pas, peut-être pensait-il à Buster Crabbe, le bel apollon oxygéné des feuilletons de science-fiction qui passaient en première partie de programme dans les *drive-in*. C'est triste, les références se perdent, la jeunesse se détourne du noir et blanc et ne lit plus beaucoup Serge Dalens, l'hystérie antipédophile finira bien par avoir la peau des chérubins de Pierre Joubert qui bataillaient dans *Signe de piste* et qui se souvient encore de Sabu, le Mowgli lascif qui d'un clin d'œil m'aurait entraîné à le poursuivre dans la jungle ? Il doit y avoir des chemins underground et très secrets à travers le territoire universel des rêves d'enfance qui mènent Alix l'intrépide et ses copains jusqu'aux studios d'Hollywood et même George Lucas, Gus Van Sant et moi nous ne les connaissons pas. On comprendra que je me fiche un peu finalement de *Fast Food Nation*, un bon film très conforme à la norme actuelle et dont j'ai d'ailleurs l'impression qu'il est somme toute un peu trop nuancé dans la dénonciation pour devoir marcher aussi bien auprès du grand public que les brûlots habilement démagogiques de Michael Moore.

À l'heure du déjeuner les plages sont prises d'assaut mais je n'ai plus vraiment le courage d'affronter cette foire où l'hypothétique grande famille du cinéma se joue la comédie de la bonne humeur à grands coups d'embrassades emphatiques, de controverses insignifiantes et de jugements superficiels sur ce qu'il faut avoir vu absolument et que j'ai généralement raté ; je ne veux plus entrer dans l'engrenage pernicieux qui consiste à se demander si on est tombé sur la bonne plage et si ce n'est pas mieux, plus branché et plus amusant sur celle d'à côté ; à quoi bon s'obliger à rencontrer ici des gens que je n'ai pas envie de côtoyer à Paris et curieusement la plupart de ceux qui plongent la tête la première dans toute cette effervescence ne sont sans doute pas loin de penser la même chose. En fait le précieux temps que l'on prétendait réserver pour une conversation tant attendue n'existe pas, on est toujours pressé de parler à quelqu'un d'autre qui se profile derrière l'épaule de l'interlocuteur importun, le syndrome cocktail virevolte sans s'arrêter, à force de promettre de se voir on ne se voit jamais et si on peut effectivement rencontrer tout le monde à Cannes on en garde l'impression de n'avoir vraiment rencontré personne. Et si on tente malgré tout de se rendre à un rendez-vous oublié sitôt promis pour un déjeuner sympa à l'un de ces clubs aux noms de brochures touristiques qui se disputent âprement des frontières de matelas, l'aventure tourne presque immanquablement au cauchemar. Le soleil tape, le mauvais rosé passe à l'attaque et le spaghetti bolognaise tache à tout-va, les serveurs sont débordés, les fâcheux passent de table en table pour dire bonjour, on se sent serrés comme des sardines sans savoir s'il faut rester debout ou assis sur le siège qui s'enfonce, on se trouve surhabillé avec le sable qui s'infiltre dans les souliers devant les inévitables baigneurs, trop mal à l'aise pour oser faire comme eux à courir le risque d'exposer une peau blanche, les kilos de l'hiver et un maillot moche à côté de corps déjà bronzés, filiformes en Vilebrequin dernier cri, les yachts de milliardaires qui se balancent doucement juste en face flanquent le blues et réveillent de moroses pulsions de révolution bolchevique surtout qu'il y a toujours quelqu'un qui arrive du paquebot de l'armateur allemand ou qui se prépare pour la party avec Madonna ce soir sur le croiseur de la Paramount, l'addition passe de main en main en achevant le massacre à coups de fusil, aucune conversation n'est possible, ça rigole de partout et on n'y comprend rien, toute velléité d'échange se perd dans le brouhaha général.

Je me souviens avec une pointe de cafard qui persiste encore de l'un de ces repas au capharnaüm du Lagon d'Azur où l'un des convives annonça négligemment que Rita Hayworth venait de mourir. La nouvelle n'eut pas beaucoup d'écho, quelques apitoiements de circonstance et le charivari des conversations sur les films et les potins du jour reprit de plus belle. C'était à croire que Gilda, la Reine de Broadway et la Dame de Shanghai n'avaient pas existé pour tous ceux qui festoyaient joyeusement sans même s'interroger un instant sur cette histoire du cinéma à laquelle ils prétendaient appartenir, aveugles, bavards et sans mémoire. C'était il y a vingt ans, j'écrivais alors une chronique quotidienne dans une feuille de chou à la mode, j'ai prétexté un article à rédiger pour m'éclipser, je doute que quelqu'un ait imaginé qu'il serait consacré à celle que l'on avait perdue. Enfin, Rita qui meurt en plein festival et personne pour s'écrier : « Allez, on s'arrête un peu, on fait venir un de ses films et on le projette dans la grande salle ou ailleurs si ce n'est pas possible. » Oui, plutôt ailleurs dans Cannes, n'importe où dehors, n'importe quand la nuit ; Rita qui danse devant Glenn Ford, qui enlève ses longs gants de soie, qui chante *« Put me blame on me, mame »*, sur un grand écran dressé en face du Carlton, avec la masse sombre de la mer et les lumières des bateaux au fond et tout autour, par exemple. Je devais avoir l'air un peu bizarre en pressant le pas et en remuant ce genre d'idées dans ma tête, sur la Croisette où s'écoulait lentement une foule amorphe. J'ai souvent l'air bizarre quand je me sens seul à penser à des choses qui n'intéressent personne. Ava, Lana, Rita, le trio flamboyant des belles des années cinquante animera toujours ma nostalgie du grand cinéma romanesque hollywoodien qui a disparu avant d'être remplacé par des espèces nouvelles. Je les ai connues de très loin toutes les trois, après avoir vu la plupart de leurs films. Ava Gardner était la plus indomptable, la plus proche de la génération perdue des grands Américains d'Europe, Lana Turner ressemblait à ma mère ou plutôt à l'image que je me faisais d'elle et qui l'aurait sans doute un peu troublée, Rita Hayworth avait le grand chic royal et Ali Khan ne s'y était pas trompé en l'épousant. J'ai parlé plusieurs fois avec Ava au téléphone après une émission que je lui avais consacrée et qui l'avait amusée. Elle se moquait gentiment de moi et m'assurait que je pourrais venir la voir un jour à

Londres où elle faisait semblant d'être retirée du monde. Je l'imaginais dans son appartement de Kensington, entourée de ses tableaux de maîtres, de ses chiens et de ses gardes du corps jamaïcains, les cousins des mariachis de *La Nuit de l'iguane* en quelque sorte, répétant la bonne farce du rendez-vous impossible comme dans le film de Xavier Giannoli où Mathieu Amalric fait le pied de grue devant sa porte et ne parvient à communiquer avec elle qu'à travers l'interphone. « Demain, aujourd'hui c'est impossible mais demain, oui, c'est cela, revenez demain », et cela n'en finit pas, jour après jour sans que le malheureux perde espoir. Lana, je l'ai vue au Festival de Deauville, toujours blonde avec le fameux cran sur la tempe comme dans *La Mousson*, mais émaciée, frêle, à bout de souffle, trouvant tout *wonderful*, sa carrière, ses films, sa fille Cheryl, Anne d'Ornano et la suite du Royal, les journalistes de *Paris-Normandie* et le coiffeur bodybuildé aux cils soigneusement rimmelisés qui lui servait d'escorte et se collait contre elle pour les photos. Cela faisait un peu mal de voir Maman finir avec une folle mais enfin quand on a beaucoup aimé les hommes et que le désert gagne, la photocopie vaut bien l'original. Selon ce que m'a confié un soir de spleen Jacques Bergerac, le *french lover* ravageur des étoiles du scope couleur, ni Ava ni Lana ne parvenaient en fait à prendre leur pied, ce qui expliquerait qu'elles aient eu autant d'amants qu'elles se partageaient souvent de surcroît, des types bien et d'autres moins reluisants, parfois franchement dangereux. Mais ce ne sont peut-être que les propos désabusés de celui qui n'aurait pas obtenu tout ce qu'il désirait d'elles. Allez savoir, les départements publicité d'Hollywood cachaient si bien tous les petits secrets, il faudrait être Kenneth Anger pour vérifier. Avec Rita, ce fut un autre conte du crépuscule, lors d'un dîner presque intime entre revenants du grand monde où j'avais eu l'honneur d'être prié en tant que jeune cinéphile aux manières réputées acceptables. Elle était déjà sur son propre chemin vers la nuit, on ne disait pas encore Alzheimer à l'époque, et Yasmina, sa fille, prenait discrètement soin d'elle en l'enveloppant d'une attention légère et teintée d'inquiétude. Après les présentations d'usage, toujours très cordiales, en même temps qu'un peu vagues entre gens qui sont censés se connaître et appartenir peu ou prou à un seul cercle même lorsqu'ils sortent du néant comme c'était mon cas, j'avais le sentiment très net que l'on m'avait convié pour parler de cinéma et ranimer des souvenirs évanouis. L'exercice relevait du numéro de funambule au-dessus du vide ; Yasmina, la magnifique chevelure et le sourire éclatant de sa mère, douceur composée de princesse orientale et précision efficace d'*executive woman* new-yorkaise, me guidait sur le fil où j'avançais avec précaution des noms, des titres, des anecdotes ; du fond du gouffre, Rita me considérait avec sympathie, hochait la tête à chacune des remarques de sa fille et ne disait rien, lumineuse, reposée, totalement absente. La mondanité a cela de bon que l'on est constamment enthousiaste, la rencontre entre la reine retrouvée d'Hollywood et le petit nouveau admiratif était donc une réussite. Vers la fin du dîner, la conversation s'orienta vers le château de l'Horizon, la villa fantomatique entre Cannes et Golfe-Juan qui présente un visage rébarbatif depuis la route et le chemin de fer mais s'ouvre somptueusement sur la mer de l'autre côté par une succession de baies vitrées et de terrasses. Abondamment filmée par les actualités au temps du mariage de Rita et d'Ali Khan, glissant peu à peu dans l'obscurité après leur séparation, à tel point qu'on se demande aujourd'hui quand on passe devant si elle n'est pas abandonnée. Il faudrait faire un tour en mer pour voir si elle est encore habitée, j'y pense à chaque festival et puis je renonce sans trop savoir pourquoi, ce serait bien pourtant et j'irais aussi regarder la villa des frères Warner à l'autre extrémité de la baie, il serait dommage de mourir sans avoir pris le temps d'accomplir ce genre de pèlerinage solitaire. Rita, que l'on avait un peu oubliée, sortit doucement de sa léthargie pour demander si on avait continué à nourrir les mouettes qui s'invitaient au petit déjeuner et pour qui elle émiettait ses croissants, mais le temps de trouver une réponse, son esprit s'était déjà envolé, léger, si léger, avec les oiseaux de mer. Elle disait *seagull*, avec une voix de jeune fille, j'en retrouverai le timbre exact, c'est sûr, si j'accoste un jour au château de l'Horizon en cherchant où sont passés les mouettes, les jeunes mariés qui firent rêver le monde entier, leurs invités, Elsa Maxwell, le vieil Agha et la Bégum, l'orchestre de Zamfir et ses Violons magiques, toute la folle envie de vivre de l'immédiat après-guerre. Mais il vaut mieux que je m'arrête sinon toutes les autres étoiles de ma constellation personnelle vont défiler ; elles viendront à leur tour, selon mes humeurs du festival et comme les dames de jadis qui recevaient chaque semaine. Je n'apprécie pas beaucoup ceux qui filment les stars sur le retour en prétendant les adorer et qui les préfèrent défaites, ravagées et si possible mortes à la dernière bobine.

En tout cas il ne me reste plus beaucoup de temps avant la prochaine séance, juste ce qu'il faut pour prendre un sandwich et tomber sur Mazarine. Nous nous disputons aussitôt comme d'habitude, pour des vétilles, elle a aimé ceci, j'ai aimé cela, aucune importance mais on s'agace comme des sales gosses agrippés à leurs jouets, cette incompatibilité d'humeur persistante est d'autant plus étrange que nous avons de l'affection l'un pour l'autre. Je doute qu'une explication sereine résoudrait l'affaire, il y entre trop d'irrationnel, tout cet écheveau de passions familiales si compliqué à démêler. Les anciennes, les récentes et en plus nous n'avons pas le même âge. Amel nous considère en faisant les yeux ronds, je joue le faraud en lui expliquant que Mazarine est la dernière invention de Tonton pour exaspérer ses ennemis, sa réincarnation en jeune femme séduisante à l'esprit acéré. Cela ne la fait pas rire, Amel est bien trop intelligente pour se disputer avec qui que ce soit.

Dire que *Ten Canoes* est un film australien sur les Aborigènes, voilà un résumé commode que l'on risque de retrouver un peu partout et qui convient à l'espèce de lassitude navrée que j'ai ressentie au cours de la projection où je dois avouer que j'ai fini par m'endormir. Je me suis toujours intéressé aux Aborigènes, comme à tous les petits peuples menacés dans leur survie et je pense que je serais souvent branché sur le site de Richard Gere qui milite en leur faveur si je savais me servir correctement d'Internet. Le réalisateur dont je lis qu'il est né aux Pays-Bas, donc sans doute un émigrant de la première génération encore imprégné du respect hollandais d'autrefois pour l'autre et en rupture avec la brutalité pionnière et les préjugés encore répandus chez beaucoup de ses nouveaux compatriotes, nourrit assurément les meilleurs sentiments de sympathie pour les hommes au nez camus et à la peau sombre que l'on croirait surgis de la préhistoire alors qu'ils appartiennent seulement à une histoire différente de celle de leurs envahisseurs. On sait qu'ils ont été dépouillés de leur territoire culturel et religieux, traumatisés dans la perception de la place qu'ils occupaient au sein de la création, évangélisés, alcoolisés, clochardisés et que certains d'entre eux, surmontant des divisions ancestrales, ont commencé à résister avec l'appui de diverses organisations militantes australiennes, à tel point que la protection de leurs droits est devenue un enjeu politique majeur. Le réalisateur, Rolf De Heer, appartient au camp de leurs défenseurs, il n'y a pas de doute là-dessus. Mais ce qu'il nous raconte, une belle légende très ancienne avec tout ce qu'il faut d'amour, de ruse et de violence, à grand renfort d'images bien léchées et de comédiens émouvants, est un film avec des Aborigènes plutôt que sur les Aborigènes. On devine la troupe de théâtre, le texte retravaillé pour être bien compris du public, tout le fatras du bon sauvage qui sent l'Oncle Tom et Nanouk l'Esquimau. Ce qui n'a rien de choquant en soi dans la mesure où la cause des dépossédés vient de si loin que tout ce qui peut contribuer à la faire mieux connaître est bon à prendre mais reste finalement extérieur, inconsciemment condescendant et politiquement peu dérangeant. Cependant, comme je suis évidemment moins bien placé que Rolf De Heer pour délivrer des leçons sur ce sujet il ne me reste plus qu'à me pencher sur la vaste question de savoir comment la mauvaise conscience de l'homme blanc peut rendre compte le plus honnêtement possible du tort fait aux victimes de la domination occidentale, coloniale, impérialiste, tout ce qu'on voudra ; et de la refermer aussitôt parce que je n'ai pas la moindre chance de trouver la solution. Il me semble que pourtant Werner Herzog avait une approche à la fois plus humble et plus stimulante pour la réflexion dans *Le pays où rêvent les fourmis vertes*, projeté à Cannes il y a plus de vingt ans et dont je garde un souvenir bouleversant, notamment dans les scènes où les Aborigènes prenaient l'avion et survolaient leurs terres en reconnaissant tous les repères spirituels indéchiffrables pour le pilote et celle encore où un vieil homme se retrouvait devant un tribunal de Blancs, digne et égaré, incapable d'assurer sa défense parce qu'il était le dernier de sa lignée à parler une langue que plus personne ne pouvait entendre, hormis lui-même. Herzog, que l'on a injustement accusé de racisme pour son film sur Bokassa, qui reste également silencieux quand on lui pose des questions qu'il ne comprend plus, et dont les longs métrages magnifiques sont à peine diffusés, même sur Arte, sous prétexte qu'ils ne sont désormais ni des fictions ni des documentaires, inclassables, donc le grand péché. Dans *Ten Canoes* j'étais curieux de revoir David Gulpilil, la seule star aborigène, révélé dans un polar pluvieux et chamanique dont j'ai oublié le titre, qui se déroulait du côté des faubourgs crapoteux de Sydney. C'était il y a longtemps, quand le cinéma romanesque pillait sans vergogne les discours de bonne volonté pour dire finalement plus de choses intéressantes. Mais mon héros n'a qu'un petit rôle, celui du conteur justement, comme les acteurs célèbres qui font de brèves apparitions dans les téléfilms, et je n'ai fait que l'apercevoir avant d'être pris par le sommeil, ce qui n'est au fond pas très bon signe.

On enchaîne sans même quitter la salle avec *Taxidermiste*, provocation hongroise néopunk d'un jeune réalisateur trentenaire qui lorgne sur Lars von Trier première époque et le cinéma gore à l'usage des teenagers. Il y a une vague histoire qui emberlificote trois âges de la vie à travers un grand-père qui fait la guerre, un père sportif obèse de la période communiste, un fils très new age empailleur d'animaux et, si je ne me trompe, d'êtres humains quand l'occasion se présente. Le public, qui a fait bon accueil à l'équipe du film, festival de casquettes américaines, de brushings dynamités au gel et de blondes de l'Est modèle standard, alterne les phases de roupillon avec interrogation à distance sur les portables et de ronronnement de plaisir dès que ça devient franchement dégueulasse. Il n'y a pas que du sang sur l'écran mais aussi pas mal de florins, le film ne fait pas pauvre et j'imagine que tous ces jeunes gens n'ont eu aucun mal à se payer les somptueux pétards qui les ont aidés à élaborer le scénario et à diriger le tournage. Mais je ne voudrais pas être injuste, tout le monde a le droit d'être en retard, province, à côté de la plaque. Je me console en refaisant intérieurement le voyage d'été qui m'avait conduit à Budapest du temps où ma grand-mère était encore en vie et m'avait confié son Baedecker de 1937 ; la descente en bateau sur le Danube depuis Vienne, l'hôtel Royal, le pont Élisabeth, les tramways, les beaux gosses qui trafiquaient le change dans les rues, ce moment suspendu du postcommunisme entre le délabrement de l'art déco mitteleuropa et l'apparition des premiers magasins Armani. J'avais passé mon temps à marcher dans les rues, à traîner au marché aux puces et à courir les bouquinistes, enivré par la beauté de la ville, ma solitude, l'évanouissement subit du régime des camarades. Au fait qu'est devenu Jancso ?

Ouf, c'est fini, Amel va retrouver ses copains tunisiens dont le festival programme les films dans quelques jours, je récupère un petit scooter coréen vif comme un cheval de course et je file chez tante Henriette qui s'est retirée aux Hespérides à l'autre bout de la rue d'Antibes. Ce n'est plus le Festival de Cannes mais la fête aux souvenirs d'enfance et de famille. Tante Henriette a toujours vécu à la campagne dans de grandes maisons, en Charente puis en Provence, avec un mari qu'elle aimait, de nombreux et beaux enfants qui ont à leur tour fondé des familles et sont restés très proches d'elle après la mort d'André leur père. Elle vit seule dans un appartement de deux pièces avec terrasse et partage de temps en temps ses repas avec d'autres pensionnaires qui ont comme elle plus de quatre-vingts ans. On se place comme on veut, il en est de charmants avec qui elle pourrait s'entraîner pour les tournois de bridge. Elle sort chaque jour et marche sur la Croisette mais dans la direction opposée à celles des grands hôtels et du palais pour éviter la foule, les rollers, les câbles des télévisions sur les trottoirs. Elle n'a pas du tout l'air d'une vieille dame, elle a gardé son rire juvénile, elle lit beaucoup, regarde la 5 et Arte et se tient très au courant, elle voyage plusieurs fois par an pour aller voir ses enfants avec sa carte senior et elle ne reste jamais très longtemps sans que l'un de ses nombreux descendants vienne lui rendre visite. Pourtant les journées sont longues, Cannes est triste en hiver, l'appartement bien petit et quoiqu'elle ne s'en plaigne pas, la solitude doit lui peser. Quand j'étais enfant, j'étais heureux de passer les vacances de Pâques chez elle, je sentais qu'elle m'aimait et qu'il y avait toujours une place pour moi. C'était le lien le plus fort qui me reliait à ma famille paternelle, à Jarnac, à toute cette histoire qu'on trouve dans les livres et qui me paraît lointaine, presque étrangère. Grâce à elle, à son mari, à tout son entourage, qu'elle régentait d'une main ferme mais sans dureté, j'ai découvert le charme qu'on peut trouver dans les traditions provinciales et les maisons bien tenues, la vertu d'équilibre entre le rythme lent des saisons loin de Paris et la vive curiosité d'esprit pour tout ce qui vient d'ailleurs, cette *common decency* dont parle si bien Orwell et à laquelle je reste profondément attaché malgré toutes les aventures et les excès de ma propre existence. Tante Henriette a l'air très contente de me voir, elle me questionne discrètement sur ma vie qu'elle devine au fond très bien, se garde de me juger et a la délicatesse d'éviter toute nostalgie en évoquant le passé. Je lui propose de l'emmener à une projection, *Marie Antoinette* dans quelques jours ce serait très bien, elle ne sait pas, elle dit qu'elle n'a rien à se mettre et qu'elle serait une gêne pour moi, le petit garçon de naguère qui est censé monter les marches avec des stars, on verra plus tard, surtout que je ne me croie pas obligé d'insister, mais je sens qu'elle est un peu tentée quand même. Elle a préparé du thé, des petits gâteaux, en bas des enfants jouent au ballon, on attend tranquillement le soir. Je repense à ces opéras où les artistes reviennent sur scène quand tout paraît fini pour chanter ensemble encore une fois.

À Cannes, PH est un peu comme le Brésilien de *La Gaieté parisienne* qui veut s'en fourrer jusque-là. Tout l'intéresse et tout l'amuse et il peut exercer sans dételer ce sens aigu des relations publiques qui a si bien servi sa réussite professionnelle sur le chemin semé d'embûches de la télévision. J'apprécie d'autant mieux son énergie et sa gaieté que je sais qu'il n'est pas dupe des ravages de la comédie sociale et qu'il ne craint pas de me faire partager ce qu'il appelle ses « coups de mou » qui ressemblent comme deux gouttes d'eau saumâtre à mes propres passages à vide. Dans le tourbillon cherchez le garçon qui n'est pas venu, qui n'a pas appelé ou, pis que tout, qui valse avec un autre après avoir obtenu qu'on l'amène avec soi. Mon scooter n'inspire pas beaucoup PH et c'est lovés dans sa limousine de location que nous partons vers Golfe-Juan et le bistrot de poisson où Marina et ses amis nous attendent pour dîner. « Tu verras, nous serons entre nous », m'avait dit la belle au téléphone, cinglant sur son yacht comme Pandora entre le cap Ferrat et Saint-Tropez. J'aurais dû me méfier et encore plus en voyant s'allumer un regard de panthère dans la pupille de PH quand j'ai indiqué le lieu du rendez-vous au chauffeur. Impossible de le manquer, un essaim de paparazzis bourdonne sur le trottoir d'en face tenu en respect par un magasin de vigiles robotisés. À l'intérieur la pseudo-gargote dégorge de glamour comme un esturgeon son caviar. À chaque table il y a de quoi faire un numéro spécial de *Gala*, on doit s'ennuyer ce soir en bas des marches en attendant la projection du film bulgare. Marina et ses amis viennent de débarquer du bateau, j'aperçois une sorte de voie lactée scintillant à quelques encablures. Mais comment font-ils pour donner l'impression qu'ils se posent entre deux envols, légers et gracieux comme des notes de musique, alors que j'ai sans cesse l'impression de tomber là où je m'arrête après avoir cheminé péniblement, et pourquoi suis-je soudain certain d'avoir endossé une serpillière avec le blazer Ralph Lauren dont j'étais si fier quelques instants plus tôt quand ils sont en rien de spécial apparemment, bien nets, clean, impeccablement repassés. Il faudrait apprendre à reconnaître les jeans qui ne sont pas des jeans, les tee-shirts qui ne sont pas des tee-shirts, je devrais demander à PH de m'éclairer. Bouillabaisse pour tout le monde, accent du Midi du patron comme dans les films américains où passent des Français indigènes, esperanto general dans la conversation, mon *broken english* tient à peu près le coup et PH fait ses gammes sans se démonter sur le Steinway. *Names*, *names*, il ne faut pas compter sur moi pour tenir la chronique, j'ai du mal à raconter les dîners chez les stars quand elles m'ont accueilli gentiment, je ne suis pas Gore Vidal qui s'en fiche de laisser des cadavres derrière lui et je n'ai pas envie de finir comme Truman Capote exhibant les coutures de ses liftings dans *Interview* pour essayer de culpabiliser ses victimes ; il est vrai que je n'ai sans doute pas le calibre et que j'aimerais bien être réinvité chez Marina, surtout chez Marina. Avouons tout de même, Danièle Thompson exquise comme toujours et aussi Al Gore en mastodonte, les désillusions de la politique et le dérapage calorique compensateur ont dû jouer, expliquant benoîtement que les Iraniens aiment au fond beaucoup l'Amérique et attendent qu'elle les libère des ayatollahs, ou bien l'agent de Brad Pitt, amical, poli et bon garçon comme un étudiant de Virginie dans les mémoires de Julien Green ; ils auront contribué au vif plaisir de la soirée. Mais il se fait tard, la journée n'est pas tout à fait finie et nous sautons avec PH par-dessus la barrière de cristal invisible pour rejoindre le commun des mortels. Je me retrouve sur la terrasse du Majestic où se déroule l'émission dite de cinéma de France 2 pour participer bravement à la combine qui consiste à faire passer une petite comédie française pour le nec plus ultra du septième art. Il souffle un mistral à décorner toutes les vaches sacrées de la culture au cas où elles n'auraient pas déserté depuis longtemps le service public, le désordre qui en résulte sur le plateau et ma bonne pratique du pilotage automatique me permettent de traverser l'épreuve. Le beau Guillaume qui est censé produire le programme et qui ne rate pas une occasion de m'expliquer que j'ai tort de faire le difficile à chaque fois que je le rencontre, avec ce ton goguenard des premiers de la classe qui ont découvert les joies du bordel, nous encourage Isabelle Giordano et moi depuis la coulisse. Je le trouve très mignon, le beau Guillaume, et je me demande quel âge il peut bien avoir. Je n'ai aucune chance avec lui mais patience, encore quelques années et ce sera son tour de bisquer devant un autre chien fou. De bien mauvaises pensées j'en conviens, mais les derniers soubresauts de mes exploits télévisés n'engendrent que frustration et pulsions d'inutile méchanceté, il va bien falloir que je me décide à sortir de ce piège où ma faiblesse m'enferme et à tirer un trait sur une chance qui n'existe plus. C'est donc avec un moral au beau fixe que je me laisse convaincre par PH, resurgi comme un diable de sa boîte, de l'accompagner à la fête de *Volver*. Compte tenu de l'heure désormais plutôt tardive, toutes les stars sont parties depuis longtemps et il ne reste que l'écume habituelle de jeunes gens saouls et défoncés qui se poursuivent les yeux écarquillés. Un petit Rory, étudiant en cinéma dans un de ces départements d'université où je me demande toujours un peu ce qu'on enseigne, insiste pour que je lise son scénario. Il a beaucoup dansé, le brushing a collé, sa chemise est mouillée de sueur, c'est son premier festival. Tel quel il ressemble un peu à Polanski quand il est venu à Cannes pour la première fois avec son pote Cybulski, le James Dean polonais, et qu'ils draguaient les filles pour avoir une chambre où coucher. Mais le petit Rory veut seulement que je lise son scénario qu'il me fera porter à mon hôtel demain, enfin s'il n'a pas oublié entre-temps. Je rentre en gardant son image avec moi, petite âme blanche, vague et légère. Alors que je m'endors la voix d'un Américain qui parle sur son portable dans la rue monte jusque dans ma chambre par la fenêtre ouverte, il doit être en communication avec Los Angeles, il n'est question que de contrats, de versements en dollars, d'un autre type qui l'a doublé. Il dit *fuck* à chaque phrase comme dans *Les Affranchis*. Quand ils ne descendent pas d'un yacht c'est fou ce que les Américains parlent fort.

Quatrième jour

On peut dire tout ce qu'on veut de Jean-Pierre Bacri, qu'il a un caractère insupportable de perpétuel grognon, des manières abruptes et désagréables, des poses de justicier exaspérantes comme lorsqu'il soutenait les intermittents devant les caméras de télévision au bas des marches il y a deux ans. Je ne sais pas quelle est la part de la sensibilité et du cabotinage, de la sincérité et de la démagogie dans ses comportements qui lui valent une sympathie générale complaisante et j'ai tendance à me méfier des « bourrus cœur d'or » qui sont souvent aussi désagréables en privé qu'en public. Mais c'est un formidable personnage de cinéma qui détonne dans le paysage ambiant et un grand comédien dont les attitudes et les saillies me mettent en joie, capable de surcroît de nuancer généreusement son emploi habituel de râleur impénitent avec beaucoup de finesse et d'élégance. Au fond ni Raimu ni Gabin n'étaient des types commodes. Dans *Selon Charlie*, le film de Nicole Garcia, il est juste et émouvant en maire d'une petite ville balnéaire endormie à la morte saison, coincé dans une existence morne et amoureux d'une fille modeste employée aux espaces verts de la municipalité. Il faut le voir dans quelques très belles scènes pour apprécier son remarquable talent d'acteur ; lorsqu'il anime une fête du troisième âge avec entrain alors qu'il a le cœur au bord des lèvres, lorsqu'il se prend d'amitié pour Benoît Poelvoorde, minable petit voyou entré par effraction dans le refuge où il cache sa liaison, et surtout lorsqu'il débarque à l'improviste chez la jeune jardinière et que les parents médusés comprennent qu'ils ne sont plus en face d'un notable respectable mais de l'amant de leur fille. Si on dit que les Français sont des Italiens de mauvaise humeur, il y a alors en lui quelque chose d'un Alberto Sordi revêche et cette comparaison ne me semble pas être un mauvais compliment à son endroit. Le film m'a d'ailleurs rappelé *Les Vitelloni* par sa mélancolie provinciale où s'entrecroisent plusieurs destins pris au piège du quotidien sous le regard du petit Charlie, un gracieux gamin de treize ans à qui les faiblesses des adultes n'échappent pas malgré son apparente indifférence.

Depuis hier, la presse et la méphitique rumeur de Cannes ont enclenché la machine à démolir et j'ai l'impression de retrouver la règle inavouable du boomerang qui ferait payer à Nicole Garcia ses précédents succès de comédienne et de metteur en scène. Cela me semble très injuste et en plus il n'y avait pas grand monde dans la salle ce matin, ce qui n'est pas de bon augure pour la carrière future du film. Malgré le sourire moqueur d'Amel, je soutiens que ce n'est pas la seule découverte d'Arnaud Valois, super beau gosse inconnu dans un second rôle, qui m'a fait apprécier le film. Mais les membres du jury, qui n'ont pourtant pas encore une idée précise de mes petits travers, s'éloignent dubitatifs et silencieux. Nicole Garcia qui a manifestement donné beaucoup d'elle-même à *Selon Charlie* et qui a eu le courage d'affronter les dangers de Cannes et la menace d'un dénigrement hargneux sera-t-elle atteinte à son tour par l'aversion que certains réalisateurs ressentent avec le temps pour leurs films mal-aimés ? C'est une réaction instinctive que j'ai souvent observée, on abandonne ce qui marche mal. Je me suis moi-même détaché de quelques émissions que j'avais cru réussir lorsqu'elles n'ont pas eu de succès et dans un registre nettement plus noble George Cukor n'hésitait pas à affirmer de façon stupéfiante que *La Femme aux deux visages*, délicieuse comédie où il avait fait danser Garbo, était leur plus mauvais film à tous les deux. Une autre version du syndrome de Stockholm en somme.

J'ai raté la Corée lorsque j'y suis allé, comme en Chine, pour essayer de trouver des partenaires et des décors pour *Madame Butterfly*. Avec Pierre Olivier, mon associé qui s'obstinait énergiquement à sonner à toutes les portes, je n'y ai rencontré que des producteurs plus ou moins véreux qui me demandaient à chaque fois : « Mais pourquoi voulez-vous tourner chez nous cette histoire japonaise ? » Il fallait tout reprendre de zéro, expliquer qu'il s'agissait d'un opéra italien, d'une production française avec une cantatrice de Shanghai, cela ne servait à rien ; nous avions sous-estimé la haine que l'impitoyable colonialisme japonais a laissée derrière lui. C'était comme si j'avais voulu monter une comédie musicale nazie en Israël. Il faisait froid et gris, ça sentait l'ail dans les ascenseurs, la nourriture me paraissait infecte, circuler à Séoul en proie à des embouteillages cauchemardesques était épuisant et sans la merveilleuse gentillesse de Sidney Peyrolles, le directeur de l'Institut français, nous

nous serions sentis tout à fait perdus en territoire hostile au milieu de tous ces Park et de tous ces Kim que nous confondions les uns avec les autres. Pour aggraver mon cas, quand je trouvais un monument intéressant, il datait immanquablement de la période maudite de l'occupation nipponne, tandis que les paysages qui m'attiraient étaient toujours ceux où l'ennemi héréditaire avait infligé dans le passé une humiliation impardonnable, implanté un camp de concentration, perpétré d'abominables massacres. J'avais bien l'impression de passer à côté de l'essentiel et de ne pas avoir trouvé la Corée des grands musiciens, des artistes raffinés et du fameux matin calme mais je ne tombais que sur des brutes qui proféraient des onomatopées mystérieuses. Depuis cette piteuse équipée je ne cesse de voir de très beaux films coréens qui me narguent et me mettent le nez dans mon aveuglement et mes funestes préjugés.

L'expérience se répète ce matin avec *Unforgiven*, superbe relation, par un godelureau de vingt-cinq ans, de l'apprentissage militaire où de jeunes conscrits macèrent dans une étouffante atmosphère de bizutages, de brimades et d'homosexualité latente. À croire que les techniques de dressage ne diffèrent pas beaucoup entre le Sud et le Nord. Yoon Jong-bin, j'apprends le nom du réalisateur par cœur pour m'en souvenir, a su tirer parti de l'économie de moyens d'une production modeste (tournage en vidéo ?) pour diriger ses recrues avec une rigueur d'adjudant et les cadrer comme s'il respirait leur souffle oppressé de sadosmasos débutants. Pas de mou, pas de gras, la boule à zéro, corps serrés dans leurs treillis quand ils s'entraînent à se martyriser mutuellement sous prétexte d'obéir aux ordres ou flottant en sportswear mondialisé lorsqu'ils en ont fini avec leurs classes et retournent aux filles, à l'alcool et à Internet, déjà plombés, éteints, mûrs pour la chaîne à boulot, les garçons sont constamment érotisés avec une sorte d'âpreté désespérée. Mais c'est évidemment tout le fonctionnement d'une société rigide, étouffante et machiste que le film vitriole en l'enfermant symboliquement dans une caserne et l'omniprésence du fantasme homo n'est que l'ultime rempart où peuvent s'abriter les sentiments. Je ne suis pas certain que Yoon Jong-bin éprouve vraiment du désir pour les garçons mais il y a dans *Unforgiven,* comme dans le *Happy Together* de Wong Kar-waï qui m'avait tellement plu, cette reconnaissance de l'homosexualité comme rébellion intime, irréductible et libératoire où je me retrouve mieux que dans le conformisme mou de la gentille communauté et du modèle « petit couple » à peu près admis aujourd'hui chez nous, sans regretter pour autant que nous ne soyons pas tous coréens. À la sortie tout le monde se presse autour de l'équipe du film ; ils ont l'air de gamins ravis de l'accueil qui leur est réservé. Une fois de plus c'est le grand avantage de Cannes qui permet de faire ce genre de découvertes inespérées ; il faut seulement souhaiter que la rampe de lancement fonctionnera jusqu'au bout et que le film pourra être vu dans les salles, ce qui n'est malheureusement pas toujours le cas. Je me souviens d'un hallucinant récit de la vie étudiante à Manille où les fratries universitaires partagées entre fascistes et communistes s'entre-tuaient sans pitié ; il m'avait fait forte impression il y a une dizaine d'années sans que je n'aie plus jamais entendu parler ensuite ni du film ni de son réalisateur. La cinéphilie à la française dont on se gargarise a cette sorte de manques qui font craindre qu'elle ne s'étiole.

Autrefois je passais vite sur la Croisette entre deux films sans me demander si elle offrait une promesse de drague dont je constate maintenant qu'elle n'est pratiquement jamais tenue, je fonçais à la plage pour retrouver ma petite bande. Je vois, comme si je venais de me réveiller, Arielle Dombasle et Tonie Marshall, corps ravissants et têtes bien faites, chacune à sa manière, sautant entre les vagues en bikini et nageant la tête haute pour ne pas se mouiller les cheveux, avec des airs concentrés de collégiennes qui ne feraient pas attention aux messieurs ; elles étaient encore à peu près inconnues, idéalement gentilles, bien plus avisées que les garçons qui leur tournaient autour. Des amies pour la vie même si nous ne fréquentons plus tout à fait les mêmes mondes. Quand la mer était mauvaise on filait à la villa Tinchant où l'infatigable Maurice tenait table ouverte pour notre engeance de pique-assiettes. La maison avait appartenu au roi Zog d'Albanie, l'une de mes stars favorites dans la constellation ruritanienne, inspirateur involontaire du *Sceptre d'Ottokar* et d'une multitude de films d'aventures à sang bleu, du *Prisonnier de Zenda* à *Leo the Last*. De jolies écervelées passaient devant son portrait encore accroché dans l'escalier en le prenant pour le grand-père de Maurice et contemplaient les photos de la reine Géraldine dans des cadres en argent qui par miracle n'avaient pas été volés en disant : « C'est fou ce qu'elle était belle à l'époque, Danielle Darrieux, c'est dans quel film qu'elle portait une couronne ? » Moi je savais la vérité mais je préférais ne rien dire, à la fin c'était quand même mon film. La villa Pierre-Grise, son vrai nom, était toujours dans la famille royale, objet d'un litige interminable entre la République populaire du ténébreux Enver Hodja qui tentait de la récupérer et la douce Géraldine qui espérait la vendre pour vivre un peu moins chichement dans le petit appartement de Madrid où elle s'était repliée avec le drapeau et le gouvernement fantôme de cuisiniers et de chauffeurs de taxi que l'État franquiste avait persisté à reconnaître. J'étais devenu copain comme il se doit avec le maréchal de la Cour, troglodyte à moustache réfugié dans une roulotte au fond du jardin envahi d'herbes folles, qui gardait un œil sévère sur la maison au cas où des agents communistes se seraient infiltrés parmi les chevelus qui ribaudaient à la cuisine et s'adressait aux demoiselles de passage avec la galanterie surannée d'un vieux gentilhomme balkanique. Ayant découpé depuis longtemps la photo de Zog posant au milieu de ses nombreuses sœurs en amirales de la flotte albanaise et sachant que les princesses menaient toutes ensemble dans un meublé de la rue d'Antibes une existence d'exilées, assurément fort digne mais plutôt obscure, je ne manquais pas de lui demander des nouvelles de Leurs Altesses, m'attirant sa reconnaissance émue devant tant de sollicitude. Les princesses n'allaient pas fort, soupirait-il, c'était affreux, chaque année il y en avait une de moins, j'étais presque aussi désolé que lui, ce sont de tristes nouvelles qui continuent à m'émouvoir quand tout le monde s'en fout. Trop maigres, trop pauvres, trop méprisées par l'Histoire, elles n'auront dansé qu'un bref été, les petites princesses de Tirana, avant de s'enfuir sous les bombes de Mussolini avec leurs rutilants uniformes inutiles et un tout petit peu d'or qui ne tarderait pas à fondre comme neige au soleil. Rien à voir avec la robuste santé de la princesse Élisabeth de Roumanie, ex-reine de Grèce, qui avait conçu dès son arrivée sur le trône éjectable d'Athènes une sainte horreur des Hellènes et de son mari l'infortuné Georges II, et sœur dénaturée du roi Carol qui n'était pas mal non plus dans son genre d'aventurier dynastique. Éléphantesque, endiamantée, arborant fièrement les cocards que lui refilaient ses secrétaires gigolos et toisant depuis le bar du Carlton la faune festivalière qui défilait devant elle, telle Margaret Dumont, l'altière rombière de *La Soupe au canard*, elle grommelait à l'oreille du concierge avec cet accent indéfinissable du Gotha qui tire un peu sur l'anglais : « Vous ne trouvez pas qu'ils sont tous effroyablement vulgaires ? Moi qui ai pratiqué tous les vices et tous les crimes, à l'exception de l'assassinat et encore je n'en suis pas sûre, je n'ai jamais été vulgaire. »

Il y a cette photo en noir et blanc prise à Pierre-Grise qui saisit bien l'atmosphère qui régnait alors dans la maison à certaines heures. Au milieu de l'après-midi par exemple, un jour sans fête à préparer, lorsque la plupart des habitués sont descendus en ville pour voir des films ou somnolent dans leurs chambres en désordre. Une jeune femme assise sur un canapé fatigué, en profil perdu, jolie certainement, lit dans le grand salon vide. On devine le calme, le soleil et la chaleur à l'extérieur, l'expression pensive de la lectrice, on sent cette manière que nous avions tous de flotter un peu dans cette grande maison délabrée dont l'histoire n'était pas la nôtre. La photo est belle, je la retrouve de temps en temps dans des magazines, elle a dû être prise par quelqu'un de connu ; Raymond Depardon et Xavier Lambours passaient de temps en temps. À chaque fois que je la vois je pense reconnaître Dominique Laffin, mais non ce n'est pas elle, c'est Juliette Binoche. Il est vrai qu'elles se ressemblaient un peu, on commençait aussi à s'intéresser à elles, on leur promettait de belles carrières. En fait, Dominique Laffin était un peu plus âgée, elle avait déjà tourné *La femme qui pleure* de Jacques Doillon, *Tapage nocturne*, le deuxième film de Catherine, et *Félicité* de Christine Pascal, trois films où elle était extraordinairement émouvante, d'autres encore avant que Juliette Binoche ne la rejoigne dans *Liberty belle* de Pascal Kané où elle débutait juste. Ce sont des films que je cite soigneusement, je ne les ai pas revus mais je me les rappelle très bien, comme des lieux qu'on ne visite plus et qui restent pourtant gravés dans la mémoire parce qu'on y a fait de belles rencontres. L'une avait donc pris un peu d'avance sur l'autre, quelques années, elle avait aussi un peu plus d'expérience, mais enfin sur cette photo on pourrait les confondre, les deux jeunes actrices douces et sensibles qui ont de l'avenir. Juliette Binoche a fait une brillante carrière et ça continue, Dominique Laffin n'a pas connu le même sort, elle est morte au milieu des années quatre-vingt. C'est d'ailleurs pour cette raison que je me trompe à chaque fois et que je la reconnais quand ce n'est pas elle, parce qu'elle me manque. Je connaissais à peine Dominique Laffin quand elle tournait ces films où elle m'avait tellement ému, on devait se croiser au hasard des projections de presse, Catherine avait tourné quelques scènes de *Tapage nocturne* dans mon cinéma, on circulait tous à peu près dans les mêmes cercles. Mais rien ne m'aurait laissé prévoir ce qui est arrivé, la sonnerie du téléphone en pleine nuit m'arrachant au sommeil, cet appel au secours d'une voix chavirée par la souffrance que je n'ai pas reconnue tout de suite, l'étonnement d'avoir été choisi et l'angoisse de ne pas savoir comment lui venir en aide. Elle avait bu, elle était incohérente, elle pleurait beaucoup, elle ne souhaitait même pas que je vienne la retrouver quelque part. C'était un long cri de détresse qui était venu se poser sur moi et qui ne me demandait rien, seulement que je l'écoute. J'avais tout de même quelques petites choses à lui dire, des paroles de discrète amitié pour lui montrer que je la suivais depuis longtemps, de timides confidences personnelles afin qu'elle se sente un peu moins seule, mais elle allait trop mal, elle ne voulait même plus être consolée et je me sentais affreusement maladroit dans ces tentatives pour l'atteindre que j'avançais à l'aveuglette. Fallait-il qu'elle fût malheureuse, paniquée, au seuil du non-retour, pour s'adresser à l'inconnu que j'étais ; son désespoir était opaque et vertigineux, j'imaginais la force secrète qui pousse à rechercher en plein naufrage un numéro de téléphone que l'on n'a pas, je sentais que je n'étais certainement pas le premier qu'elle réveillait au cœur de la nuit, celle-là ou une autre, j'essayais de maîtriser le moins mal possible ce torrent d'angoisse et de chagrin où elle m'entraînait et dont je n'arrivais pas à la sortir. Nous avons dû rester très longtemps au téléphone, par la fenêtre j'ai vu qu'il commençait à faire jour, j'ai eu l'impression qu'elle se sentait un peu mieux mais peut-être était-elle uniquement épuisée. Elle ne m'a pas donné son numéro, c'était mystérieux, elle disait habiter ici ou là, j'avais du mal à la croire mais je n'avais pas envie de la forcer, elle entendait garder l'initiative et bêtement j'ai pensé que c'était bon signe. Je lui ai dit qu'elle pourrait m'appeler quand elle le désirerait, n'importe où et à n'importe quelle heure. J'ai beaucoup insisté avant de la laisser repartir, mais il n'y avait pas encore de portables et je n'ai jamais su si elle a essayé de me joindre une autre fois. Je ne me rappelle plus qui a raccroché le premier, je ne me suis pas recouché, j'ai attendu que la vie ordinaire reprenne peu à peu autour de moi, les bruits de l'immeuble, les passants dans la rue, j'ai repensé à *La femme qui pleure*, le film. Après je n'ai plus eu de nouvelles, je n'ai pas osé en parler autour de moi pour ne pas la gêner, même pas à Catherine qui savait pourtant certainement ce qu'il en était, je me suis arrangé avec l'idée que nous connaissons tous des passages à vide alors que j'avais bien senti que c'était plus grave, je me suis endormi souvent en imaginant qu'elle m'appellerait et je me suis réveillé autant de matins avec un indéfinissable sentiment de manque, j'ai continué à penser à elle mais il n'était pas nécessaire d'être malin pour comprendre que ce n'était pas ce dont elle avait besoin. Cela n'a pas duré longtemps, elle a disparu quelques mois plus tard, je n'ai pas su comment et je n'ai pas cherché à connaître les détails; c'était déjà bien assez triste comme ça et j'avais suffisamment de sentiment de culpabilité en stock pour ne pas en rajouter. Pourtant je n'ai jamais réussi à me persuader que cette fille n'était rien pour moi, elle compte au contraire énormément et si sa voix s'est perdue elle résonne encore à tel point qu'il me semble que je me donnerais plus de mal et que je saurais mieux m'y prendre si j'étais à nouveau confronté à ce genre de situation. Elle n'est pas la seule d'ailleurs, je n'ai pas voulu voir que Caroline Cartier, adorable comédienne qui était la bonté même, était en train de se détruire, je n'ai pas su aller vers Christine Pascal dont j'avais deviné qu'elle était en danger, j'ai eu peur d'être entraîné dans la chute abominable de Jean Seberg que j'ai lâchée le jour où elle m'a présenté avec un air de défi pathétique le sale type qui se disait son mari et qui lui a assené le dernier coup, j'ai préféré croire sur parole Capucine quand elle m'a dit que tout allait bien et qu'elle recommençait à travailler, j'ai continué à me chamailler avec Delphine Seyrig sans prendre la peine de me demander ce que cachait le turban qu'elle portait et sa mauvaise mine brouillée par la fatigue. On met tellement de temps à devenir adulte, c'est toujours trop tard et la vie se venge en nous infligeant des peines qui ne s'effacent pas et des remords affreusement amers. On peut se bricoler de bonnes raisons, elles ne tiennent pas, ce ne sont que des tentatives d'évasion et on finit par être rattrapé.

Il regista di matrimonio de Marco Bellochio raconte une histoire assez embrouillée de metteur en scène que la dureté de l'existence oblige à filmer des mariages en Sicile sans se douter que c'est le crime organisé qui est à la noce. Beaux paysages, lumière du Sud aux teintes hivernales et Sami Frey en cadeau dans le rôle d'un parrain aristo et fantomatique, mais triste constat au bout du compte : le déclin d'un réalisateur observé d'un œil éteint par un autre réalisateur dont le talent s'est évanoui. J'ai croisé le Marco Bellochio enragé et provocateur des *Poings dans les poches* et de *Au nom du père* qui m'avaient beaucoup excité aux alentours de 68, dans le bureau vibrionnant de Boris Gourevitch, beau monstre octogénaire qui avait flairé le marché de l'étudiant contestataire et inséminait le Quartier latin de complexes salles d'art et essai qui ont disparu pour la plupart aujourd'hui. Assistant très provisoire du vieux forban, enchanté par sa verve et ses ruses avant d'être épuisé par sa tyrannie et son égocentrisme pathologique d'aventurier transfrontières qui se débat devant la fin inéluctable, je bronzais mon quart de siècle encore bien tendre au soleil des meilleurs réalisateurs de ce temps-là qui défilaient devant son carnet de chèques. Jancso qui me trouvait charmant et me le disait d'une voix caressante, Makavejev extirpant les brouillons chiffonnés remplis de graffitis pornos qui lui servaient de scénarios, Skolimovski penchant sur moi sa belle gueule d'ange boxeur pour me demander dans un murmure si je connaissais des adresses de bars à filles. Surtout des types de l'Est, contents de se retrouver comme chez eux, habitués du sabir, des embrouilles et de l'usure, qui ne tournent plus maintenant ou qui sont morts, hélas. Simon Misrahi, l'attaché de presse omniscient, amenait aussi la fine fleur des Italiens ; Marco Bellochio donc, profil de médaille, une lame d'acier dans le regard, le bon usage du français parlé dans le gratin culturel romain, sexy et puritain, combatif et dogmatique, très *lotta continua, viva Gramsci* et *avanti* les Brigades rouges. Papy Boris qui avait tâté de la révolution bolchevique à Petrograd avant de passer avec armes et bagages au capitalisme sauvage n'avait pas beaucoup d'atomes crochus avec les théoriciens de la cinéphilie marxiste transalpine, il leur préférait Dino Risi et ses comédies rigolotes, mais il jouait sans se forcer la carte de l'alliance objective autour du tiroir-caisse et j'avais l'impression d'assister au remake en mineur des marchandages du docteur Hammer et de Lénine, tu me donnes le film, je te donne le blé. Il devait quand même y avoir une faille dans le blindage de Marco Bellochio ; avec tous ces films italiens qui explorent bien plus souvent et beaucoup mieux que les films français les thèmes de la folie et de l'antipsychiatrie, c'est à se demander s'ils ne racontent pas aussi en filigrane les dérapages paranoïaques de certains militants intellos pris au piège des désespérantes années de plomb. Depuis quinze ans Marco Bellochio est passé de la dinguerie angoissante et brillamment mise en scène du *Saut dans le vide* à l'amertume tétanisée du *Regista di matrimonio* qui laisse une pesante sensation de malaise et d'impuissance, comme s'il avait été démoli sur le parcours par un poids insupportable de souffrance et de solitude. Il faudrait pouvoir en parler avec Simon Misrahi qui connaissait toute cette histoire en détail pour savoir ce qui s'est vraiment passé, mais il est mort lui aussi, emporté par le sida avant qu'on ait eu le temps de devenir amis. Même sans être encore tout à fait vieux, je vois déjà trop de cimetières quand je me tourne vers le passé et j'ai regardé le film de Marco Bellochio comme si j'assistais à l'enterrement de quelqu'un que j'aurais perdu de vue.

À peine le temps de surmonter ma déception, nous enchaînons avec *Bled Number One* de Rabah Ameur-Zaïmeche dont j'avais beaucoup aimé le premier film, une chronique des cités de banlieue où de jeunes beurs se démenaient comme ils pouvaient dans un environnement sans joie que l'on connaît. Petit budget avancé par la famille en tirant des traites sur Finaref, vidéo baladeuse mais qui savait bien regarder, pas de misérabilisme vindicatif, juste la logique différente d'un monde à part qui tourne sur lui-même et lorgne sur chez nous par le soupirail de la télé, c'était drôle, poétique, parfois difficile à suivre puisqu'on parle une autre langue dans le 9.3 et qu'il n'y avait pas de sous-titres, même pour le titre *Wesh, wesh* qui veut dire « quoi de neuf ? ». Il y avait notamment une séquence de pure anthologie où Rabah, qui jouait lui-même le grand frère avec une sorte d'élégance détachée, initiait ses potes à une partie de golf sur une pelouse pelée au milieu des barres de HLM. *Bled Number One* suit le même Rabah expulsé vers l'Algérie et découvrant le pays de ses origines tel qu'il est vraiment pour lui, une terre étrangère. Le village est plutôt sympa, la communauté chaleureuse, mais les barbus ne sont pas loin et encore dans quelques têtes, une fille qui voudrait jouer à *La Fiancée du pirate* n'a pas d'avenir et un type qui revient de France sans voiture et sans argent il ne faut pas s'y fier. Avec sa manière bien à lui de se promener dans un simili-documentaire, en fait très bien écrit et soigneusement mis en scène, le réalisateur-comédien au physique bizarre et attachant n'a rien perdu de son sens de l'observation et de son humour, ni de cette discrète mélancolie qui le conduit à mettre fin à son périple et au film en se réfugiant dans un asile d'aliénées de Constantine où les folles lui réservent un bien meilleur accueil que dans son village. Il y a chaque année deux ou trois films mieux qu'instructifs sur l'Algérie plus ou moins financés par des producteurs français. Je ne sais pas ce qu'en pensent les officiels, au cas où les crocodiles auraient un point de vue sur les vers de terre, et si le public peut les voir autrement que sur Arte, coincés entre le foot et Al Jezira, quand la chaîne a la bonne idée de s'en souvenir et de les diffuser. Mais *Bled Number One* ferait un excellent prix pour notre jury et il intéresserait certainement les profs et les élèves bien au-delà du cercle des lycées réputés « difficiles ». Nous en parlons avec Amel en sortant de la salle ; comparaisons avec le cinéma tunisien, considérations sur le ghetto des subventions, des festivals et des distributions parallèles où sont enfermés les films du Maghreb, à quand la rétrospective de Nouri Bouzid dans une vraie salle ou sur une chaîne un tant soit peu éclairée ?

Red Road, dernier film de la journée qui n'a pas été si mauvaise. L'Angleterre des faubourgs, comme dans ces films cockneys des années soixante, sauf que c'est en couleurs et que c'est toujours aussi gris. Une femme seule d'environ quarante ans, un peu terne, un peu fanée, traque sur un circuit vidéo de surveillance le type qui a bousillé sa vie au cours d'un accident où il était complètement bourré. C'est un marginal qui traîne sans emploi défini et partage un appartement moisi avec des jeunes paumés on ne peut plus *no future*. Ambiance lits défaits, vaisselle sale, alcool et pétards. La femme derrière sa console veut se venger, elle épie tous les faits et gestes, elle parvient à s'immiscer dans l'existence de sa proie qui ne se doute de rien, elle finira néanmoins par lui pardonner non sans nous avoir régalés de quelques bouffées de sexe et de violence traitées avec une sécheresse clinique toute britannique. C'est très bien raconté et le côté cafardeux de l'intrigue s'estompe avec le suspense car on ne prévoit jamais ce qui va se passer entre les personnages, ni d'une séquence à l'autre. Une fois de plus c'est une chance de ne pas avoir lu résumé ni critiques, on marche à fond dans l'histoire. Une petite gêne quand même, ce film qui parle tant du regard ne semble pas avoir de point de vue sur le phénomène de la multiplication des caméras de contrôle dans les lieux publics, les rues, les immeubles, quand on sait que l'Angleterre du fringant Tony est devenue le pays le plus surveillé et le plus fliqué d'Europe. La question mériterait peut-être d'être soulevée malgré la menace des attentats terroristes et la solide tradition du respect des libertés individuelles ; en tout cas le jeune Brésilien sans papiers flingué dans le métro par des policemen parce qu'il courait pour ne pas se faire prendre n'a pas eu le temps de voir le film et d'y réfléchir. À la fin de la projection, le petit miracle glamour du festival opère encore, toute l'équipe sur son trente et un tendance Prada salue gaiement le public qui l'applaudit longuement. La réalisatrice a le sourire de Meryl Streep et l'actrice est devenue belle. Je la verrai tout à l'heure sur la Croisette, après le raout manifestement bien arrosé offert par les producteurs et ne pourrai pas m'empêcher de l'aborder pour lui souhaiter de recevoir le prix d'interprétation. Cet accent *town and country* que j'adore, les yeux brillants à l'idée que cet inconnu en smoking est peut-être dans le secret des dieux à moins que ce ne soit l'effet des gins fizz, *thank you*, *thank you*, toujours cette incorrigible manie de jouer la mouche du coche dont je ne parviens pas à me défaire...

À Cannes, c'est un soir ordinaire, il y a des fêtes partout. Mais Amel n'est pas rassasiée, elle veut aller voir le film turc avec ses copains carthaginois, il est vrai que Tunis c'est un peu le faubourg d'Istanbul. Comme les candidats aux yeux brillants de « La Roue de la fortune » je mise donc l'avenir de ma nuit sur la case soirée Chopard à Eden Roc et retrouve par miracle mon carton d'invitation dans la pile des dossiers de presse, brochures diverses et dépliants en tous genres dont je suis bombardé chaque matin et que j'ai la faiblesse de garder pour les photos des beaux gosses et en me disant que je les lirai un jour, ce que je ne fais jamais. De toute manière l'envie de filer à Eden Roc, pour une raison ou pour une autre, me démangeait depuis le début du festival.

La nuit est douce sur mon scooter, tout est si calme dès qu'on sort de Cannes. L'église russe offerte par une grande-duchesse nymphomane en pénitence de ses péchés et que le patriarcat de Moscou voudrait récupérer au grand dam d'un ultime carré de vieux blancs scandalisés, le palais de Florence Gould, la milliardaire américaine aux lunettes noires qui protégeait les artistes après avoir eu quelques bontés sous l'Occupation pour ces messieurs de Berlin si francophiles, la Californie et ce qui reste des jardins luxuriants du second Empire, le château de l'Horizon fermé comme un tombeau et cette photo de Karim et d'Amyn, petits garçons en maillot de bain qui sourient à leur père, la villa mauresque à l'entrée de Golfe-Juan qui se délabre un peu plus chaque année et dont je me demande quel excentrique a bien pu la construire, la pinède où de vieilles dames promènent leur chien, l'hôtel Juana et sa belle façade Art déco, le Provençal de *Tendre est la nuit*, immense et opaque comme une baleine échouée, le Belles-Rives où règne peut-être encore l'étonnant Casimir, le pinceau de lumière du phare qui court sur la mer, le virage de la maison des frères Warner et Frank Sinatra qui souffle un peu entre deux contrats de la Mafia, le Beach où oncle Maurice plaquait femme et enfants pour faire du dériveur avec un adolescent déluré sans deviner que j'avais vu clairement dans son jeu, la chapelle de la Garoupe où mon frère Olivier s'est marié tandis que j'y tombais follement amoureux d'un lointain cousin dont j'ai presque aussitôt perdu la trace et que pourtant je n'oublierai jamais, tout le cap si beau, si tranquille et si triste, ses pins parasols et ses villas endormies, je roule au milieu de mes petites histoires et des souvenirs qui n'appartiennent qu'à moi. La fête est un truc de bijoutier, c'est Homero qui m'a mis sur la liste, avec lui ce sera bien, il y aura un peu de tout. Je ne suis pas déçu : Bruce Willis et des putes classe internationale, Pedro avec Penélope Cruz serrés par des surfeurs oxygénés qui ont raté Bruce Weber, une fille nue en apnée dans un aquarium, de jolies Brésiliennes idiotes qui m'expliquent que Lula est une crapule, des musiciens cannois comme aux terrasses des cafés, une comtesse romaine sur le retour qui affirme qu'elle est la seule à avoir couché avec Luchino, Gena Rowlands cernée par des tapettes intellos, une folle raélienne qui insiste pour que je sois *born again*. Après une demi-heure, j'ai la tête en carton et je récupère mon scooter auprès du voiturier. Il est très content de moi, ça le change des Bentley et des Russes qui en ont marre d'être exploités et ne laissent plus de pourboires. Au retour je traîne encore un peu et me fais alpaguer rue d'Antibes par un jeune clodo breton, très sale, très ivre, avec une belle gueule déjà à demi détruite. Il cherche un lit pour la nuit et me promet monts et merveilles. Le gardien de l'hôtel referme brutalement la porte sur lui et me dit avec un sourire de diable : « C'est dommage, n'est-ce pas ? »

Cinquième jour

Chaque matin et malgré ma phobie du téléphone, j'appelle un peu partout pour savoir si tout va bien ; Maman, mon fils, l'enfant, mes frères et mes amis les plus proches. Je n'arrive pas toujours à les atteindre mais j'ai l'impression de me rapprocher d'eux car j'éprouve un bizarre sentiment de culpabilité dès que je m'éloigne et encore plus quand il m'arrive de me distraire. Je devrais être plus sûr de moi et d'eux, ne pas nourrir cette perpétuelle inquiétude à propos du temps qui nous reste à vivre ensemble, mais l'angoisse des séparations, même de courte durée, est la plus forte. Il y a quelque chose d'infantile dans la relation que j'entretiens avec ceux qui me sont chers comme si je n'avais toujours pas admis que le fait de mener sa propre vie ne nous détache pas des autres et que je demeure aussi présent pour eux qu'ils le sont pour moi. Cette insécurité foncière n'a rien d'altruiste, elle voudrait que je reste le centre d'un monde immobile et c'est d'autant plus net avec l'anxiété permanente que je ressens vis-à-vis de ma mère et de l'enfant. Pourtant, je me comporte aussi assez étrangement, avec une réserve qui peut passer pour de l'indifférence, je ne parle jamais longtemps au bout du fil et on me fait la curieuse réputation d'être difficile à joindre, ce qui a pour effet d'augmenter encore mon insatisfaction. Ainsi passent les jours, sourdement tourmentés par la peur du manque, les malentendus et l'incompréhension.

Celui-ci commence mal, je ne trouve personne, même la ligne de Maman répond constamment occupée, elle a dû mal raccrocher l'appareil stupidement sophistiqué dont on lui avait vanté les mérites et je retrouve d'ailleurs dans la difficulté à manier un banal instrument compliqué par le progrès ma propre inaptitude à maîtriser correctement les portables, les lecteurs de DVD et les ordinateurs. Une sorte de tare par les temps qui courent, dont l'enfant se moque avec des mines apitoyées d'agrégé en jeux vidéo et de prix Nobel ès technologies avancées contemplant le vide sidéral de la pensée d'un ignare indécrottable. Ce genre de manque me donne la désagréable impression d'avoir vieilli de manière alarmante sinon irrémédiable, alors que j'avais surmonté plutôt tranquillement quelques signaux d'alerte tels que l'obligation de porter des lunettes ou un coup d'extrême fatigue éprouvé récemment au cours d'une imprudente promenade à cheval. Comme les illettrés qui ont appris à dissimuler leur incapacité en développant une étonnante mémoire visuelle, je prends un air entendu quand on parle d'Internet autour de moi et m'arrange en douce pour confier à des personnes de confiance le soin d'interroger à ma place la précieuse encyclopédie des temps modernes. Je m'en tire en me persuadant qu'au fond cela ne m'intéresse pas, que l'on peut parfaitement s'en passer et que je finirai bien par m'y mettre un jour ; comme les vieux en somme. Ces mornes réflexions ne sont pas égayées par *Southland Tales*, affreuse superproduction de science-fiction américaine qui cumule tous les inconvénients du film de jeunes, d'un jeu de piste pour allumés de bandes dessinées branchées et d'une projection matinale interminable. L'histoire, qui brode sur le thème décidément inépuisable de l'apocalypse nucléaire, brasse pêle-mêle savant fou, star du porno, champion de karaté amnésique, jumeaux interchangeables et types plus ou moins pittoresques d'une pseudo-faune underground ; elle échappe à toute tentative de résumé raisonnable. Au vu des millions de dollars investis dans l'entreprise et d'une virtuosité technique aussi certaine qu'inutile, on se demande quels sont les critères de décision des producteurs et les repères culturels du réalisateur, un garçon de trente-deux ans que la presse entrouverte au petit déjeuner présentait comme l'archétype du nouveau *wonder boy* hollywoodien. Je laisse à d'autres le soin de repérer d'où sort exactement ce carambolage de fric, de pétard et de catastrophe à l'irakienne. Il y aurait décidément plusieurs demeures dans la maison du père, celle des jeunes agents, sans doute aussi libres et amènes que celui que j'ai rencontré l'autre soir et qui demandent d'énormes avances pour que leurs clients stars prennent seulement la peine de lire des projets de scénarios, celle des avocats au rictus d'acier et des managers cannibales qui s'étripent aux praesidiums des studios le regard fixé sur le magot des teenagers décérébrés, celle des burgraves barbus et silencieux qui écrasent comme des mouches les journalistes à mauvais esprit et élaborent des histoires de guerres galactiques, retranchés à l'abri de repaires électronisés de maîtres du monde où l'on aurait du mal à trouver un seul livre, celle des Rolls décapotables pilotées par des bobos en jean effrangé shootés à la *christian science* qui font le plein de panoplies de luxe Prada et Armani avant d'aller s'enfiler leurs rails de coke en caressant des yeux le Boeing garé dans le jardin, celle des belles sur le retour qui font visiter leurs palais vénitiens en super Roméo, leurs Trianons climatisés et leurs faux ranchs mexicains à des revues de décoration pour montrer que tout va bien et qu'elles ont encore plein de projets, et puis celle de *Mulholland Drive*, de David Lynch, Susan Sarandon et Sean Penn qui entrent et sortent chez les uns et les autres, n'ont pas peur de se faire des ennemis en tirant à boulets rouges sur le système et parviennent malgré tout à ne pas s'en faire expulser. Tous en forme, bronzés, liftés, le sourire à mille dents, impeccables acrobates constamment menacés par la chute vertigineuse, le dérapage fatal avec une pute vociférante de Sunset Boulevard ou le gigolo maître chanteur qui filme les partouzes en vidéo, la photo dévastatrice des menottes et de la gueule en charpie en fin de bagarre entre deux flics à Ray Ban que ça démangeait depuis longtemps de faire partie du casting, le scoop sans appel diffusé à la seconde sur toutes les chaînes du monde entier avec la mineure carrossée comme sa mère qui dénonce son prétendu violeur serrée de près par l'avocat marron qui calcule les dividendes, le retour aux bas-fonds de la case départ où l'infernal Kenneth Anger s'active aux fourneaux des calomnies et où s'agite une multitude de faux Tom Cruise et de simili-Madonna à peine sortis du Middle West qui peinent à nourrir leur site Internet en couleurs et pensent parfois « j'aurais mieux fait de rester chez nous ». Les mêmes et pas les mêmes, les corridors pavés de dollars qui communiquent plus ou moins secrètement, le formidable lubrifiant du succès, l'*overnight sensation* qui vient d'ailleurs et que personne n'attendait aussitôt polycopiée à l'infini comme un Warhol, les vampires en famille à la soirée des Oscars, les vieux qu'on promène dans les galas d'hommage pour leur faire croire qu'ils ne sont pas morts depuis longtemps et les petits nouveaux qui se battent comme des chiens pour avoir un entrefilet dans la presse-poubelle, la bonne humeur générale, l'indifférence universelle, l'énergie à tout-va, le vrai, le faux, les ragots qui se mélangent, les magazines où je ne reconnais personne depuis que les séries télé rongent le cinéma ; je ne suis jamais allé à Hollywood autrement qu'en rêve, je ne sais pas comment on y chope la bonne carte pour survivre mais je sais en revanche que ce n'est pas un miracle si on y fait encore tant de films bien meilleurs que *Southland Tales*. À Cannes où la règle d'or est d'avoir l'air toujours parfaitement content dans un décor de palmiers et de palaces sous le soleil, il est déjà assez difficile de tenir le coup pendant une dizaine de jours. Comment font-ils là-bas, tout au long de l'année, sur cette autre Riviera démesurée dont mes pauvres petits fantasmes en scope couleur peinent à saisir la réalité, pour ne pas devenir tous fous de violence, de frustration et d'amertume ? Il faudrait le demander à Costa-Gavras ou Barbet Schroeder qui ont su si bien tirer leur épingle du jeu et à d'autres aussi qui sont revenus pantelants et n'en finissent pas de lécher leurs blessures. En attendant, l'abrutissement radioactif du film fonctionne à merveille, Amel et moi sommeillons dur devant l'écran panoramique traversé par les mystérieuses ondes nucléaires.

Patrick Grandperret a un an de plus que moi, *Meurtrières* est son sixième film. Je l'ai vu assez souvent du temps de l'Olympic et de *Court-Circuit*, son premier long métrage sur le monde des motards. Il n'a pas changé, l'air juvénile, toujours beau et sympathique mais j'imagine, peut-être à tort, que la vie n'a pas dû être toujours facile pour lui ; les films produits à l'arraché, les galères à droite et à gauche entre deux tournages, les années à faire l'assistant de Maurice Pialat qui était terrible, magnifique mais terrible quand même, et dont il a l'élégance de saluer la mémoire. Il me touche par son intégrité, sa fidélité à une éthique de l'artiste à l'opposé de la course à l'argent et à la célébrité et parce qu'il est resté bienveillant et amical, ni jaloux ni aigri. Je suis généralement impressionné par les garçons de cette trempe, plus nombreux qu'on ne le pense dans notre milieu du cinéma ; ils ont su faire un choix et s'y tenir malgré toutes les difficultés et les obstacles alors que j'ai l'impression de m'être éparpillé en jouant trop facilement des compromis stratégiques et des concessions à la notoriété. Je ne crois pas que le désir d'agir et de faire des choses, concepts un peu vagues mais au demeurant exacts, soit moins fort chez moi mais la volonté de tout mettre en œuvre pour y parvenir, la discipline et la rigueur qui vont avec m'ont certainement manqué. Il entre dans ce gaspillage une part de mon déséquilibre affectif, pas mal de frivolité compensatoire et sans doute aussi les solides vestiges d'un esprit de classe. J'ai toujours rechigné à payer le juste prix en croyant que l'existence m'offrait un crédit illimité. Certains ont su se débarrasser de ce genre d'embûches dont je me suis arrangé et il y a sans doute encore autre chose qui pourrait expliquer ce sentiment de faiblesse morale que j'éprouve devant Grandperret, mais je ne sais pas quoi et je ne cherche pas vraiment ; je n'ai plus le temps de me méfier sérieusement de moi-même, je dois seulement essayer de continuer à progresser avec l'expérience et les quelques atouts qui me restent. Au fond, j'aurais peut-être flanché complètement et tout raté sur le chemin qu'il a eu le courage d'emprunter. *Meurtrières* plaît beaucoup autour de moi mais m'intéresse moins que son auteur, peut-être parce que je n'arrive pas à oublier *Messidor* et *Thelma et Louise*, autres histoires de couples féminins qui partent en vrille parmi les hommes et leur facturent le maximum, et peut-être parce que je n'ai jamais eu envie de me lancer à la poursuite de deux filles en cavale.

Nous sommes convenus avec Édouard Baer de nous retrouver au Martinez, son hôtel, à l'heure du déjeuner. On se connaît à peine ; des instants de rigolade partagée, des aventures télévisuelles qui se ressemblent un peu, de sa part une grande gentillesse à mon égard, de ma part une grande attirance pour son charme et son élégance, et flottant sur cette relation assez vague le vieux fantasme de l'amitié fraternelle entre le tombeur hétéro et le pédé solitaire qui comparent leurs illusions perdues. Je trouve Édouard très cultivé, très drôle et très secret, il est probable que je l'intéresse aussi mais je ne sais ni pourquoi ni à quel point. Je l'appelle depuis la réception en lui proposant de venir le retrouver dans sa chambre mais il insiste pour que je l'attende dans le hall. Ma suggestion était maligne, je m'amusais à l'idée de le surprendre en pleine intimité au milieu d'une pièce en désordre, avec le lit encore défait et peut-être une fille dedans à moitié endormie ; c'était également plaisant de le prendre au piège d'une sorte de complicité un peu trouble. Mais Édouard n'est pas né de la dernière pluie et il a flairé la manœuvre en assortissant son refus catégorique de me laisser monter d'un petit rire gouailleur, histoire de me faire comprendre qu'il n'était pas dupe de mes manigances. Je me suis demandé s'il était sincèrement ennuyé de me montrer sa chambre ou s'il craignait vraiment que je ne lui saute dessus ; les hétéros purs et durs ont parfois ce genre de naïvetés ; à moins qu'il n'ait simplement horreur des complications et que cette petite espièglerie lui ait paru susceptible d'en produire. Résultat, c'est lui qui me surprend alors que je traîne dans le hall en surgissant brusquement derrière moi après m'avoir suivi à pas de loup. On fanfaronne un peu, moi parce qu'il m'intimide et lui parce que c'est sa méthode. Finalement, nous déjeunons sur le pouce, installés tant bien que mal sur des tabourets près d'une porte qui n'arrête pas de s'ouvrir et de se refermer avec force claquements et courants d'air, ce qui a l'avantage d'alimenter la conversation par ailleurs plutôt enjouée et agrémentée de quelques apparitions de comparses à sa dévotion, la maudite porte fonctionnant comme au théâtre pour assurer les entrées des serveurs, du barman, des dames à toutous, des photographes à portables et des chasseurs d'autographes. On signe Ariel Wizman et Stéphane Bern, ça ne va pas très loin. Il me parle aussi des difficultés qu'il a rencontrées pour mettre en scène son film et de la déception ressentie lorsqu'il n'a pas marché, je fais le bon copain prodiguant encouragements et conseils mais ça ne sonne pas très juste et au bout du compte on s'ennuierait presque. Il fait grand soleil dehors, des filles passent et repassent devant la piscine les yeux braqués sur lui, il refuse que je prenne la note et je le quitte comme on remet à plus tard une charade qu'on ne peut pas résoudre. L'élan qui me porte vers lui ne lui est sans doute pas désagréable mais il ne sait pas trop quoi en faire et il est même probable que ça le gêne un peu.

Deux films coup sur coup, à peine le temps de passer d'une salle à l'autre. Le premier est un documentaire sur les survivants du tsunami dans la province d'Aceh en Indonésie où le cataclysme a fait près de deux cent mille morts. Parmi toutes ces images que j'ai pu voir à la télévision, dans mon tranquille refuge de Normandie bien à l'abri des froids de fin d'année et de tous les malheurs du monde, ce sont celles qui provenaient d'Aceh qui m'avaient le plus frappé : le flot monstrueux engloutissait la ville rue après rue en charriant sur son passage d'énormes débris de toutes origines avec une sorte d'évidence ordinaire, de puissance banale qui expliquait sans doute que des habitants aient pu continuer à filmer avec leurs petites caméras vidéo, à enregistrer le grondement sourd et les cris de panique depuis les toits de leurs maisons, littéralement sidérés par le spectacle et encore incapables d'en imaginer les conséquences effroyables pour eux-mêmes et bien au-delà. Ma pratique ancienne et compulsive de la lecture des journaux aidant, j'en savais suffisamment sur Aceh pour m'intéresser particulièrement au film. Aceh, à l'extrémité occidentale de Sumatra, fut le premier comptoir islamisé par les marchands navigateurs arabes au XVe siècle, devenant un sultanat prospère et jaloux de son indépendance. Son appartenance à la république d'Indonésie a toujours été problématique et depuis une dizaine d'années la province vivait en État de quasi-sécession guerrière malgré les vagues de répression militaire lancées par le pouvoir central de Djakarta, déjà échaudé par la perte du Timor à l'autre bout de l'archipel et peu enclin à admettre la perspective de voir surgir à Sumatra même un nouvel État hostile, en pleine contagion d'islamisme radical pour tout arranger. En noyant aveuglément des populations entières où se trouvaient des partisans des deux camps, insurgés et loyalistes, le tsunami a mis un coup d'arrêt au conflit mais les aléas de la reconstruction, le pactole déversé d'un peu partout et la corruption qui s'ensuit, la multiplication des ONG qui ne sont pas toutes uniquement charitables ont forcément ravivé les motifs de tension. J'étais donc curieux de voir le point de vue politique du film ; propagande du pouvoir indonésien, ouvrant les bras à des frères égarés et meurtris ou manifeste des opprimés encore plus assujettis et spoliés sous prétexte de tsunami ? En fait ni l'un ni l'autre, *Serambi* est une chronique honnête et sensible de l'existence de quelques rescapés qui peinent à survivre dans un océan de dévastation apocalyptique. Le film a été produit par Christine Hakim, la star emblématique du cinéma indonésien, et cela aurait dû me mettre la puce à l'oreille. Certaines reines du cinéma populaire dans les pays du tiers-monde se sentent investies d'une responsabilité morale qui dépasse largement le message consolateur de leurs rôles sentimentaux dans des mélos bien-pensants. Christine Hakim m'avait complètement séduit lorsque je l'avais rencontrée dans sa maison de Djakarta où elle tournait avec une équipe de jeunes un film qu'elle qualifiait elle-même de sauvage et dont elle était à la fois la productrice, l'inspiratrice et la vedette. Je la croise à la sortie de la projection et elle me dit gaiement qu'elle espère que je reviendrai bientôt lui rendre visite chez elle mais elle est très entourée et je n'ai pas le temps de lui demander comment ce film tout en nuances a été accueilli dans son pays. C'est une très belle femme dans la quarantaine, avec des traits fins et délicats et un regard qui respire l'intelligence ; elle a fait partie du jury du festival il y a quelques années, son abord est simple et chaleureux, il est difficile d'imaginer qu'elle est la diva adulée d'un public de près de deux cents millions d'Indonésiens.

Le deuxième film du marathon de l'après-midi explore la vie amoureuse agitée d'un beau gosse turc plutôt macho mais qui se soigne, ce qui ne l'empêche pas de perdre finalement celle dont il se croit amoureux. C'est observé avec humour et il y a une scène de frénésie sexuelle entre le dragueur de moins en moins sûr de lui et une de ses ex-copines, petite brune boulotte et revêche, qui est franchement très drôle, et puis de beaux paysages voluptueusement filmés, des types à gueule de loup qui s'avèrent sympathiques et des filles qui ont du ressort et leur tiennent la dragée haute, on apprend plein de trucs sur la vie des intellos trentenaires dans les cercles laïques de la société turque d'aujourd'hui où les barbus ne sont pas les bienvenus, mais c'est aussi assez empesé, sage et léché comme un premier prix pour festival des pays de l'Est il y a trente ans et au fond on se fiche un peu des tourments existentiels du héros qui fait penser à un cousin de province dépressif à qui on taperait gentiment sur l'épaule en lui glissant : « T'en fais pas, ça va passer, elle finira bien par revenir. » Ce film s'appelle *Climats*, on s'aime en été, on se quitte en hiver et quid de l'automne, cette saison que je déteste et qui me colle à la peau ?

Première réunion de notre jury et grande excitation autour de *Volver*. Mon éloge d'*Une jeunesse chinoise* tombe à plat mais la conversation est agréable et Annick, la jolie prof de Sarlat qui ressemble à Cher première période, me laisse deviner une complicité charmante. Cela me rappelle les séances de la commission d'avances sur recettes, on découvre graduellement la personnalité de chacun, des alliances tacites se nouent, on se prend au jeu comme si notre vie en dépendait. Amel qui n'avait pas l'habitude de ce genre d'exercice trouve aussitôt ses marques et fait manifestement très bonne impression ; la petite Tunisienne cooptée par surprise n'est pas une lubie du président. En sortant de la réunion qui se tient dans l'une des innombrables niches du palais, je tombe sur Agnès avec qui j'ai travaillé longtemps quand mon cinéma existait encore et nous sommes irrémédiablement entraînés vers le passé qui n'était ni mieux ni moins bien qu'aujourd'hui. Agnès continue à pratiquer son métier d'attachée de presse, elle défend des films difficiles avec efficacité, joue toujours beaucoup de piano et vit avec un artiste peintre à qui elle semble très liée ; tout de même elle me paraît bien plus heureuse qu'avant, ce qui n'a pas l'air d'être le cas pour le reste de notre petit cercle d'autrefois disloqué par la fuite, la fatigue, la maladie ou la mort.

PH traverse un de ses fameux « petits coups de mou » ; son sens aigu des relations publiques est mis à rude épreuve dans le tohu-bohu ambiant où la concurrence est sévère quand chacun s'évertue à pêcher de gros poissons et peine, après chaque prise, à s'accrocher à plus célèbre que soi. Les puissants du jour ont peur du lendemain et leur attention est volatile. Comme PH a encore l'âge d'avoir faim et qu'il est bien plus intelligent que la moyenne, il est inévitable qu'il connaisse des moments de doute et de découragement. J'en ai vu de plus coriaces perdre pied brusquement et disparaître d'un seul coup vers Paris, presque surpris de découvrir qu'on peut y vivre normalement sans se soucier du Festival de Cannes. Mais il est coincé par la présentation prochaine du film qu'il a produit et la perspective alléchante d'accueillir Danielle Darrieux. Je comprends d'autant mieux ce qu'il ressent que je ne suis pas indemne de ces accès de blues en plein capharnaüm. On se reprend comme on peut et va pour la fête du soir au dîner de France Télévisions. Ce n'était pas la meilleure idée pour se remonter le moral : l'habituelle famille des Atrides télévisuels assaisonnée de bureaucrates culturels, de distributeurs et d'exploitants ; quelques rares artistes et réalisateurs peu suspects d'avant-garde passent brièvement en obligés. Je cherche les cinéastes étrangers, les vedettes amusantes, les producteurs internationaux, les critiques influents : personne. Au Festival de Cannes, qui offre l'opportunité rare d'une réelle ouverture sur le monde, le service public franco-français a le cœur festif d'une sous-préfecture et manifeste le contentement de soi si étroit et plein d'arrogance du petit écran à l'égard du cinéma. Tout le monde est en smoking, quelques pauvres paparazzis nouveaux dans le métier remballent leurs flashes d'un air dépité, la nourriture est classiquement prétentieuse mais ce serait buffet campagnard et sangria que ce serait tout aussi bien. Je repense à Toscan avec nostalgie et je crois entendre la description dont il nous aurait régalés en sortant. Mais patience, *Le Film français* publiera certainement bientôt une pleine page d'autofélicitations pointant le succès des films coproduits par France Télévisions et j'aurai une fois de plus l'impression que le train est parti sans moi.

PH est rentré se coucher, je vagabonde un peu sur la Croisette et dans les rues avoisinantes, les cafés et les restaurants dégorgent de monde dans un vacarme de techno. À la hauteur du Carlton où stationnent des petits beurs à l'accent du Midi à l'affût d'on ne sait trop quoi, je croise Arlette Chabot qui a l'œil et que mon air défait ne trompe pas ; elle me lance : « Fais attention à toi, Frédo. » Ni le moment ni le lieu ne sont dangereux mais elle regarde plus profond et cette manière de me mettre gentiment en garde me touche. Elle aurait dû me voir il y a quelques semaines, titubant sur l'autre Croisette de Pattaya, à la petite heure de l'aube quand les travestis thaïs chassent en meute sur leurs mobylettes et cernent les épaves qui sortent des bars à garçons pour leur soutirer leurs derniers baths, en se frottant la chatte avec des mines théâtrales de bêtes en chaleur ; là je ne dis pas, c'était moins tranquille. Enfin je l'écoute un peu et je choisis la destination sans risque du Zanzibar, mais sous les fresques à la Cocteau il n'y a qu'un essaim de messieurs bien convenables qui rient trop fort un verre d'alcool à la main. Je m'endors en pensant au garçon aux yeux verts qui fait partie de l'escouade de contrôleurs en haut des marches, il a fini par remarquer que c'est toujours vers lui que je me dirige pour présenter mon invitation et il en rit d'un air étonné. Dans d'autres pays on aurait déjà fait affaire.

Sixième jour

Le Monténégro vient de proclamer son indépendance. Cette sorte de nouvelle passe évidemment tout à fait inaperçue en plein Festival de Cannes et il faudrait sans doute rien de moins qu'un autre 68 pour gripper la ronde infernale comme lorsque François Truffaut, Louis Malle et quelques autres se cramponnaient au rideau de scène de l'ancien palais pour interrompre les projections et lancer les états généraux du cinéma, pompeuse dénomination pour une prise de conscience salutaire qui a donné naissance à la Société des réalisateurs de films et aux programmations parallèles. Il est vrai que les perturbateurs étaient sans doute nettement plus politisés qu'on ne l'est aujourd'hui dans le milieu du cinéma et qu'ils s'étaient fait la main quelques semaines plus tôt en soutenant Langlois contre les fonctionnaires comptables qui voulaient le dessaisir de la plupart de ses attributions à la Cinémathèque, événement sacro-saint de la geste cinéphile où certains ont voulu voir, avec quelque forfanterie, l'un des préambules du soulèvement de Mai. Le festival ronronnait en effet depuis trop longtemps sous la houlette des vénérables caciques qui avaient imaginé dès l'avant-guerre d'en faire le contrechamp républicain de celui de Venise, devenu le hall d'exposition cinématographique des régimes totalitaires avec Lion d'or attribué à Leni Riefenstahl *and so on.* (L'inoxydable Leni m'a d'ailleurs montré le trophée voisinant comme par hasard avec la médaille d'or de l'Exposition internationale de 1937 à Paris, alors qu'elle répugnait encore à évoquer cette période, « *these are old films you know, a bit controversial* », et qu'elle n'avait pas été encore vigoureusement remise en selle par une bande de féministes américaines passablement illuminées. Munich, début des années soixante-dix, le gentil appartement petit-bourgeois, l'aimable vieille dame bien conservée qui sert le thé en évoquant les Nubas du Soudan, certes noirs mais tellement beaux et virils qu'ils doivent lui rappeler quelque chose, la cave immense et immaculée où des « neveux » en blouse blanche et gantés de soie manipulent comme des talismans les précieuses bandes qui sont censées ne plus l'intéresser, et moi au milieu, feu follet un peu groggy d'être tombé chez la copine du Dr No et qui se demande si c'est finalement une bonne idée de vouloir organiser une rétrospective intégrale dans mon cinéma mal assuré.) Enfin, 68 à Cannes ce ne fut pas non plus la révolution culturelle à la chinoise, François Truffaut qui pilotait l'essentiel en ce temps-là était bien trop sage pour demander les têtes des trois parrains qui avaient honnêtement servi jusque-là une certaine idée traditionnelle du cinéma. Philippe Erlanger, historien de Louis XIV qui en pinçait plutôt pour Monsieur, frère du roi, et abritait sous une laideur de bouledogue des trésors d'érudition et de finesse ; Robert Favre le Bret, gentleman de la IIIe République dont une des spécialités très appréciées était de confondre les noms des metteurs en scène et les titres des films les soirs de palmarès ; Maurice Bessy, chantre de Charlot mais aussi avenant et rigolo que le croque-mort de Lucky Luke, survécurent donc à la tourmente en acceptant les réformes sans trop barguigner et ne s'éclipsèrent que peu à peu, laissant à leurs successeurs des carnets d'adresses raturés et cet excellent protocole de Cannes que l'on serait bien mal avisé de vouloir changer.

En tout cas, ils en savaient certainement plus sur le Monténégro que les journalistes de télévision entrevus ce matin au réveil dans le petit café de l'hôtel et qui alignaient péniblement les habituelles considérations dramatiques sur la dangereuse agonie des ultimes lambeaux de la Yougoslavie en ignorant que ce petit pays existe depuis des siècles et qu'il est resté indépendant jusqu'en 1918. Admettons que je sois incollable sur le roi Nikita, bienveillant ogre balkanique abondamment filmé du temps de sa splendeur, sur la cour de Cetinje, autre brouillon du *Sceptre d'Ottokar*, ou sur les hallucinantes séquences en couleurs de *La Veuve joyeuse* transfigurée par Eric von Stroheim, reconnaissons que je suis un fou d'archives et que j'ai la perversité de les considérer comme des films hors du temps dont je cherche à reconstituer les scénarios perdus, et prenons notre parti du fait que cela ne sert à rien et qu'il faut se résigner aux lacunes et aux approximations de la télévision. Et puis tant pis, au fond l'indépendance du Monténégro est un micro-événement qu'il n'est pas si grave de traiter par-dessus la jambe et la seule chose qui m'ennuie est cette persistance à vouloir toujours penser à autre chose, à m'insurger pour des détails qui n'intéressent que moi et à me dire que Cannes n'est décidément pas le centre du monde, juste un peu de son écume, alors qu'il serait tellement plus simple et reposant de nager avec le courant pendant quelques jours ; un trait distinctif de mon caractère et de sa faible capacité d'adaptation, de mon incapacité à prendre la vie comme elle va, de mon isolement mal dissimulé.

Le Caïman arrive trop tard, Berlusconi a perdu les élections et plus personne n'a peur de lui, c'est ce que j'entends dire autour de moi à la sortie de la projection comme si le film de Nanni Moretti se résumait à une simple charge contre l'insatiable milliardaire-président-du-Conseil-italien. L'entreprise de démolition lancée à l'assaut du *Cavaliere* est surtout une analyse sauvage de la vie politique italienne et de la société qui s'accommode de ses travers par un homme de gauche qui a perdu la plupart de ses illusions mais résiste encore au défaitisme mou et qui est aussi un cinéaste brillantissime multipliant les angles d'attaque avec une intelligence féroce et un humour ravageur. Le film suit pas à pas les tribulations d'un producteur broyé par les échecs à répétition de ses *Maciste contre Freud* et autres réjouissantes séries Z qui lui permirent de profiter autrefois d'une modeste aisance ; le trop méconnu Silvio Orlando, sorte de Mastroianni archicabossé, est formidablement drôle et émouvant dans ses tentatives pour retenir sa femme (elle en a marre) et ses adorables bambins (si ça continue, ils vont finir par le prendre pour un raté) comme pour monter le film qui lui permettra de se refaire à partir d'un scénario sur Berlusconi qu'il n'a pas eu le temps de lire et que lui propose une belle gosse ne doutant de rien. Désopilants castings de faux Berlusconi, tandis que le vrai parade sur le petit écran, affolements et trahisons des partenaires éventuels quand ils comprennent que toute l'affaire risque de leur attirer des ennuis, cynisme généralisé d'un petit monde du cinéma où notre combinard fatigué est somme toute le plus pur et le plus honnête à sa manière. Nanni Moretti s'en donne à cœur joie sans jamais perdre le cap qui est la destruction de l'adversaire ; à la fin Silvio Orlando parvient à lancer le tournage et Nanni jette le masque en devenant Berlusconi à son tour pour un terrifiant monologue, collage de citations de son anti-héros luciférien. Le fait qu'il ne ressemble pas du tout physiquement au modèle original augmente encore l'effet de douche froide après une heure et demie de rigolade subtile. On se demande évidemment qui serait capable de réussir un tel film en France. Nanni Moretti est très apprécié ici, il a déjà obtenu la Palme d'or, mais il fait un peu figure d'extra-terrestre intimidant car il est beaucoup trop fin pour entrer dans une catégorie précise ; son style personnel manie le pastiche, la rupture de ton, la lucidité comique et ne s'enferme dans aucun académisme, il n'est pas sérieux au sens où l'entendent certains intellos français qui sentent pourtant qu'il est sans doute justement plus sérieux qu'ils ne le sont. Avec moi Nanni Moretti est toujours adorable, il a des gentillesses de grand frère.

Uro, polar norvégien. Je me demande toujours pourquoi je serais incapable de faire un film aussi bien mené ; scènes d'action étourdissantes, rythme rapide, casting impeccable, scénario très bien construit dont les coups de théâtre font mouche à chaque fois et quelque chose d'humain, d'étranger, de sourdement mélancolique en prime qu'on ne trouverait pas chez un équivalent américain. Pour toutes ces raisons sans doute puisque mon étourderie naturelle, pour ne pas dire plus, m'empêche de maîtriser la grammaire très précise d'un bon film d'action. Je ne me suis pas ennuyé une seconde, j'ai marché dans toute l'histoire en admirant la belle ouvrage, mais au bout du compte j'ai oublié assez vite ; le fait est que ça ne m'intéresse pas assez, ce dont je ne retire aucun sentiment de supériorité et qui me désolerait plutôt ; il y a un danger de sécheresse du cœur à ne pas être suffisamment touché par un travail bien fait, quel qu'il soit, et je ne voudrais pas retomber non plus dans le vieux défaut des cinéphiles sectaires qui dédaignent ce genre de films. Pour la suite de la carrière du réalisateur qui n'a pas trente-cinq ans et en est déjà à son quatrième long métrage les paris sont ouverts : évolution bien délirante à la Lars von Trier que sa hantise des voyages en avion et quelques autres petites névroses ont protégé de tout mirage californien ou annexion par les grands studios américains comme ce fut le cas pour le dur à cuire Paul Verhoeven qui a d'ailleurs bien fini par en revenir. Le côté lisse du film me fait plutôt pencher pour la seconde option. Quant au héros, super beau mec de trente ans avec barbe de plusieurs jours et bonnet de loubard, il m'a particulièrement plu en me rappelant Ari Behn, le jeune écrivain dont j'ai lu le récit plus ou moins autobiographique sur Tanger, ses folles, ses allumeurs et ses petits malins dealers. Il défraye la chronique à Oslo avec ses livres qui sentent le soufre alors qu'il est marié, heureusement semble-t-il, avec la fille du roi. Je l'ai brièvement rencontré cet hiver lors d'un colloque sur la littérature norvégienne auquel il assistait avec d'autres auteurs de sa génération. On comprendra que je m'y étais rendu uniquement pour le voir, n'ayant pas l'habitude de courir ce genre de manifestations relativement confidentielles malgré toute la sympathie que m'inspirent les lettres scandinaves. Charme fou, *gay friendly* comme il se doit, tout de même autre chose à faire que de discuter avec un Français transi issu de nulle part. J'en suis sorti normalement content et triste ; je suis un spécialiste de ces rendez-vous d'amour autosuggérés où je me rends le cœur battant comme si j'étais attendu et qui ne mènent évidemment à rien. Ari Behn doit avoir un site sur Internet, comme Lopez Antuño, starlet hollywoodien surexcitant que j'ai repéré dans un bouquin sur les bombes viriles latinos mais comme je sais à peine me servir d'un ordinateur...

Sihem est arrivée de Tunis avec son jeune assistant Karim, un garçon discret et tranquille qui observe tout, parle très peu et rend mille services sans jamais rien demander en retour. Pour l'instant il va chercher les journaux, trouve des tables au restaurant et des invitations pour les fêtes, répare mon portable et surfe sur Internet avec la vélocité de sa génération. Il se faufile mystérieusement aux projections et dort je ne sais où ; toujours à l'heure, soigné, d'humeur égale quand le moindre farfadet disjoncte en direct au premier souffle du festival. Sihem le materne vigoureusement et ne peut s'en passer. Elle est, elle-même, une personnalité tendrement ravageuse qui a révolutionné la pratique de la danse en Tunisie en créant une école où se côtoient *breakers* de banlieue et rejetons de la bourgeoisie, et en fondant un festival de ballets contemporains où elle attire de grandes troupes étrangères. Tout cela de son propre chef, dans un milieu plutôt traditionnel qui se méfie de ses initiatives et la jalouse, sans réel appui officiel hormis un réseau secret et secourable qui remonte très haut et la protège, et au prix d'acrobaties financières qui l'empêchent parfois de dormir mais n'entament pas son optimisme. Elle s'attaque maintenant au cinéma après avoir institué une autre école et lancé un festival de documentaires à Tunis : programmation très ouverte et salles combles. Amel et Sihem sont loin d'être les seules à manœuvrer habilement le « qui ne dit mot consent » permettant de contourner les obstacles ; ce sont d'ailleurs les Tunisiennes qui mènent la danse et dont je me sens généralement le plus proche dans les cercles où je me déplace du côté de Carthage. Pour l'instant Sihem a annexé le petit café de l'hôtel devenu une sorte de bureau ministériel d'où elle téléphone à tous ses compatriotes éparpillés dans Cannes et pour qui les vacances sont terminées. Il y a une journée du cinéma tunisien au programme, et donc, à proximité, d'éventuels professeurs pour son école, des documentaristes pour son prochain festival. Je croiserai tout à l'heure Dora qui est productrice et Raja Amari, le joli petit lutin au caractère d'acier qui a réalisé le brûlant *Satin rouge* dont les barbus ne sont pas encore revenus ; deux autres amies, jeunes, belles, pleines de talent et d'énergie, apparemment perdues dans la foule mais le sourire aux lèvres et sachant fort bien où sont les portes qui pourraient s'entrouvrir pour elles et faire avancer leurs projets. J'enrage souvent de constater que l'on ne se donne pas assez de mal en France où l'on ne cesse de brandir l'épouvantail islamiste quand il serait si simple et si utile de répondre à leurs modestes demandes et de les soutenir un peu plus. Il y a bien assez d'argent que l'on dépense en circuit fermé mais cela nous ramène au dîner d'hier soir et à son atmosphère de copinage et d'autosatisfaction sans perspective.

En revanche chez Gilles Jacob où je me transporte afin d'obtenir badges et facilités pour Sihem et son affidé, je ne trouve que bonnes manières et gentillesse. Le roi ne règne officiellement qu'une dizaine de jours par an sur la bizarre république de Cannes, il délègue beaucoup de pouvoir à ses ministres et laisse la bride légère aux provinces éloignées et remuantes de la Quinzaine des réalisateurs et de la Semaine de la critique, mais quand on pénètre dans son bureau on sent instantanément que l'on est en présence du patron. Il a des anciens souverains la politesse raffinée, la lassitude des longues heures de travail, la gaieté que procure l'exercice incontesté de ses prérogatives, le goût des anecdotes et des traits d'esprit consacrés aux mille vanités, caprices et faux problèmes qui lui remontent de la Cour où de la star au malandrin chacun se réclame de ses faveurs, le sens de la stratégie et l'usage de la séduction, des cajoleries et de la ruse pour la mettre en œuvre, une manière incomparable de humer l'air du temps et de trier entre les rumeurs qui se répandent dans ses États, et juste assez de cruauté pour adresser à l'occasion de redoutables coups de patte aux importuns : Excellences autodésignées qui se plaignent de ne pas avoir une chambre avec vue sur la mer, journalistes teigneux qui crachent sur la programmation, intrigants de tout poil qui se requinquent de calomnies à chaque interrègne. Il a eu de bons dauphins mais qui n'étaient pas assez patients et devenaient de mauvaise humeur en se sentant pris au piège de son charme, on lui a lancé force torpilles qui se sont égarées sans l'atteindre entre Berlin, Venise et Toronto, il sait que son palais est moche et comment l'enchanter avec la magie des belles histoires, des étrangers, des fêtes, un mouvement perpétuel tempéré par l'étiquette. Il aime le cinéma, pas tous les films mais tout le cinéma comme les monarques préfèrent le scénario du royaume aux combinaisons de leurs sujets ; et il pratique l'oubli de ses erreurs d'appréciation éventuelles avec toute la majestueuse mauvaise foi qui lui permet de rendre hommage à des cinéastes qu'il a longtemps ignorés comme s'il les avait toujours secrètement goûtés. Il faut l'avoir vu accueillir une Elizabeth Taylor aux piles miraculeusement rechargées et donc furieusement en retard au seuil de la grande salle où le prince de Galles et Lady Di poireautent en se demandant s'ils ne se sont pas trompés de séance et réserver le lendemain exactement le même traitement à un obscur réalisateur du tiers-monde lessivé par des années d'humiliation pour se faire une idée de ce que sont la courtoisie, le bon ton et le grand style au Festival de Cannes, ce Versailles de paillettes en toc éphémère qui fait rêver le monde entier. Moi je ne viens le voir que pour une misérable petite faveur mais il me reçoit comme s'il avait tout son temps et c'est parti pour une heure de franche rigolade en cinéphilie appliquée où seul l'esprit perdu de notre cher Toscan nous manque, nous caresse et nous attriste.

Luxury Car reprend un thème qui a déjà beaucoup servi au cinéma, celui du père de famille qui part à la recherche de ses enfants engloutis par la grande ville, un no man's land confus de cité chinoise, en l'occurrence. Le fils s'est acoquiné avec des malfrats, la fille est devenue entraîneuse. Le scénario oppose l'innocence et la dignité du vieil homme à la corruption et à l'inhumanité de la vie moderne, la décence de la province d'autrefois à la pourriture de la ville dévoreuse d'âmes. Je me souviens de *Hardcore*, un film de Paul Schrader où

George C. Scott tentait d'arracher sa fille tombée dans l'enfer du porno et même de ce *Voyage du père*, mélo lacrymal et préhistorique signé Denys de La Patellière où Fernandel cherchait à retrouver la sienne sur le trottoir. C'est un thème émouvant, Paul Schrader est un type touchant, assez *closet queen* hanté de culpabilité chrétienne me semble-t-il, que j'ai vu tituber de détresse, les yeux embués et toute arrogance hollywoodienne envolée, à la fin des années soixante-dix lorsqu'il n'obtint qu'un lot de consolation au palmarès pour son film un peu tâtonnant sur Mishima. Fernandel savait lui aussi faire pleurer, vieille habitude de cabot populaire dépucelé aux revues de l'Alcazar de Marseille où l'on avait la larme aussi facile que la gaieté, ce qui n'avait d'ailleurs pas échappé à Pagnol qui sut si bien faire vibrer en lui la corde sensible dans ces merveilles de sentimentalisme mi-candide mi-roublard que sont *Angèle* et *Regain*. *Luxury Car* se passe donc en Chine aujourd'hui et le titre évoque la bagnole du voyou-amant de la fille dont la bande va liquider le frère, une Mercedes ou une Audi, peut-être une coréenne, je n'ai pas vraiment fait attention à la marque mais je pencherais pour le prestige de la voiture allemande comme j'en ai tant vu chez les vulgaires petits mafieux de Moscou ; il est rare de voir des gangsters circuler en Jaguar. Le salaud est un bon gros plutôt sympathique et sincèrement amoureux de la fille, un flic fatigué cherche à le coincer sans nourrir beaucoup d'illusions sur l'utilité de son enquête et l'avenir de son métier, le vieux papa est complètement dépassé par la situation, le frère et la sœur naviguent en plein brouillard comme des victimes de la Star Ac version Chine nouvelle. Mais le film hésite entre un constat social assez bien observé, pour ce que j'en sais de la réalité chinoise, et une sensiblerie fade qui désamorce finalement tout point de vue critique sur le cynisme mercantile ambiant. Les superbes mélos tournés à Shanghai dans les années quarante, où la dernière Madame Mao amorça sa carrière artistique avant de passer à des productions d'un autre genre, allaient au fond aussi loin dans la dénonciation des ravages du capitalisme effréné. J'y repense avec un sentiment de nostalgie et il n'est d'ailleurs pas impossible que le réalisateur de *Luxury Car* ait voulu retrouver le charme de ce cinéma exterminé par la révolution et que l'on appelait en mandarin d'un nom délicieusement poétique, « les ombres électriques ».

Aki Kaurismaki est finlandais, bohème tendance vieux rocker porté sur l'aquavit. Il filme tendrement des paumés qui lui ressembleraient s'il n'avait pas la ressource ultime de savoir faire du cinéma ; ses films magnifient un univers de bars glauques, d'asiles de nuit, d'amours cernées par la poisse. Comme toute bonne poésie la sienne est à peu près indéfinissable mais elle diffuse une atmosphère qui n'a rien de triste, le charme que l'on ressent auprès d'un type inconnu aux yeux pochés qui vous écoute gentiment au comptoir un soir de spleen et vous console avec ses propres confidences. On ne sait si on le reverra jamais mais on sent sur le moment qu'on ne l'oubliera pas. *Les Lumières du faubourg* reprend *L'Homme sans passé*, son film précédent, là où il nous avait laissés, sous un ciel gris, en pleine friche industrielle. Les titres sont déjà tout un programme mais la fille a changé, elle était douce et compatissante, elle est devenue une vamp à la petite semaine qui fait la rabatteuse à jobards pour le compte d'une bande de minables malfrats et rajoute une bonne rasade de malheurs à l'existence du brave innocent manipulé qu'elle a réussi à attraper. L'intrigue policière n'a pas beaucoup d'importance, elle parasite plutôt la vraie histoire que raconte Kaurismaki d'un long métrage à l'autre, celle d'un laissé-pour-compte dostoïevskien qui n'a pas renoncé à vivre selon ses sentiments et dont chacun abuse avec cynisme. En haut des marches Kaurismaki ne résiste pas au plaisir de se livrer à une bouffonnerie bien dans sa manière, il profite de la musique ringarde que diffusent les haut-parleurs pour inviter Gilles Jacob à un tour de valse et le public pour qui ce cinéaste exotique à bonne gueule de pochard sympathique n'évoque pas grand-chose s'esclaffe bruyamment; dans la salle des cinéphiles plus avertis rigolent aussi en découvrant cette scène insolite sur le grand écran qui retransmet les arrivées et ils y mettent cette complaisance de membres du club qui me gêne toujours un peu. Beaucoup vont s'endormir et ressortiront de la projection sans avouer que le film est tout de même un peu moins bien que celui d'avant.

Nous avons pour une fois un peu de temps devant nous et j'entraîne Amel au Marché du Film qui occupe une surface énorme jusque dans les sous-sols aveugles du palais. Tout ce que le cinéma mondial compte de sociétés de production et d'organismes de diffusion nationaux y occupe des alignements de stands où s'effectuent les transactions. Les grandes affaires se traitent ailleurs, dans les suites des hôtels de luxe; au marché, ce sont plutôt des distributeurs arabes qui vont faire leur plein de films karaté et les fabricants à la chaîne de séries Z américaines qui cherchent à écouler leur marchandise auprès d'exploitants interlopes qui suent la combine et le dur métier du spectacle aux copyrights incertains. Des pays à la cinématographie improbable présentent la récolte de l'année : mélos chantants du Bengladesh et comédies lourdingues made in Colombia. De grosses dames en tchador s'agitent au stand iranien où le nom de Kiarostami ne suscite que des haussements d'épaules et lorgnent sans aménité sur les jeunes Israéliens sexy qu'un malin hasard a plantés juste en face de l'autre côté de l'allée centrale ; de blondes Ukrainiennes qui ont cessé de rêver depuis longtemps à s'enfuir sur le yacht d'un oligarque copinent avec des Uruguayennes volubiles, épopées de bardes moyenâgeux contre polars à moustachus du río de La Plata. Partout des affiches criardes, des titres tapageurs, des prospectus amphigouriques pleins de fausses révélations et de superstars inconnues, des écrans de télé qui débordent de catastrophes et de bagarres, d'explosions et de sauvetages héroïques suintant le pompage laborieux des séries d'action américaines et le bidouillage par ordinateur. Le capharnaüm dégage une atmosphère plutôt excitante de vulgarité candide et de poésie surréaliste qui laisse tout de même assez vite une impression de vertige ; tous ces films qu'on ne verra jamais, tous ces gens qui se donnent un mal du diable pour décrocher le gros lot et galèrent dans les caves du festival sous le plomb de la lumière artificielle alors qu'il fait si beau dehors, tous ces récits de Cannes qu'ils doivent raconter au retour chez eux lorsque l'hôtel a cessé d'être près de la gare et qu'il n'y a pas plus glamour que le cocktail du pavillon néo-zélandais. Cela tient du Salon de l'enfance d'autrefois pour le côté ludique-ringard et du rayon bricolage et semaine kit en promo à la Foire de Paris mais j'ai toujours le vague espoir d'y trouver une perle rare comme si je franchissais le coin de la rue des bordels dans une ville étrangère. Dans le passé, quand je m'amusais encore de tout, j'ai pu y voir un hallucinant James Bond pakistanais où un champion barbu de la vraie foi de l'islam pourchassait le méchant Salman Rushdie, enfin son clone un peu rondouillard, avant de le désintégrer avec un sabre de feu dans une apocalypse de flammes dévorant des bibliothèques de versets sataniques, la version Peshawar de *Return to Sender* en somme ; une édifiante saga bondieusarde sur les petits chanteurs de Vienne dont le metteur en scène a dû disparaître pour purger une longue peine à la section maniaques pédophiles d'une prison autrichienne ; la réédition de charme des œuvres complètes d'Isabel Sarli, la pécheresse officielle du cinéma argentin des années soixante dont la longue carrière de bombe sexuelle pour adolescents latinos perturbés reste injustement ignorée des dictionnaires du cinéma. Amel est persuadée qu'on va tomber sur Tim Burton mais le doux lunatique est resté à Los Angeles cette année et tout d'un coup je me demande ce que j'ai pu faire du bel autographe qu'il m'avait dessiné à ce dîner du Palm Beach où Mickey Rourke et la terrifiante bande de loubards qui l'escortait se battaient au sang de table en table avec des vigiles débordés en hurlant « Mars attaque ! ». Est-ce qu'il s'occupe au moins de l'infortuné Pee Wee, le délicieux clown burlesque à la Harry Langdon dont il tourna le premier film et avec qui j'avais fait une émission délirante empreinte d'une étrange tendresse mutuelle immédiate, piégé quelques années plus tard dans une sombre histoire de garçonnets qu'il avait un peu trop confondus avec sa collection d'ours en peluche et de robots mécaniques ? On est sans nouvelles de lui, gagman anonyme, livide et terrorisé dans une chaîne de télévision pour la jeunesse, peut-être carbonisé, comme le génial Fatty qui ne s'est jamais remis d'une vilaine partouze alcoolisée au temps de la prohibition et termina tristement sa vie au département farces et attrapes d'un grand studio sans plus jamais tourner de films. Il faudrait que je remette la main sur cet autographe, Tim Burton m'avait trouvé sympa et avait inscrit son numéro de téléphone au-dessous de la signature ; ainsi que sur la cassette de l'émission de Pee Wee. Parce que j'aimerais le retrouver si je vais un jour à Hollywood pour lui dire que je ne l'ai pas oublié. Je trimballe partout une liste interminable de gens que j'ai seulement croisés et que j'aimerais revoir, il suffit d'un rien pour que leur nom resurgisse du passé et que j'échafaude des plans compliqués afin de les rejoindre. Pour Fatty, c'est trop tard, mais avec Pee Wee il doit rester une chance. On respire mal à la longue dans ces catacombes où les climatiseurs ne ventilent que de la poussière, heureusement les copains tunisiens d'Amel ont échappé à ce triste sort ; ils sont installés dans un stand sous la protection directe de l'Olympe du festival au pied du Palais, près du vieux port, en plein soleil et à côté du yacht d'Arte. Les cinématographies émergentes bénéficient de plus d'égards que les soutiers malchanceux du show-biz.

« *People come, people go*, Grand Hôtel », disait mélancoliquement le vieux Lewis Stone en regardant droit sur moi dans le merveilleux film d'Edmund Goulding où j'ai découvert à dix ans, au petit cinéma des Champs-Élysées, Greta Garbo, les Barrymore et Joan Crawford. Quelque part quelqu'un sait, peut-être, pourquoi mon univers mental s'est fixé une fois pour toutes sur ce monde en noir et blanc luminescent de grandes ballerines malheureuses en amour, d'escrocs mondains qui se suicident pour laver leur déshonneur et de petites secrétaires avec du chien prêtes à presque tout pour arriver et pourquoi je préfère le Berlin des années trente reconstitué à Hollywood plutôt que tous les autres, la façade d'un palace irréel qui brille sur un plateau où l'on démontera le décor après la prise, la manière dont celle que l'on appelait la Divine traverse le hall bruissant d'une activité indifférente, folle d'inquiétude à l'idée que celui qu'elle attend pourrait ne pas être au rendez-vous. L'univers romanesque de Vicki Baum n'intéresse plus grand monde et lorsque j'évoque ce genre de films devant l'enfant il me regarde comme si je sortais de *La Guerre du feu* mais rien ne m'empêchera jamais de savoir que c'est le cœur de Marlene qui bat en moi lorsque je suis en présence d'un grand personnage infatué de sa puissance et que Liz Taylor m'aime quand je me retrouve dans le bureau sinistre de mon percepteur. La petite salle pas chère où l'on redonnait de vieux films est devenue un hall d'exposition pour les automobiles Mercedes, Greta refusait absolument que l'on parle de sa carrière et portait un survêtement de moniteur de ski lorsque j'ai dîné avec elle, les Barrymore se sont noyés dans l'alcool, Joan la flamboyante a viré marâtre parano remâchant sa haine dans la réclusion d'un duplex de Park Avenue et je terminerai peut-être ma vie comme Lewis Stone, frappé par une quelconque foudre intérieure sur un trottoir au milieu de passants pressés, mais ce sont des fins de cinéma qui me conviendraient pour le dernier acte et elles ne dissipent pas le mirage auquel je me suis attaché et qui resurgit devant moi à chacun de mes pas.

Je n'ai pas de carton d'invitation pour la fête de *Vanity Fair*, la plus convoitée du festival avec armée de vigiles, contremarques en série et contrôle maximum, mais comme je m'approche à nouveau d'Eden Roc sur mon scooter, ma petite Amel chérie toute contente serrée contre mon dos, je ne doute pas un seul instant que je franchirai victorieusement tous les barrages. « *People come, people go*, Eden Roc » et *Vanity Fair* n'attend plus que nous. C'est ce qui se passe au début, à l'entrée du parc illuminé, les malabars en complets sombres arrêtent les Bentley comme à un barrage de Bagdad mais prennent notre modeste équipage pour un caprice sophistiqué de milliardaires branchés et nous traversons toutes les embûches haut la main. En revanche, l'ultime obstacle paraît insurmontable au seuil de l'hôtel. Une jeune Américaine en pyjama de velours bleu nuit, teint ivoire et mascara discret, toute lisse et soigneusement décoiffée, coche les listes avec un regard fixe et un demi-sourire aux lèvres qui ne présagent rien de bon. Elle est entourée d'une dizaine de Blacks rasés au sabre de samouraï qui ne sont pas là non plus pour rigoler. Derrière elle la fête bat son plein, mais devant elle c'est une tout autre histoire, les grosses légumes se tordent comme des gamins intimidés et les belles en Valentino fouillent nerveusement dans leur sac pour sortir le dernier coupe-file miracle coincé entre leur poudrier Bulgari et leur pince à dollars. Un type un peu luisant s'agite, il ne retrouve pas son sésame mais on l'attend à l'intérieur. La fille répond d'un ton tranquille qu'elle est désolée. Non, elle ne peut pas le laisser entrer. Le type n'a pas compris, il élève la voix, demande qu'on appelle ses amis à l'intérieur, la blonde qui l'accompagne rétrécit à vue d'œil. La fille d'humeur toujours égale mais comme doucement enveloppée de banquise lui demande de repartir. Il insiste en commettant l'erreur fatale de vouloir prendre les Blacks à témoin. Elle détourne alors le regard comme pour ne plus voir le vide qui s'étale devant elle et déclenche le zapping d'un imperceptible mouvement de paupière. Pas un clin d'œil, juste un petit froissement de rien du tout, dans un silence de mort et sans se départir un seul instant de son demi-sourire polaire. Le type disparaît à la seconde, avalé par l'essaim des Blacks, éliminé, annihilé comme dans un film de science-fiction quand on appuie sur la touche à désintégrer l'adversaire, c'est à croire qu'il n'a jamais existé. Les candidats qui restent transpirent un bon coup, les maquillages prennent une teinte blafarde dans la nuit, on entend l'orchestre, les rires, la rumeur de la fête qui vous narguent depuis le paradis. C'est mon tour d'affronter la tueuse ; je lui dis très gentiment que je ne suis pas invité, que je ne connais personne et que je n'ai pas envie de rentrer à Cannes sans avoir pris un verre avec mon amie. Un soupçon de surprise voile le regard d'acier qui va et vient de la liste inutile au couple inconnu qui ne doute de rien. Les Blacks renfrognés et mis en appétit sont prêts à bondir mais la fille hésite ; polis, propres, accent *frenchie* et si c'était une ruse particulièrement vicieuse ? Décidément, avec elle tout se passe dans le regard et au fond le mien a l'heur de lui plaire. De kapo elle vire en chérie du drugstore, émet le rire bref de celle à qui on ne la fait pas et coche un autre nom sur la liste. Celui du type désintégré peut-être. Enfin, ce n'est pas le moment de pleurer sur le sort des victimes, les Blacks s'écartent comme la mer devant Moïse, *Vanity Fair* c'est bien le nom de la fête. Au fond moins bien que l'autre, les mêmes gens, le même orchestre, peut-être autant d'alcool et pas autant de coke ou mieux tenue en laisse, mais Amel, pour qui c'est la première fois, s'amuse comme la petite gentille qu'elle est toujours. Marina que j'espérais retrouver est déjà repartie, depuis la plage je regarde son yacht éclairé qui s'éloigne dans la nuit, version light du *Rex* d'*Amarcord*. Pandora ne reste jamais longtemps, elle va et vient entre Saint-Tropez et Antibes et si je suis beaucoup de monde pour elle je ne suis pas encore le Hollandais volant.

Septième jour

Brad est venu me voir cette nuit. Il a dû sentir que j'en avais un peu marre du festival, de tout ce monde et de cette agitation où je me sens seul. Brad sait tout de moi, il me protège et il me réconforte quand je commence à flancher ; je peux compter sur lui mais forcément il est aussi imprévisible, il arrive toujours à l'improviste, c'est sa vie qui veut ça, il lui est très difficile de me prévenir. Au fond, c'est assez miraculeux qu'il parvienne à me retrouver alors que je n'ai même pas son numéro de portable et que j'ignore comment le joindre. De toute façon, j'aurais mauvaise grâce à lui reprocher d'être si difficile à atteindre puisqu'il ne m'oublie pas. Je suis tellement content qu'il me rende visite. Notre histoire est un secret bien sûr, je n'en parle jamais à personne et j'imagine qu'il est aussi discret à mon sujet. La tête qu'ils feraient tous, autour de lui, s'ils apprenaient que j'occupe cette part cachée de son existence et qu'il me consacre un peu de son temps précieux à leur insu ! J'ai failli faire le malin l'autre soir avec son agent que j'ai trouvé si sympathique, j'éprouvais la tentation de glisser des allusions mystérieuses pour l'intriguer, mais je me suis arrêté à temps. Même s'il me pardonne tout, Brad n'aurait certainement pas apprécié que je me serve de lui pour jouer les intéressants, le secret de notre secret c'est que nous n'existons pas l'un pour l'autre, officiellement ou en public j'entends. Cette fois j'étais un peu gêné qu'il me surprenne au lit, déjà couché et en pyjama, certes ma chambre était en ordre, ce qui m'a plus ou moins rassuré, mais je me trouvais quand même moche et plutôt ridicule ; c'était surtout ce pyjama qui m'embêtait, je porte du pilou à l'ancienne, c'est incontestablement plus confortable mais il y a ce côté vieillot et un peu ringard dans le pilou qu'on ne peut pas éviter. Devant Brad en tee-shirt immaculé, jean serré et mocassins noirs aux pieds nus comme un jeune Américain très clean qui viendrait de prendre sa douche et qui aurait encore les cheveux ébouriffés par sa serviette, ce n'est pas nouveau j'éprouve toujours une impression d'infériorité physique écrasante qui me laisse sans voix, enfin au début parce que ensuite j'arrive quand même à parler, mais en tremblant. La peur de lui déplaire et le désir aussi, il faut bien le reconnaître. J'ai beau essayer de me maîtriser, il est évident qu'il s'en rend compte mais ce n'est pas grave, il a l'habitude, il y a des filles qui mouillent rien qu'en le regardant, alors le type en pyjama de pilou qui flageole dans son lit ça le fait plutôt rigoler. Très doucement, très gentiment, Brad c'est mon grand frère caché, mon amour clandestin qui me console des nuits tristes. Dans la vie il est bien plus jeune que moi, mais dans notre vie à nous c'est moi le petit, le vulnérable, celui qui attend. En tout cas, ce qui est sûr, quel que soit le point de vue, c'est que de nous deux il est nettement le plus sexy. Amel m'a dit cet après-midi en passant devant une affiche où on le voyait sur plusieurs mètres de haut qu'elle ne lui trouvait rien de particulièrement excitant à ce bellâtre américain à la mâchoire carrée et je n'ai pas relevé. À la réflexion, je ne suis pas certain qu'il s'agissait d'Amel, elle est trop fine pour commettre ce genre d'impair et me prend comme je suis sans se faire d'illusions, il doit s'agir d'une femme qui espère quelque chose de moi et que je dois aimer tout de même assez pour souhaiter qu'elle continue, en entrant dans son jeu au point de la rendre jalouse. Autrefois, quand c'était Rob Lowe qui venait me voir, une autre femme me disait aussi de faire attention à ce type trop beau pour être honnête. Quand je suis avec Brad tout le reste s'embrouille, devient vague et le temps s'évapore. Pour ce qui est du temps, il n'en reste justement plus beaucoup cette nuit, l'aube ne va pas tarder à poindre, j'entends déjà par la fenêtre ouverte les premiers livreurs du matin qui apportent les journaux au Majestic; il va falloir se dépêcher. Je n'ai pas osé bouger de mon lit et Brad s'est assis sur le rebord sans rien dire. C'est toujours comme ça que ça se passe, la première panique passée et l'angoisse qu'il ne reparte aidant, je fais les questions et les réponses comme un étourdi tandis qu'il garde le silence en souriant, son regard plongé dans le mien pour me transmettre sans doute un grand calme dont je suis bien incapable, toute cette tendresse qu'il ressent pour moi. Je le sais, même si je suis le seul à le savoir, je le sais et personne ne pourra me retirer ce que je suis le seul à savoir. Finalement je n'ai vraiment plus rien à dire et Brad enlève son tee-shirt comme tous les beaux gosses que j'ai connus lorsqu'ils enlèvent enfin leur tee-shirt, mais en mieux, d'un seul geste rapide des deux bras ensemble, on dirait qu'il se déploie. J'ai connu un garçon de la rue qui arrivait à faire pareil, il avait un aigle tatoué sur la poitrine et le geste faisait palpiter les ailes comme s'il allait s'envoler, c'était très beau à voir mais il s'agissait d'un de ces garçons qui vous quittent sans s'attacher et décollent sans crier gare alors que Brad n'a pas besoin d'avoir un aigle tatoué sur la poitrine quand il vient se poser près de moi. Et puis les lumières de la rue se reflètent sur ses épaules nues tandis qu'avec le garçon en question le côté sombre du rapace lui collait à la peau. Je sais bien que Brad ne va qu'avec des filles, il n'est question que de cela dans les magazines, les beautés d'Hollywood, les stars en devenir et celles qui sont déjà célèbres, toutes sophistiquées, sûres d'elles, plus ou moins refaites, mais c'est ce que l'on demande et c'est ce qui plaît là-bas et il n'y a pas de raison que cela ne lui plaise pas à lui non plus. Moi je suis l'exception, l'absolu de l'exception dissimulé à la perception du monde entier. Je ne me raconte pas d'histoires, il n'a pas très envie de coucher avec moi, mais il sait que ça me fait tellement plaisir et il a envie de me faire plaisir. C'est sa manière à lui de me prouver qu'il ne veut pas que je me sente seul et je dois avouer qu'il n'y en a pas de meilleure. Et puis il y arrive très bien, ce qui me laisse un peu rêveur tout de même de la part d'un garçon dont on a beaucoup dit qu'il ressemble à James Dean, mais sans toutes ces affaires de mecs qu'on a racontées partout après sa mort. Brad c'est mon Jimmy Light, Jimmy pour dames, Jimmy le bon après Jimmy la folle, celui qui n'a pas besoin de prouver qu'il est un mec en courant après la mort au volant de sa Porsche lancée à toute allure. Moi je ne raconterai rien, sentir le corps de Brad contre le mien c'est le plus grand bonheur auquel je peux aspirer sur terre et ce serait une folie de l'avouer. Hélas ça ne marche pas à tous les coups, comme j'étais en train de partir, on frappe à la porte avec insistance. Je me lève d'un bond pour ouvrir, c'est le type d'à côté qui s'est trompé de chambre, il est saoul, complètement défait, il cherche sa clef par terre, mauvaise fin de nuit pour lui et encore plus pour moi qui me retrouve seul, en pyjama dans ma chambre, KO devant mon lit défait aux draps froissés comme si je m'étais débattu dans mon sommeil. Brad a disparu, il a dû enjamber le balcon où la froide aurore s'amuse déjà à faire reluire les affreux fauteuils en plastique blanc et la rambarde en verre fumé. Je maudirais ce nouveau jour qui commence si je ne me rappelais soudain que je vais le retrouver dans une heure sur l'écran de la grande salle.

En sortant de *Babel* ce matin la tribu des enthousiastes professionnels entonnait à tout-va le grand air de « C'est la palme, c'est la palme ! » mais ils ont déjà fait le coup pour *Volver* et il ne faut pas trop les écouter même si la rumeur d'une projection triomphale s'est aussitôt répandue assortie de la promesse d'une confirmation éclatante pour le grand tralala de ce soir qui a déclenché une chasse fiévreuse aux invitations. Il reste encore cinq jours de festival et l'expérience prouve que les jurés n'apprécient pas beaucoup que l'opinion publique essaye de leur forcer la main. Le scénario est épatant, on sent la culture, l'intelligence et le métier du romancier mexicain Guillermo Arriaga dont j'avoue n'avoir rien lu et qui a déjà écrit les deux précédents films d'Alejandro González Iñárritu, ce réalisateur également chicano dont le nom à rallonge que je cite in extenso doit résonner comme un fier chant de revanche aux oreilles de tous les Hispano-Américains qui triment sous la bannière étoilée, clandestins compris. Iñárritu maîtrise à la perfection la machine hollywoodienne sans avoir renoncé totalement à ses ambitions intellectuelles ni oublié ses origines de l'autre côté du rio Grande. Par fatigue et légèreté et aussi parce que ma cinéphilie n'est plus ce qu'elle était je n'avais pas fait le rapprochement avec *21 grammes*, écrit et réalisé par le même duo, c'était déjà très intéressant quoique plus embrouillé, plus sermonneur dans le registre la Vierge de Guadalupe est la chouette copine cachée de Benicio del Toro, lequel vaut bien d'ailleurs qu'on se tape la messe, le confessionnal et tout le chemin de croix pour peu qu'il s'intéresse à nos péchés et nous incite à en commettre quelques autres. À partir d'un accident stupide où un gosse du bled marocain blesse involontairement une touriste américaine en pleine crise sentimentale puisqu'elle a épousé Brad, plusieurs intrigues s'entrecroisent entre un village de l'Atlas, le Mexique, la Californie et le Japon en explorant les conséquences d'une banale mésaventure immédiatement médiatisée sur la vie de plusieurs personnes qui n'avaient a priori aucune raison d'être liées les unes aux autres : la gouvernante mexicaine du jeune couple américain, une petite Japonaise névrosée dont le père a donné le fusil fatal à un brave paysan marocain, le gosse qui a fait la bêtise et sa famille, ainsi que le dieu invisible et impalpable de l'information moderne qui balance ses ondes sur toute la planète, compliquant et aggravant le sort de chacun. Tout se tient selon une mécanique logique implacable et on marche à fond dans la combine faute d'avoir le temps de se rappeler qu'on peut être rétif aux notions de mondialisation hystérique et d'humanité hantée par l'antique malédiction de Babel, l'autre tour infernale qui a toujours passionné le cinéma américain comme l'adorable Lilian Gish me l'a fait comprendre un jour en me disant de sa voix flûtée de vieille petite fille qu'elle regrettait le temps du muet, cette parole des images que tout le monde pouvait instantanément comprendre. Menace du *high tech* et choc des cultures tant qu'on y est puisque le film brasse hardiment ces références à la mode dans le feu de la démonstration des deux brillants et madrés latinos. Chacune des histoires est remarquablement bien racontée et filmée et laisse une trace émouvante, l'ensemble du Lego s'emboîte sans grincer mais au fond ça me laisse quand même un peu froid sans que je sache vraiment pourquoi. À court d'arguments, je choquerai tout à l'heure mon jury encore sous le choc de la projection en affirmant péremptoirement que c'est une fois de plus la bonne vieille morale de la supériorité américaine qui l'emporte puisque les seuls à s'en sortir finalement sont la jeune Américaine et son mari qui retrouveront leur maison de bobos sympathiques, leurs enfants positivement traumatisés, leur vie conjugale renforcée par l'épreuve, mais je ne crois qu'à moitié à ce remugle de démonstration tiers-mondiste, trop politiquement correcte pour des profs de gauche plus avertis et plus méfiants qu'ils n'en ont l'air. Il y a quelque chose qui manque dans ce film impeccable et pourtant je ne doute pas que le bulldozer ait une âme. Mon Brad est bien, sans plus, et sur les marches j'ai vu le petit gosse marocain aux aguets. Il est très beau avec une cicatrice sur son front de gamin batailleur qu'on a mal soigné, regard de gracieux voleur calculant sa chance et clignant devant le soleil, la Croisette, les jolies dames. Il reviendra ce soir en djellaba blanche, un fez crânement posé sur la tête et fêté parmi les stars. Et demain ?

Comme je regagne l'hôtel pour aller faire ma ronde habituelle de coups de téléphone, le gentil Québécois d'autrefois me hèle dans la rue. Bien qu'il ait beaucoup grossi et perdu pas mal de cheveux il a toujours le même sourire candide, les mêmes manières charmantes. Il est tout surpris que je ne l'aie pas oublié et que je le reconnaisse aussitôt. A-t-il deviné un jour que j'aurais pu avoir le béguin pour lui et qu'il a occupé longtemps une bonne place dans la case regrets où il faut convenir qu'il n'était quand même pas le seul ? Enfin, c'est un peu tard pour le lui dire sur ce trottoir étroit et incommode où deux messieurs à l'approche de la soixantaine sont rattrapés soudain par le passé. Jean Lespatures, je crois, il porte un de ces noms qui fleurent la vieille France paysanne comme on en rencontre beaucoup au bord du Saint-Laurent. Rude pays en vérité, que j'ai découvert lorsque j'étais censé m'occuper des programmes de TV5 ; dans les premiers temps les pauvres hères qui s'étaient embarqués pour fuir la misère crurent que l'hiver terrible ne finirait jamais avant d'être sauvés in extremis par les Indiens. Ensuite méprisés, maltraités, déportés par les Anglais, opprimés avec une férocité inouïe avec pour seul recours la révolte des berceaux ; vingt enfants par famille, des curés partout, un bloc de résistance muette et opiniâtre, ils en ont fait de beaux films qu'on n'a pas beaucoup vus par ici, récits de courage et de forêts, de fidélité et d'épouvantable froidure qui valent bien nos pesantes reconstitutions révolutionnaires avec ou sans Vendée ; l'accent passe mieux dans les chansons. Les Québécois devraient considérer avec amertume ceux qui les ont abandonnés, oubliés pendant si longtemps, et qui leur témoignent maintenant la considération vaguement ennuyée que l'on manifeste à de vieux cousins de province retrouvés un peu par hasard. Ils ont au contraire l'élégance de ne pas s'en formaliser et de garder pour eux la déception qu'ils en éprouvent certainement. Ils sont, en général, sans rancune et sans complexes. L'énergie de l'Amérique dénuée d'arrogance, aguerrie par une histoire qu'ils ont faite tout seuls comme ces enfants dont on ne s'est pas occupé et qui recherchent leurs parents lâcheurs pour leur dire simplement qu'ils ne leur en veulent pas et qu'ils les aiment quand même. Jean Lespatures me reparle du Festival de Montréal et des soirées au théâtre d'Outremont, où je ne suis jamais allé malgré ses invitations, comme il m'en parlait il y a vingt ans. On a toujours quelque chose de plus urgent à faire que d'aller au Québec ; on a tort. Mais la houle des souvenirs se fait moins précise ou du moins elle change ; tandis que je réitère à nouveau la vieille promesse de me rendre là-bas un jour prochain et que nous discourons sur la joie que nous éprouverions à nous revoir autrement que dans le tumulte de Cannes, je sens l'autre Québécois qui revient, le garçon qui ressemblait à Jim Morrisson et qui me piquait tout mon fric en contrepartie du plaisir très intense qu'il m'octroyait de temps en temps, seulement quand ça lui chantait, je ne savais jamais quel serait mon soir de chance. François me l'avait refilé pour des raisons embrouillées, son avidité, sa sauvagerie, la jalousie de Catherine, l'amusement de me voir pris au piège aussi sans doute. Régulier à sa manière, il ne courait pas chez les filles, il repoussait les avances de mes copains avec des airs outragés, il se contentait de me tenir en cage. Il s'était installé chez moi, je l'avais emmené à Cannes, je pouvais être fier de me promener avec un compagnon d'une beauté tellement stupéfiante, mais une fois la porte refermée je me retrouvais avec une sorte d'ennemi intime alternant selon ses humeurs les phases d'hostilité et d'indifférence absolue avec de violentes envies de faire l'amour, trop rares et totalement imprévisibles, assorties d'obscures imprécations en joual qui me rendaient fou. Le dialecte québécois a certainement ses beautés mais dans ce genre de circonstances où l'on a déjà perdu beaucoup de sa superbe, il arrive qu'on se sente tout de même un peu seul. Je n'ai jamais su ce qu'il était venu chercher en France, il a disparu d'un coup, sans prévenir comme d'habitude, je n'ai jamais eu de nouvelles. Je ne l'aimais pas mais je l'avais dans la peau et j'aurais pu ramper devant lui, je me suis épuisé à chercher son nom dans les annuaires du Canada, il y en a malheureusement des pages entières où il est inscrit d'une ville à l'autre. Il portait en effet un nom très banal dont je me souviens très bien.

Nous nous sommes séparés avec chaleur, Jean Lespatures et moi, en évoquant de nombreux projets dont nous savions qu'ils ne se réaliseront pas. Je devais avoir l'air sincère, le rêve insensé de retrouver un jour l'autre Québécois que je ne retrouverai jamais me transportait vers Montréal et ses amoncellements d'annuaires indéchiffrables. Il ne faut surtout pas me dire qu'il a certainement changé, marié avec enfants, endormi et amnésique, démoli à la bière, mort peut-être, j'ai la nostalgie active, je reconnais toujours, je n'ai pas peur de prendre ce genre de risques, ce qui m'a manqué l'emporte sur ce qui reste. En remontant vers ma chambre, j'ai emprunté l'escalier, devant l'ascenseur j'aurais pu tomber sur quelqu'un et je ne voulais croiser personne. On aura compris que je souffre du mal solitaire de l'inventaire qui inflige une sensation d'oppression douce-amère pour laquelle il n'existe ni remède ni consolation. Il suffit d'une rencontre comme celle que je venais de faire pour qu'il se déclenche et dans ce cas il vaut mieux que je reste dans mon coin et que j'aille jusqu'au bout en attendant que l'accès se calme. À chaque pas, à chaque marche dans ce tube sonore de béton gris, j'entendais l'épithalame de ma mémoire de Cannes, je revoyais les images de ce qui a disparu. Rosette et son petit panier de fleurs arpentant la Croisette comme une marchande pour qu'on aille à la projection de ses films en 8 mm que Rohmer a bien raison de trouver charmants ; la trogne enjouée de Coluche traversant en peignoir le hall du Martinez et celle, bourgeonnante et plombée, de Fassbinder devant un sérieux de bière à la terrasse du Blue Bar ; les petites putes blondes du Palm Beach qui me demandent des tuyaux sur les jeunes truqueurs américains dans leurs spencers impeccables à reflets de velours et Rupol le travelo black platine, immense comme un Harlem Globe Trotter, qui me chantonne à l'oreille « Money Money » devant un alignement de vieux messieurs friqués assommés par l'alcool et la sono d'Aimé Barelli ; eux sont en smoking blanc façon casino de Juan-les-Pins avant-guerre ; la fausse Marilyn tchèque gentille comme tout qui en a marre de ses protecteurs à combines louches et que j'ai fini par placer sur le yacht de Khashoggi loué à la semaine par une bande de tapettes libanaises et la non moins fausse Madonna tellement émouvante dans sa chambre sinistre sur le port où elle cherche à réveiller son joli petit copain pas près d'atterrir de son nuage de coke, elle s'accroche au carnet d'adresses bidon de son ordinateur tandis que j'essaye de faire dégueuler son mignon dans le lavabo; l'insolente beauté de Maruschka Detmers sortant de la piscine de la Bastide et le rire délicieux de Lio dans la voiture où sa sœur et elle veulent dresser mon horoscope, Lion ascendant Lion mais ça n'a pas changé grand-chose; Johnny Depp qui me voit venir de loin lorsque je lui raconte avec une témérité imbécile que je connais très bien tous ses amis de Paris et Emir Kusturica qui ne cille pas quand je lui dis que je regrette de l'avoir traité de Serbe, je me demande à quoi je vais bien pouvoir ressembler quand il m'aura flanqué son poing dans la gueule, mais non je ne triche pas, je suis vraiment désolé et il me pose la main sur l'épaule en ayant l'air soudain fatigué. Toscan décrit la cérémonie des Oscars à la cuisinière marocaine de la villa Gaumont, il est huit heures du matin, il n'arrive plus à dormir, la grosse dame au fichu de couleur prépare les petits déjeuners et dodeline de la tête en souriant et en soupirant à tout hasard comme si la cérémonie hollywoodienne n'avait pas de secrets pour elle tandis que moi je suis encore dans les vapes, j'écoute à peine, le regard perdu vers la piscine où un jardinier à mine de faune retire les feuilles avec un grand râteau, le patron ira mieux demain, il se sentira moins seul dans sa maison pleine à craquer quand Margaret Menegoz, son seul ami, redescendra de Paris et le remettra d'un coup sur les rails, Toscan et tout ce vide qu'il a laissé à ceux qui l'aiment; Bresson me suit des yeux, je passe et repasse devant lui mais c'est Humbert dans *Lancelot* qui aura le rôle; Pascale Dauman penche sur moi sa belle gueule de boxer tendre et me demande quand je cesserai enfin de me comporter en gamin espiègle ; Jean-Pierre Rassam me saute à la gorge chez la mère Besson à propos d'une sombre histoire où il me prend pour quelqu'un d'autre et, sentant la menace pour sa bouillabaisse, Sergio Leone nous sépare comme un ogre prendrait par le cou deux chats hérissés crachant de colère, ce n'est pas ce soir que je pourrais lui demander s'il a vraiment filmé les repérages du *Siège de Leningrad*, cet « il était une fois le peuple russe » que la mort ne lui laissera pas le temps de tourner ; Claire Denis de sa belle voix rauque qui ne parle jamais pour ne rien dire m'apprend que Bernard-Marie Koltès est très malade et je me sens tout d'un coup au-dessous de tout parce que je n'avais rien deviné et que je ne l'ai pas appelé ; John Moulder Brown insiste pour que je marche devant lui, franchement il exagère un peu : ce n'est pas parce que nous avons fait la tournée des bars en parlant de Noel Coward et d'Helmut Berger que je me crois autorisé à renifler son petit cul d'Anglais comme Diana Dors quand elle le viole dans la piscine de *Deep End* ; Martine Jouando rigole tout le temps et un peu plus fort encore lorsque je lui raconte des blagues salées ; Catherine est foudroyée par le spleen de Cannes, elle fond en larmes et veut rentrer tout de suite à Paris ; Pigo, encore mortifié que Lelouch lui ait dit des horreurs sur *La Vierge de Bagdad*, son film-culte, se console en photographiant des travelos algériens qui ont monté une revue du côté de la Napoule ; Pierre Edelman court dans les couloirs du Carlton poursuivi par un Américain agité qui a l'air de lui en vouloir et je vois passer comme un éclair son lumineux sourire de diable avant que la porte de la suite de son pote Jack Nicholson ne se referme sur lui en le mettant à l'abri du furieux ;

le magicien Christian Fechner retiré comme de Gaulle à Colombey dans un château Xanadu d'où l'on devine la ville étirée sur la baie clignotant en contrebas me remonte le moral en me prêtant de l'argent qu'il refusera toujours que je lui rembourse ; Bettina m'emmène dans un restaurant de couscous où la surprise est de dîner avec Warren Beatty et Diane Keaton amicaux et fraternels comme si l'on se connaissait depuis toujours ; une starlette italienne distinguée à la peau si douce sous la combinaison de soie me dit que ce n'est pas grave dans le lit où je l'ai vainement serrée contre moi, elle soupire seulement un peu à l'idée que le festival s'achève et qu'elle va devoir retrouver le harem de filles vénales où l'enferme un avocat international célèbre et plus ou moins en fuite. Les tendres, les fauves, les gentils, les perdus, pour moi tout ça c'est fini et ça n'arrivera plus. Il y aura d'autres souvenirs pour d'autres garçons qui n'ont pas mon âge, voilà tout. En arrivant sur le palier je me sens déjà mieux, prêt à repartir.

Deux films intéressants dans l'après-midi ; une chronique familiale roumaine au moment de la chute de Ceaucescu et le récit de l'apprentissage amoureux d'un jeune Tadjik. Le premier, *Comment j'ai fêté la fin du monde*, évite de retomber dans l'imagerie dramatique de ce qui fut une authentique révolution du désespoir, un événement historique manipulé en coulisses, le meilleur feuilleton télévisé en direct sur la fin du communisme avec suspense et paroxysme d'horreur dans la séquence du pseudo-procès de Nicolae et d'Elena, vrai règlement de comptes entre gangsters où l'on ne pouvait qu'éprouver de la pitié pour les condamnés et du mépris pour leurs meurtriers qu'une remarquable trouvaille de scénario dissimulait à la caméra en laissant seulement entendre leur voix off. Le film choisit le romanesque du quotidien, celui d'une famille qui survit tant bien que mal, plutôt que le romanesque fantasmatique transmis par le petit écran. C'est touchant, parfois drôle, souvent émouvant, en tout cas très honnête, même si la volonté de filmer à bonne distance pour rendre compte du réel laisse un peu sur sa faim car la folie collective de la révolution roumaine, l'exaltation de la libération et l'avalanche de mensonges qui l'accompagnèrent font aussi partie du réel. Je n'oublierai jamais l'atmosphère de Bucarest où je suis allé dix jours après, une sorte de révolution d'Octobre à l'envers dont le film ne rend pas compte. Mais peut-être fallait-il commencer comme cela puisqu'on ne sait toujours pas ce qui s'est vraiment passé. La télévision nous a bricolé une vision héroïque en faisant de nous des petits Eisenstein en puissance, le film nous convie à une comédie sentimentale à l'italienne. Le cinéma n'est sans doute pas une affaire d'historiens. *Pour aller au ciel, il faut mourir* nous apprend d'abord que le Tadjikistan, république d'Asie centrale surgie des décombres de l'empire soviétique, n'est pas si éloigné de nous ; un beau jeune homme peut y être frappé d'impuissance sans qu'il soit nécessaire de faire le procès d'un système politique et d'une société a priori exotique pour expliquer son problème. Là aussi j'ai mes propres références, ayant séjourné dans le Kirghizistan tout proche lors du mariage de Mathieu, mon fils. À la sortie certains voulaient y voir une parabole : les Tadjiks ont peur de leur liberté nouvelle, en fait plutôt relative, ils sont tellement inhibés par leur passé qu'ils ne peuvent pas pénétrer le présent, en somme ce cher vieux Sigmund accommodé à la sauce postcommuniste. Peut-être, mais ce qui est bien surtout dans le film c'est qu'il colle à son sujet, ne lâche pas son malheureux héros et en dresse un portrait sensible, affectueux, tout en nuances. À la fin, ça s'arrange pour ce pauvre garçon et les esprits forts peuvent se réjouir, le Tadjikistan est mûr pour la démocratie occidentale. Et s'il n'y avait pas une autre histoire derrière l'histoire que raconte le film, avec ses inévitables mafieux ambigus, ses filles qui en ont vu de toutes les couleurs et ne croient plus beaucoup à l'amour des hommes, ce beau gosse filmé avec un regard sensuel ? Cela n'est pas dit, le soupçon est léger et c'est aussi ce qui fait le charme du film, cette fraîcheur juvénile qui prétend ignorer l'ambivalence et nous laisse jouer avec elle. Je n'ai pas arrêté de penser à un jeune Russe croisé dans un parc d'Almaty, il voulait absolument m'emmener chez lui en échange d'un visa pour la France. Almaty, c'est au Kazakhstan, autre république d'Asie centrale, la plus puissante et la plus grande. Le moujik était d'une beauté tarkovskienne mais l'affaire était quand même passablement hasardeuse. Je ne sais pas ce que j'aurais fait si je n'avais pas eu un avion à prendre. Je me suis contenté de l'emmener dans mes rêves, il y est encore.

En fin de journée, un abominable pensum catalan sur Puig Antich, le militant nationaliste garrotté par Franco à la fin de son interminable règne. Filmé psychédélique comme on n'osait même pas le faire à la fin des années soixante-dix, surchargé de collages, de fausses interviews, de citations et de flash-backs ; incompréhensible malgré toute la sympathie qu'on peut éprouver pour celui qui aurait survécu à quelques semaines près, le Caudillo ayant appareillé pour l'enfer quand l'émotion suscitée par l'exécution était encore vive. Me revient en mémoire un article intrigant signé tout récemment par l'un des anciens camarades de Puig Antich qui dénonçait la xénophobie, le repli sur soi et le provincialisme de la culture catalane d'aujourd'hui, effets pervers d'un patriotisme qui se justifiait sous Franco mais qui se serait dévoyé depuis. L'incroyable parti pris esthétique du film, sa prétention et son arrogance politique sembleraient lui donner raison. Je sors avant la fin, entraînant sans peine Amel qui met pourtant un point d'honneur à tout voir jusqu'au bout et que cette horreur a fini par décourager.

Nous traînons au dîner africain pour *Bamako*, le film d'Abderrahmane Sissako dont tout le monde dit grand bien. J'ai toujours un peu de mal à me mettre au diapason de la camaraderie expansive qui est la règle dans ce genre de soirée où le ban et l'arrière-ban des amitiés tiers-mondistes prennent leur revanche sur des années d'humiliations infligées par des caciques infatués et corrompus, la bureaucratie des subventions, la lèche pour les visas, le matériel, des miettes de coproduction. J'ai vu plusieurs superbes films africains, je connais les réalisateurs qui ont réussi à s'en sortir, je sais ce qu'il leur en a coûté, je ne me fais aucune illusion sur les jalousies, les calomnies et les amertumes qu'ils ont pu susciter et je revois Djibril Diop Mambéty, le magnifique réalisateur de *Hyènes*, adaptation très réussie de *La Visite* de Dürrenmatt dans un village du Sénégal, pleurant de désespoir parce que toutes les portes se fermaient devant lui sous prétexte qu'il avait eu sa chance et qu'il fallait en laisser pour les autres. On se gargarise en France des aides que l'on apporte au cinéma africain et s'il est vrai que nous sommes le seul pays à faire un effort conséquent, il est aussi évident que c'est tout à fait insuffisant. C'est un autre système qu'il faudrait mettre en place avec beaucoup plus d'argent, de connaissances, une véritable volonté politique alors qu'on nage encore dans les bonnes intentions et le néocolonialisme culturel ; certains en profitent pour agiter le remords de l'homme blanc, c'est de bonne guerre et relativement efficace mais ne résout rien au fond. Alors va pour la rigolade et les grandes tapes dans le dos puisqu'on est tout de même à Cannes, et tant mieux si on retrouve quelques types sympas qui s'acharnent à soutenir des projets de cinéastes africains, je cherche néanmoins en vain quelques personnages influents de la sphère enchantée qui brillent par leur absence.

Dans ma chambre, avant de m'endormir, je jette un coup d'œil sur la chaîne de télévision du festival qui repasse en boucle les arrivées de stars aux marches du palais. J'aperçois Faye Dunaway qui pose brièvement pour les photographes. Elle n'a pas de film à présenter, elle est seule, la caméra glisse sur elle en nous laissant juste le temps de voir qu'elle n'a pas tellement changé, le public applaudit une starlette de feuilleton qui la suit et semble pressée de prendre son tour. Mais qui est Faye Dunaway ?

Huitième jour

Les premières rumeurs sur *Marie-Antoinette* commencent à circuler dès le matin, aussi fielleuses que les libelles colportés jusqu'à la Cour. Le film et sa réalisatrice sont mis dans le même sac, comme l'Ancien Régime et la reine ; trop cher, trop frivole, trop étranger, le vieux syndrome « touche pas à notre histoire ». Sofia Coppola et Marie-Antoinette, adulées comme des stars à leurs débuts, sont désormais des filles intrigantes et gâtées qui jettent l'argent par les fenêtres pour assouvir leurs caprices et provoquent le gentil public d'aujourd'hui, résurgence en droite ligne du bon peuple d'autrefois. Tout se mélange et c'est à croire que l'une manipule son papa Francis Ford comme l'autre en usait de son époux Louis XVI tandis qu'une génération spontanée d'historiens cinéphiles très politiquement corrects s'abat sur la Croisette. J'ignorais qu'il y eût tant de connaisseurs de Versailles et d'experts en Révolution française dans le milieu du cinéma. La jalousie, la méfiance xénophobe, un fond de misogynie tenace embrassent le sort réservé à l'Autrichienne et celui que l'on prépare pour l'Italo-Américaine, il y aura une guillotine ce soir en haut des marches. Les deux mises à mort programmées n'ont évidemment pas la même importance mais j'y retrouve cette propension à détester et à détruire ce qu'on a aimé et admiré qui m'angoisse profondément, ce sont les mêmes calomnies et la même méchanceté. Parmi les beaux esprits les plus féroces, je ne suis d'ailleurs pas surpris de retrouver quelques élégantes personnes qui se sont bien démenées pour suivre le tournage à Versailles et apparaître ne fût-ce qu'un instant dans le film, silhouettes obséquieuses et médisantes qui l'auraient été pareillement au Trianon.

En attendant le massacre il n'est pas question de chômer, trois films coup sur coup. *La Raison du plus faible* de Lucas Belvaux, dont la précédente trilogie avait éveillé beaucoup d'intérêt dans le landernau art et essai. Cette fois il s'agit d'un polar social, définition un peu réductrice je l'avoue pour un long métrage bien fait, pas ennuyeux mais plutôt sans surprise sur le thème assez conventionnel de l'ancien taulard rattrapé par son passé et sa réputation. Ça se passe à Liège, capitale sinistrée de la Belgique wallonne et malgré l'été le ciel est gris sur les grands ensembles et les petits cafés à bière et chicorée où quelques blessés de l'existence rêvent de faire un gros coup. Une fois de plus l'âpreté rugueuse des beaux films anglais rageurs des années soixante semble s'être évanouie ; les prolos de maintenant sont comme les vampires, ils ne fixent pas sur la pellicule, à moins qu'ils n'aient tout simplement disparu, ce que j'ai tout de même du mal à croire lorsque je les aperçois au journal télévisé pataugeant dans la boue, épuisés et furieux, devant une usine déménagée par des patrons voyous. Il y a des moments où on se dit que Ken Loach a finalement du bon. *Le Violon*, film mexicain en beau noir et blanc comme au temps de María Félix, suit un vieux musicien qui traverse dignement une révolution un peu trop Tintin et général Alcazar pour que je me sente vraiment concerné malgré toute ma nostalgie pour les souvenirs d'enfance et la sympathie naturelle qu'inspire l'utopie de voir un jour l'art transcender la barbarie de militaires fascistes. Mais le vieil homme accroché à son violon est aussi émouvant que les artistes cubains au bout du rouleau du *Buena Vista Social Club* de Wenders et le public lui fait une ovation alors qu'il sort de la salle après la projection, frêle et tremblant. Comme le cinéma progressiste à l'ancienne, à la fois romanesque et sincère, n'intéresse malheureusement plus beaucoup les critiques et passe inaperçu du grand public, lobotomisé par les sorties mastodontes qui sont les seules à monopoliser l'attention de la télévision, je doute que *Le Violon* connaisse un grand avenir commercial et je reconnais que je ne l'aurais sans doute jamais vu à Paris si je n'étais dans l'obligation de ne pas le rater à Cannes. Obligation relative il est vrai : *Suburban Mayhem*, évocation très appliquée de la vie d'une jeune marginale australienne, fille mère, nymphomane et parricide, ne résiste pas longtemps aux assauts du sommeil qui rôde autour de moi et m'a déjà mordu sournoisement entre deux coups d'archet mexicain. Je m'endors donc avant la fin de la première bobine, Amel lâche prise comme une noyée emportée par le courant et Mazarine, pourtant très en verve devant mon jury aux yeux ébahis par cette soudaine concentration familiale, abandonne à son tour un peu de sa superbe dans les faubourgs crapoteux de Melbourne pour se caler confortablement dans son fauteuil. Rien ne ressemble plus à un siège d'avion en classe touriste où un bon petit dodo, nonobstant l'inconfort, permet de supporter les désagréments d'un long voyage et c'est fou comme c'est loin l'Australie.

Le yacht de Pandora est revenu de Saint-Tropez, la croisière ne veut pas manquer *Marie-Antoinette* et Marina m'a convié pour le *late lunch*. J'aime Marina et cela m'enchante de jouer au tout petit Marcel auprès d'elle dans la science-fiction de la jet-set, on imaginera donc comme je suis content de cette récréation. Chaque matin, j'admire depuis la Croisette le spectacle stupéfiant de l'armada qui s'abrite dans la baie de Cannes, rutilant mirage à plusieurs centaines de millions de dollars qui flotte avec la superbe assurance d'être totalement hors de notre portée à quelques encablures de nos déambulations besogneuses. Et voilà maintenant c'est mon tour de faire partie des petits veinards que des canots automobiles rapides emmènent vers les monstres de fer comme autant de poissons pilotes autour des cachalots. Le cuirassé bleuté d'un magnat germanique de la presse barre toute une frange du panorama, on raconte qu'il renferme un court de squash, des pistes de bowling, un garage pour les limousines et l'inévitable thalasso-spa de la langue internationale, enfin tous les joujoux inutiles qui doivent éblouir les invités de l'héritier de la Kriegsmarine et contribuent certainement à le persuader qu'il est le plus heureux des mortels. À côté le navire pourtant considérable de Mouna Ayoub a l'air d'une modeste embarcation pour promenades en mer. Il appartenait à Bernard Tapie au temps de sa splendeur et quand elle ne s'en sert pas pour son usage personnel la belle Orientale en fait sa tirelire en le monnayant habilement à de jeunes oligarques russes flanqués de leur habituelle panoplie d'escort girls et de malabars en survêtement de karatéka. Les boyards caucasiens à denture d'or de l'ère Eltsine, élevés dans le parti et cannibales des dépouilles industrielles soviétiques, ont fait leur temps, ils surveillent de près leur magot, avec Poutine on ne sait jamais, ou se sont retirés prudemment dans leurs palais flambant neufs de Londres et de Genève. Ce sont leurs fils, policés dans des internats suisses et aguerris aux féroces méthodes du capitalisme enseigné par les universités américaines, qui s'offrent désormais de longs week-ends balnéaires, avidement lorgnés par toutes les agences immobilières de la Côte ; moins vulgaires mais vigoureux quand même, la descente vertigineuse et flambeurs de carte platine. Bien qu'ils en aient plus que marre de se faire traiter de mafieux par la rumeur publique, moins regardante lorsqu'il s'agit d'encaisser l'addition, les plus caricaturaux sont les meilleurs ; même s'il faut passer l'aspirateur et revoir la décoration après leur passage, ils payent rubis sur l'ongle. Une clientèle idéale dont le fleuve d'argent alimente la machine à fantasmes mais que l'on voit finalement assez peu et qui s'amuse plutôt en circuit fermé. Encore une génération et tout sera parfait. En attendant le festival attire immanquablement ces bienfaiteurs de la navigation de plaisance, malgré leurs lumières encore assez vagues sur le septième art, comme la promesse d'un inépuisable réservoir à blondes, portables plaqués or et parties fines bien arrosées. Jusque tard dans la nuit, la mer renvoie à l'instar d'un tambour l'écho des fêtes moscovites version Riviera qui se déroulent sur le pont illuminé en berçant les rêves de grande vie et de belles femmes des petits Beurs qui grelottent sur la plage entre deux rafles de la police. Princes arabes, *tycoons* hollywoodiens et *golden boys* des fonds de pension piratent allègrement le reste du cinémascope mais l'identité de certains propriétaires reste imprécise ; prudence fiscale et pavillons de complaisance, j'ignorais que le Cambodge et la Zambie étaient réputés pour le nombre et la qualité de leurs armateurs. Les bateaux sont de taille à affronter les tempêtes, ils subissent pourtant parfois des grains financiers sévères, ils changent souvent de mains et on peut aussi les louer à la journée pour épater la galerie. Même le superbe rafiot de Farouk qui jouit d'une retraite paisible dans le vieux port durant le reste de l'année trouve preneur auprès de maisons de production injustement méconnues qui s'en servent pour leurs cocktails. En revanche le yacht de Marina, qui ressemble vraiment à la goélette de *Pandora*, est d'un chic fou et d'une taille à peu près raisonnable. Casting de l'équipage dirigé par Bruce Weber, fraîche et nette gouvernante aux pieds nus sur lesquels il est sans doute préférable de ne pas marcher, le service file doux, la salade de fruits de mer n'attend pas, les spaghettis sont *al dente*, toutes les jolies femmes arborent chapeau de paille et lunettes noires, chacune star dans sa partie, on ne se présente pas, les prénoms suffisent, il n'y a que des ploucs de mon espèce pour se planter au générique. Ce n'est pas si grave, les nouveaux venus se trompaient aussi à Trianon et ce n'est pas ici qu'on dira du mal de *Marie-Antoinette* et de ceux qui d'emblée la soutiennent. C'est gai, il fait beau, le festival n'est plus qu'un murmure à l'horizon des hôtels. Finalement, je m'en sors assez bien, j'ai vu les films de gauche, les marginaux, ceux qui intéressent, météorites d'un monde inconnu où l'on traque la nouveauté. Avec sa curiosité active et ses longueurs d'avance, Marina sait ce dont je parle ; elle confirme, me passe au surligneur, s'amuse gentiment de mon *broken english*, je suis promu d'une main légère au statut d'oracle des temps futurs, certes un peu obscur mais instructif. Les hommes sont plus difficiles à séduire, au-dessous d'Almodóvar et de Galliano ils ont déjà donné et les garçons dans mon genre les ennuient sans doute, les plus mûrs ont l'air un peu absent de ceux qui pensent à leurs affaires et aux femmes, celles qui sont sur le bateau et d'autres qui les attendent ailleurs, les jeunes se méfient, *metropolitan* autant que vous voulez mais ce n'est pas une raison pour tout confondre, les temps changent et je n'ai malheureusement pas l'âge et l'éclat de Cole Porter et ni le mari de Marina ni l'agent de Brad ne sont là pour écouter mes histoires et stimuler mon envie de leur plaire. On s'amuse quand même et Pigo fait des photos comme il y a vingt-cinq ans. La grande affaire c'est la projection de ce soir et j'ai l'impression que je suis bien le seul à ne pas avoir eu Sofia au téléphone pour l'assurer que ça se passera bien, que les vermisseaux aigris de la Croisette sont hors d'état de nuire et que l'atmosphère est au beau fixe. *Amazing*, *terrific* et toutes les hyperboles américaines qui agissent comme des neuroleptiques. Mais on sent comme un flottement, pour avoir conquis de haute lutte sa place au soleil chacun sait sur le yacht merveilleux que les contes de fées sont tristes. Il y a quelque chose d'assez touchant dans cette solidarité qui n'est pas feinte et s'évade du snobisme ordinaire. Et puis Marina bat la mesure et veille au grain. Reste le problème des invitations. Pour la fête après la projection tout le monde est paré mais pour monter les marches et pénétrer dans la grande salle, il y a encore des manques. Quand on a grandi en passant devant les cerbères du Club 54 comme une lettre à la poste et qu'on trouve toujours une place au premier rang du défilé Chanel, l'idée de devoir se plier à une formalité aussi vétilleuse que de montrer un carton d'invitation à des inconnus pour accéder à une projection presque privée est insolite et vaguement préoccupante. On refait les comptes mine de rien, la gouvernante appelle le bureau de Gilles Jacob, des canots automobiles partent en chasse, enfin tout paraît s'arranger grâce à quelques bonnes âmes qui renoncent à demander le précieux sésame en prétextant la fatigue d'affronter la foule. Je flaire qu'il y aura quand même des mauvaises surprises de dernière minute et je localise à tout hasard sur mon portable l'homme miracle, efficace et discret, qui m'alimente en cas d'urgence et sait trouver les caches secrètes où dorment les ultimes bristols providentiels, auprès de quelques sans-grade que tout ce tintamarre effraie et dont j'espère qu'ils préféreront aller dîner ce soir dans une pizzeria tranquille.

Normalement, une invitation libellée « exploitant » ou « distributeur » quand on n'est ni Gaumont ni Miramax envoie directement au poulailler mais elle permet de monter les marches avec les stars et une fois parvenu au seuil de la grande salle au milieu du beau monde il y a toujours moyen de négocier avec les gardes du palais qui m'ont à la bonne pour rejoindre les rangs convoités de l'orchestre ; au plus près des gloires de l'instant, applaudies, éclairées, intimidées ou fanfaronnes, prêtes en tout cas à recevoir les dents serrées le choc électrique du film qu'elles connaissent souvent déjà par cœur et qui ne leur appartient plus. Petite manigance personnelle un brin sournoise sur laquelle je garde le silence et dont j'espère, si elle réussit, qu'elle me vaudra un surcroît de considération in extremis dans le sillage de la comète Marina. Maintenant il faut se préparer, le pont est déserté, on s'active dans les cabines, un canot me ramène vers la mêlée. Au fond la seule chose qui m'importe est l'arrivée de l'enfant, prévue à l'heure du dernier avion de Paris quand je ne serai pas là pour l'accueillir. Sihem toujours secourable a trouvé une solution pour son transfert depuis l'aéroport de Nice et je balise au maximum avec les gens de l'hôtel pour qu'il trouve sa chambre prête et m'attende patiemment. À quinze ans, au Festival de Cannes, la rue nocturne est un aimant irrésistible.

Il me reste un peu de temps, je traîne dans l'œil du cyclone et tombe sur Tarak Ben Ammar au bas des marches. Amical et disert comme à l'accoutumée, il s'apprête à accompagner la délégation des cinéastes tunisiens à qui le festival consacre une séance spéciale. Je suis frappé une fois de plus par l'étonnante ressemblance avec son père, compagnon de route de Bourguiba, plusieurs fois ambassadeur et ministre, que j'ai vu à de multiples reprises dans les films d'actualités pour mon documentaire sur l'indépendance. Tarak a su éviter les pièges qui menacent les générations successives de la jeunesse dorée tunisoise, suffisance et hâblerie, en montant depuis trente ans une longue série de productions internationales, Zeffirelli et Polanski et *tutti quanti*, même si ce ne furent pas toujours leurs meilleurs films, et il a traversé sans trop de casse finalement le changement de régime à la chute du « Combattant suprême » qui avait épousé sa tante Wassila, ombrageuse puissance tutélaire de la famille trop exposée pour ne pas être jalousée. Quand on connaît la propension encore tout ottomane aux intrigues et aux rivalités qui sévit à « Megara, faubourg de Carthage », cette capacité à ne pas se faire ébouillanter par la cocotte-minute et à rebondir hors du sérail en gardant un optimisme d'acier relève du tour de force. Il est aujourd'hui aussi bien l'ami de Murdoch que de Berlusconi, ce que je ne lui envie pas particulièrement mais qui témoigne d'une ductilité et d'un sens de l'organisation dont le manque me taraude lorsque je dîne d'un plat de nouilles tièdes seul devant mon téléviseur et il vient d'édifier près d'Hamammet une réplique de la Rome antique où s'enfournent un péplum après l'autre en attendant le *reality show* mitonné avec Thierry Ardisson où Danièle Gilbert pourra enfin se prendre pour Messaline et Steevy épouser Néron ; une chance pour la jeunesse locale abondamment distribuée dans les scènes de triomphes et de batailles quand elle n'est pas jetée aux lions qui bouffent indistinctement du figurant musulman et du martyr chrétien, et une bonne affaire aussi pour les hôteliers qui ne voient aucun inconvénient à laisser la clef du bar à Peter O'Toole et autres prestigieux imperators anglo-saxons toujours en quête de la potion magique qui leur fera retrouver leur texte siphonné dans la passoire de leur mémoire alcoolisée. Quant à moi je ne peux que me féliciter de cette nouvelle invasion latine en terre punique, elle m'a permis de vivre des moments délicieux avec Charlotte Rampling, épousée par César Auguste et recueillie à l'abri des complots et des spadassins dans ma petite maison de la médina le temps d'un weekend. Charlotte si contente de découvrir un marché berbère malgré la pluie battante de l'automne, si belle dans la lumière soudaine d'une éclaircie inondant la terrasse blanche, si douce en s'endormant devant la cheminée où flambent des bois d'olivier, tellement proche de moi lorsque nous marchons sur la plage déserte comme si l'on se connaissait depuis toujours et c'est sans doute la vérité, j'ai beau chercher je ne vois pas d'hésitation et de débuts entre nous, et pas d'autre fin non plus que celle à laquelle on n'échappe pas. Mais ce n'est pas dans la bousculade de Cannes que l'on peut évoquer ce genre de souvenirs heureux, je préfère les garder pour moi, même si Tarak en est responsable dans une certaine mesure, de toute façon j'ai l'impression que ce n'est pas un fou du rétroviseur, il y a du Dino De Laurentis en lui, c'est un producteur à l'ancienne, un type solitaire constamment occupé à se construire de nouveaux rêves et à se laisser emporter par eux toujours un peu plus loin. Et puis je suis d'un autre rivage.

Les cinéastes tunisiens arrivent emmenés par leur ministre. Cette séance est importante pour eux, j'imagine déjà les gros titres dans la presse demain à Tunis. Je les connais à peu près tous et la discrétion serait de s'éclipser mais je reste à côté de Tarak et je fais consciencieusement la mouche du coche comme si j'étais investi d'une sorte d'ambassade officieuse. C'est un travers qui m'est habituel lorsque je me trouve avec eux, je pose à la fois au bon Français et à celui qui serait l'un des leurs, un comportement légèrement schizophrène, entre paternalisme et jeu de rôle, qui me paraît suspect mais dont la bizarrerie la plus troublante est que je suis également sincère dans chacun de ces emplois, attaché à ce qu'ils pensent de moi et à ne pas les décevoir. Le ministre a d'ailleurs l'air enchanté de me voir et il ne tiendrait qu'à moi de m'incruster dans le cortège. Amel, Sihem et Dora, mes trois chéries, en seraient certainement ravies ; autre indice intrigant, avec elles, je ne joue aucun rôle, elles marchent comme moi sur la frontière. Tandis que le groupe monte vers la salle, l'aboyeur en haut des marches claironne pour le public la qualité des invités et détaille le nom et les prénoms du ministre en pesant sur chaque syllabe pour bien se faire entendre. Il s'y reprend à deux fois et ça n'en finit pas. Cette énumération me laisse une impression gênante, elle relève sans doute d'une bonne intention mais accentue le côté délégation exotique et nomenklatura tiers-mondiste ; le mamamouchi de Molière n'est pas si loin. Le gentil garçon qui tente de raboter le timbre Canal + et pense lire si bien ses fiches n'a certainement pas vu beaucoup de films tunisiens et doit se faire une idée à la fois imprécise et arrêtée d'un ministre de la Culture d'Afrique du Nord pour surjouer avec tant d'application la considération respectueuse. Cette politesse ânonnante éloigne au lieu de rapprocher et la manie d'en rajouter sur les salamalecs puisque ce sont des Arabes est en somme inconsciemment condescendante. Je me demande ce qu'en pensent mes trois chéries, il est probable qu'elles s'en fichent, elles sont moins *touchy* que moi et elles ont pris l'habitude de rire sous cape à ce genre d'humiliations minuscules. Mais à tout prendre je préfère la familiarité vulgaire et l'enthousiasme ingénu que l'on déploie en pareille circonstance pour Almodóvar ou les stars américaines. Enfin tout le monde a l'air bien content et les paparazzis assurent professionnellement le service minimum.

L'avion a du retard. L'enfant me prévient par un message sur mon portable, son mode de communication favori, et me précise qu'il vient avec un copain que je ne connais pas. J'imagine les stratégies sinueuses qui se sont déroulées dans la classe à l'internat pour désigner l'heureux élu qui accompagnera le futur petit roi de la Croisette. Les copains de l'enfant c'est une loterie, apparemment tous lisses et bien polis mais avec des nuances de taille, des gosses de riches insolents dès qu'ils se sentent sûrs d'eux, des réfléchis qui s'intéressent à tout et des circonspects qui m'observent du coin de l'œil, des gamins semi-oubliés par leurs parents au pensionnat et qui ne demandent qu'à s'attacher ou à s'enfuir n'importe où, dangereuses perspectives. Il semblerait que j'alimente un certain nombre de conversations d'autant plus que je ne maîtrise pas trop mal mon inclassable statut de parrain et mon rôle de tuteur « cool » mais attentif et volontiers râleur. Exercice d'autant plus nécessaire que certains ne manquent pas de rouerie et s'étirent avec une crânerie qui me laisse songeur. À quinze, seize ans, l'innocence s'est bel et bien envolée, si tant est qu'elle ait jamais existé, restent l'inconscience, la prise de risque, l'évaluation tous azimuts du pouvoir sexuel chargé comme une bombe ; la période où il faut justement les protéger contre eux-mêmes sans avoir l'air d'avoir remarqué quoi que ce soit. L'enfant, plus mûr et plus fin que la plupart de ses camarades, m'est reconnaissant pour cette attitude et je crois que cela compte dans l'attachement et la confiance qui nous lient l'un à l'autre, même si nous n'en parlons jamais. Comme tous les cancres, apparemment satisfaits de leurs résultats désastreux, il exerce un fort ascendant sur chacun d'eux, c'est au moins une satisfaction, je ne suis pas le seul à subir les effets de son charme ravageur ; mais je n'interviens pas dans leurs relations au-delà de la prohibition absolue et sans doute inefficace des cigarettes, pétards et alcools. Le copain imprévu complique un peu les choses, d'un côté l'enfant se sentira moins seul lorsque je ne pourrai pas l'emmener avec moi, de l'autre il me faudra encore pressurer l'homme miracle pour obtenir des invitations supplémentaires. Mais quoi, tout va très bien puisque l'enfant arrive.

En ce qui concerne l'homme miracle j'ai bien fait de prévoir mes arrières. Je reçois un appel fureteur du Carlton, voix inconnue mais précise d'un affidé du monde enchanté présentement occupé à se débattre dans les soutes, il m'informe de l'état du front. La croisière s'est rassemblée dans le hall de l'hôtel et attend les limousines, or malgré un ratissage au peigne fin, il manque encore deux cartons. Pas question de rater la séance et manque de chance, plus personne n'a la migraine ; hélas Sofia ne répond plus, les attachées de presse se sont volatilisées et Gilles Jacob est introuvable. Mini Superman endosse donc son smoking fatigué, coiffe son casque et saute sur son scooter, les précieux bristols en poche. Mais j'avais oublié qu'il s'agit aussi d'un jeu de piste, après avoir remonté à toute allure le trafic à contresens dans un concert de klaxons infernal, je reçois des mains du concierge accablé par l'excitation générale un billet griffonné par Marina avec le programme de la prochaine étape. Toute la compagnie est en route et deux dames inconnues s'avancent lentement vers le palais, prisonnières de leur écrin roulant de luxe et de la perspective anxiogène d'une humiliation sans précédent. La description est assez lapidaire et l'encombrement maximum, décidément c'est Marie-Antoinette qui reçoit ce soir et il y a autant de carrosses enchevêtrés sur le chemin que pour un bal à Versailles, les flics moulinent vainement les déplacements imperceptibles de la congestion, la foule déborde des trottoirs et se presse en désordre pour admirer les équipages et mettre des noms sur les visages entraperçus derrière les verres fumés, bon enfant certes mais on sait ce qu'il advient quand la révolution est dans l'air, l'humeur change d'un coup, avec tous ces intermittents en liberté on ne sait jamais. Je parviens quand même à rattraper Marina dans une oasis de calme ambulante qui sent le frais, le propre, le cuir et où elle parle d'autre chose avec Danièle Thompson, toutes deux impeccables, enjouées, l'humeur exquise. Comme elles savent très bien ce que sont les vrais drames de l'existence, je ne doute pas qu'elles auraient aussi commandé du champagne en plein *Titanic*. Elles sont d'ailleurs enchantées de me voir surgir comme l'étudiant Oscar Werner dans l'émeute de Lola Montes, elles n'ont jamais douté que j'avais en douce une solution et elles m'indiquent en riant où se situent à peu près les deux victimes du festival égarées dans la file. Celles-ci une fois repérées à la mine renfrognée du chauffeur qui doit en avoir sa claque d'entendre leurs alarmes, je cogne au carreau, la vitre s'abaisse, une main fine et soignée saisit les deux invitations comme pique le corbeau et la vitre remonte aussitôt. Le héros n'était rien d'autre que la version festival du livreur de sushis, ça m'apprendra à accorder de l'importance à des choses qui n'en ont pas. Plus tard, délivré de mon casque et de mon destrier, arraché à la plèbe, reconnu en somme, les deux rescapées se confondront en remerciements ; la réussite d'une carrière mondaine demande beaucoup d'efforts et tient à des détails.

L'arrivée de Sofia est émouvante (qu'est-ce qui me prend de l'appeler Sofia, comme les autres, cette fille je ne la connais même pas). Ambiance très « les meilleurs moments de Cannes », Gilles Jacob et tous les caciques du festival sont en haut des marches comme les grands prêtres à la porte du temple, l'aboyeur a retrouvé ses marques et fait vibrer la note, les paparazzis en folie flashent à tout-va, le public hurle et pousse sur les barrières. Entourée de toute l'équipe du film, jeunesse glamour échappée de *Vanity Fair* et briscards hollywoodiens poivre et sel à lunettes d'écaille, épaulée par son père, massif, concentré, se tenant juste là où il faut, un peu en retrait, Sofia s'avance bravement un sourire aux lèvres, jolie, frêle, tétanisée par l'angoisse, on dirait nue et ne doutant pas d'être condamnée d'avance. Malgré son éclatante beauté de jeune fille au pair autrichienne, Kirsten Dunst est comme absente, tout le rituel macabre tourne cruellement autour de Sofia, la pauvre petite fille riche qui sait que son film est bien meilleur que ce que l'on dit et peut-être pas aussi bon qu'elle l'espérait. Il est probable qu'elle n'attend qu'une chose à cet instant, que la lumière s'éteigne enfin. Tout a été dit, tout a été écrit depuis sur le film ; l'inquiétude de *Lost in Translation* qui se poursuit, la désillusion de la jeunesse, dont on ne se libère pas, le narcissisme désespérant de l'univers si gai de la mode et de la célébrité qui ronge l'existence. Sur le mode ricanant où les dévots bornés de l'histoire, les hypocrites du politiquement correct et les donneurs de leçons de morale sociale se sont naturellement retrouvés. Françoise Sagan aurait certainement aimé *Marie-Antoinette* et reconnu en Sofia Coppola une amie de cœur, grave et légère, lucide, opiniâtre et modeste, mais elle n'est plus là et à force d'aligner les adjectifs on finira par croire que je suis de parti pris et peut-être oui d'ailleurs puisque toutes les pensées dominantes et la dictature du bien attentent à mon besoin de liberté. Avec Marina, je n'ai pas de souci à me faire, je ne saurai jamais ce qu'elle pense exactement du film mais elle ne plaisante pas avec l'énergie et la loyauté, la croisière qui sent à quoi s'en tenir lui emboîte instinctivement le pas ; tout est donc réussi, ce qui n'est pas vrai non plus puisque l'on voit souvent sans regarder, admirant les détails en perdant le fil, avec l'envie parfois de sauter quelques pages, ce qui est finalement assez ennuyeux puisque l'on sait comment ça se termine. À la sortie, Marianne Faithfull, magnifique impératrice Marie-Thérèse ; je lui dis timidement un mot de félicitation banal, juste pour voir le beau regard se poser sur moi, entendre quelques paroles de la voix chaude. Au fond le récit de cette journée raconte le film.

L'enfant et son copain me guettent depuis le balcon de leur chambre. Ils bondissent de joie quand ils m'aperçoivent, ils sont déjà au courant de tout et veulent que je les emmène à la fête de *Marie-Antoinette*. Pour un peu ils me raconteraient tout ce qu'ils savent de la Révolution française, ce qui irait assez vite au demeurant. Mais l'atmosphère y est lugubre, l'étau s'est refermé ; les gens pataugent dans le noir et l'alcool, on ne reconnaît plus personne, les stars se serrent les unes contre les autres avec des rires forcés dans leur carré protégé, Marina est partie et le yacht de *Pandora* passe devant nous cinglant vers Saint-Tropez, ses lumières éclairent fugitivement la plage avant de disparaître en haute mer. Le copain est un petit Algérien aux traits fins, gracile, délicat, le teint pâle d'un jeune archiduc Habsbourg.

Neuvième jour

À Tunis, une quinzaine d'années plus tôt. Un gardien de parking borgne et âgé, portant la blouse grise et la chéchia communes à beaucoup d'hommes de sa génération, veut absolument me montrer quelque chose de très précieux pour lui. Je suis pressé mais je sens que je l'offenserais si je ne prenais pas le temps de lui prêter attention. Il sort de son portefeuille élimé une carte d'ancien combattant soigneusement plastifiée et m'explique ses états de service dans un français embarrassé ; le débarquement en Provence, les combats dans les Ardennes par un froid terrible, une grave blessure à la tête en Allemagne quelques jours avant la fin. Elle lui a coûté l'œil qui lui manque, l'autre pleure un peu sous le coup de l'émotion. La photo sur la carte montre une belle gueule farouche de jeune Arabe, le genre qui m'attirait et qui me faisait peur sur les journaux quand j'étais petit garçon, impossible à reconnaître en tout cas. Il me dit qu'il était fatigué, très fatigué quand il voyait mourir ses camarades. Fatigué, c'est le mot qu'il emploie, il n'en a pas d'autre pour décrire ses épreuves de chair à canon brutalement transbahutée de son bled aux champs de massacre. Il me cite aussi à plusieurs reprises le nom d'un capitaine français qui commandait son groupe de tirailleurs avec cette véhémence des vieux Arabes qui pensent que tous les Européens se connaissent. Le capitaine Vigneron, je me rappelle le nom encore aujourd'hui, un officier qui devait prendre soin de ses hommes de troupe si j'en juge par l'ardeur avec laquelle le gardien évoque son souvenir, mais dont il a perdu la trace malgré les lettres qu'il lui a envoyées et qui lui ont certainement demandé beaucoup d'efforts ; l'ardeur et les pièges de l'écriture, le sentiment et les formules emberlificotées, la demande obscure du tout et de petites choses tangibles qui peine à s'exprimer, la langue qui se dérobe de plus en plus au fur et à mesure des années. Le gardien ne comprend toujours pas que le capitaine Vigneron ne lui ait jamais répondu. Mort peut-être, ou désireux de tourner la page et de ne pas s'embarrasser de fidélités envahissantes qui au fond n'ont plus de sens. Comment lui expliquer qu'on est passé à autre chose chez nous depuis longtemps et qu'un pauvre type qui n'en finit pas de remâcher la guerre sur son parking à Tunis, ça n'intéresse personne ? Mais il y a plus grave pour lui que l'éclipse mystérieuse du capitaine Vigneron, cette disparition c'est la signature au bas d'une trahison collective qu'il m'expose dans un brusque accès de colère désespérée. Les Français ne payent qu'une retraite de misère à leurs compagnons d'armes des anciennes colonies. Le montant a été bloqué une fois pour toutes il y a près de trente ans et cela ne représente pratiquement plus rien aujourd'hui. Le gardien s'accroche à moi, il me parle de ses enfants qui haussent les épaules et du Pèlerinage qu'il n'a jamais eu les moyens de faire ; je vois défiler les demandes entassées chez les lampistes de la bureaucratie, les réponses négatives en jargon administratif, les maussades célébrations officielles avec leurs médailles en chocolat et leurs bonnes paroles creuses. Mais il sent que je n'ai vraiment plus le temps de l'écouter et, lâchant le revers de ma veste, il se met au garde-à-vous en faisant un salut militaire, me voilà devenu l'ambassadeur des anciens combattants d'Afrique, l'héritier du capitaine Vigneron, et puis le conseiller influent du président Jacques Chirac que j'informerai de cette injustice et qui y mettra fin, il n'y a pas de doute. Et tandis que je presse le pas sans demander mon reste, à chaque fois que je me retourne je le vois qui recommence à saluer dans ma direction, tout seul au milieu des voitures avec sa blouse, sa chéchia, son regard torve, son accent roulant les « r » en détachant les syllabes sur « le président Jacques Chirac » qui résonne dans ma tête. Je viens de découvrir le scandale d'une avarice bien française désigné par la jolie appellation hypocritement lénifiante de cristallisation des pensions. *Indigènes* ne s'avance donc pas pour moi en terrain inconnu, d'autant plus que j'ai eu amplement l'occasion de mesurer depuis l'épisode du gardien de Tunis les capacités d'amnésie sélective et d'égoïsme benoît de plusieurs technocrates bien élevés qui étaient censés avoir planché sur ces problèmes. Et je serai une fois de plus stupéfait devant l'étonnement apitoyé de certains commentaires après les projections du film, assortis du sempiternel « on ne savait pas » auquel ont recours des gens qui savaient très bien. Il n'est d'ailleurs pas si difficile d'avoir des lueurs de tout aujourd'hui si l'on s'en donne un peu la peine et il est probable que je me serais intéressé aux malheureux soldats d'Afrique même si je ne m'étais pas fait alpaguer par l'un d'entre eux. Néanmoins, c'est une des nombreuses qualités du film que d'obliger à regarder ce qu'on n'a pas voulu voir et à se souvenir de ce qu'on a prétendu oublier.

Ils sont quatre futurs gardiens de parking en pleine jeunesse, en pleine action et en pleine guerre, incarnés par des comédiens expérimentés et déjà bien connus, emmenés par mon préféré, le lumineux et discret Sami Bouajila, sauf qu'il y en a trois qui meurent en route au cours d'une effroyable tuerie dans un petit village d'Alsace et que le rescapé affronte la fin de sa vie en France, cachant sa vieillesse et sa gêne dans un triste foyer Sonacotra ; Sami justement porte magnifiquement toutes les dernières séquences du film et transmet une émotion vraiment poignante dans la scène finale. On peut prévoir que la production rameutera quelques anciens combattants indigènes pour la projection de ce soir, histoire de bien faire passer le message, mais au fond c'est de bonne guerre en la matière. Mise en scène classique et efficace, impressionnante même dans la reconstitution des batailles qui sont toujours si difficiles à tourner, le fameux cinéma populaire de qualité dont on a bien raison d'avoir la nostalgie, hautement respectable de surcroît lorsqu'il aborde sans schématisme mais si nettement et si sincèrement ce chapitre plus ou moins occulté de l'Histoire. Je connais un peu Rachid Bouchareb, le réalisateur, dont les interventions à la commission d'avances sur recettes étaient toujours justes et intéressantes et envers qui je n'arrivais pas à me départir d'une certaine gaucherie intimidée, punition de mes complexes de bourgeois parisien face aux artistes et aux intellectuels français d'origine arabe. C'est ainsi, je me demande constamment si je suis honnête et exact dans mon comportement et mes propos ou si je n'en rajoute pas dans l'amabilité et la connivence pour surmonter un obscur sentiment de culpabilité où se logerait peut-être un reliquat de méfiance atavique. Le fait est que Rachid Bouchareb, frêle et ardent, brillant et libre, est attentif à ne se faire récupérer par personne et oblige par le jeu de son intelligence déliée et de son charme personnel à faire réfléchir à ce que doit être la place de l'autre ; la sienne, la mienne, celle de tous les autres. Énorme succès à la fin de la projection qui laisse bien augurer d'un triomphe pour ce soir. Je reviendrai, je ne veux pas manquer cela.

En comparaison le film italien qui suit, *L'Ami de la famille*, histoire d'un vieil usurier napolitain, laid, sale et méchant, me paraît tellement insupportable que je sors avant la fin. Je lis dans le dossier de presse que le réalisateur a voulu faire un film odieux ; faute d'humour, celui d'Ettore Scola par exemple, si à l'aise dans ce genre d'exercice, il y parvient très bien et c'est une réussite mais pas forcément comme il l'entendait. Avec l'horrible science-fiction américaine de l'autre jour, c'est la deuxième catastrophe d'une sélection pourtant de grande valeur.

De retour à l'hôtel, je trouve un mot de l'enfant ; il est parti à la plage avec son copain ; il a déjà trouvé ses marques et organisé son programme, Sihem l'a branché sur la filière tunisienne et il s'est occupé tout seul d'aller chercher ses badges et ses invitations. Sa débrouillardise m'étonnera toujours, je dois seulement m'habituer au fait qu'il n'est plus un petit garçon mais un adolescent parti à la conquête du monde. Amel a également disparu, son court métrage passe aujourd'hui dans une section parallèle et je ne la reverrai pas avant la réunion du jury en fin d'après-midi. Un des problèmes de Cannes est que le festival agit comme un stupéfiant, on ne met pas à profit les rares moments de désœuvrement pour lire ou pour s'intéresser à autre chose ; il y a pourtant de si beaux musées sur la Côte d'Azur. En dehors de mon article hebdomadaire à rédiger pour *Télé Poche* et de mes appels téléphoniques vers Paris, je jette seulement un coup d'œil sur les journaux et me replonge très vite dans la foule où je trouve toujours quelqu'un à qui parler. Cette fois mes pas me conduisent ainsi vers la Quinzaine des réalisateurs où j'essaye de faire une sorte d'extra en allant voir un film qui ne fait pas partie de mes obligations, *Mala Noche,* en l'occurrence le premier long métrage de Gus Van Sant qu'il réalisa lorsqu'il était encore dans une école de cinéma. Mais la séance est commencée et la salle pleine à craquer. L'attachée de presse me promet qu'elle me signalera les projections prévues à Paris en juin et je devine que Gus doit être dans les parages. Ce que je sais de *Mala Noche*, dérive d'un jeune écrivain poète parmi les gigolos mexicains de Portland, Oregon, m'excite énormément, comme un rappel de mes propres virées exotiques et je suis sûr que le film ne triche pas. Bizarrement c'est toute une histoire pour arriver à se faufiler au petit club de la Quinzaine sur la terrasse du Noga Hilton, il faut un badge spécial que je n'ai pas et les vigiles font du zèle. Pascal Thomas qui passe par là me fait entrer finalement et je tombe nez à nez avec Gus Van Sant. Le curieux réflexe pavlovien qui me pousse à vouloir puérilement me faire valoir auprès de certaines personnes que j'admire, signe d'une immaturité affective que je déplore en moi sans parvenir à bien me contrôler, m'incite à lui parler comme un groupie transi et pompe-l'air. Je lui rappelle que j'étais assis à côté de lui pour la projection de *La Guerre des étoiles* l'année dernière, je me lance dans de lourdes digressions admiratives sur ses films, je ne néglige même pas de lui dire que j'ai écrit un livre qui pourrait l'intéresser, bref le casse-pieds intégral. Il me laisse m'enferrer gentiment, ponctuant mes boniments de *oh, yes*, aimables et impersonnels, très « Warhol attitude » à moins que ce ne soit l'effet de sa bonne éducation de fils de famille. Andy, comme on l'appelait définitivement sous prétexte de l'avoir entrevu, était un maître dans cette pratique de l'attention lisse, on ne savait jamais ce qu'il écoutait vraiment mais il écoutait quelque chose, une sorte de chaleur floue glissait à distance de la politesse et de l'indifférence. Il fait beau, le soleil tape, j'ai chaud et je m'embrouille de plus en plus dans ce film incertain où j'ai l'impression de rejouer la scène que j'avais servie à Angelica Huston il y a quelques années lorsque je lui racontais que j'avais tourné *Madame Butterfly* et qu'elle aussi me répondait *oh, yes*, en cherchant des yeux la personne qui pourrait la tirer de là. C'est dans ce genre de situation que je prends conscience de la frustration que j'éprouve devant de véritables créateurs alors que je ne suis qu'un satellite mineur qui bourdonne pour essayer de monter quelques marches. Phénomène étrange décidément qui n'affecte mon comportement que par intermittence puisqu'il m'est aussi arrivé de me retrouver en présence d'autres artistes d'importance et de me montrer alors discret et silencieux, m'attirant de leur part une sympathie qui ne m'a pas semblé feinte. Avec Gus cependant je ne trouve bientôt plus rien à dire et il reste quand même devant moi sans bouger et sans me relancer non plus avec d'autres *oh, yes* qui n'auraient pas de raisons d'être désormais. Je finis par m'enfuir, je me sens mal, vide de tout sauf de ma maladresse et j'ai envie de rejoindre l'enfant mais je ne sais pas le nom de la plage où il s'est rendu. Il y a des plages tout le long de la Croisette et en ce long week-end de l'Ascension, avec ce temps d'été précoce, beaucoup de gens se baignent ; on les voit comme des ombres qui se découpent dans la lumière, un peu les corps que filmait Nestor Almendros à La Havane avec sa petite caméra super 8 avant que Fidel Castro ne prenne le pouvoir et ne le contraigne à s'exiler ; j'ai souvent cette image d'un plaisir pour inconnus, innocent et fragile, qui me revient à l'esprit quand j'ai envie de m'évader d'une situation qui ne me convient pas et dans laquelle je me suis bêtement fourvoyé et en même temps je pense toujours à l'enfant et à mon désir de le rejoindre lorsque la sensation de solitude me submerge. À Portland, Oregon, il semblerait qu'il pleut beaucoup et que les gigolos mexicains ont froid dans leurs moches blousons de sport trop fins ; ils se serrent les uns contre les autres en sniffant de la coke pour se donner du courage.

Agitation aux portes du palais, une équipe de télévision égyptienne qui tentait de pénétrer dans l'enceinte sacrée vient de se faire refouler faute d'avoir les badges adéquats. Il y en a de toutes les couleurs et la leur n'est pas la bonne. La présentatrice vedette d'une chaîne du Caire que j'ai vaguement aperçue sur le câble, le genre fausse blonde opulente surbijoutée, est furieuse et engueule copieusement les vigiles, arc-boutés devant le passage condamné, dans un sabir anglo-arabe strident qui n'arrange pas ses affaires ; les techniciens se tiennent cois comme des enfants punis, je ne sais pas ce qui les humilie le plus entre cette absurde interdiction d'entrer, le va-et-vient des festivaliers qui s'engouffrent sous leurs yeux par les autres portes, la foule qui s'est amassée comme une nuée de mouches pour assister au spectacle et agite ses portables-photo ou la colère volcanique de la tigresse ulcérée par un affront qu'elle a dû infliger durant sa carrière plus souvent qu'à leur tour aux plus petits qu'elle. Connaissant les susceptibilités protocolaires orientales et tous les faux problèmes inutiles qui vont avec j'imagine que la paranoïa du complot carbure déjà à plein régime. J'ai évidemment envie d'intervenir, les vigiles du palais sont des types conciliants pour peu qu'on ne les méprise pas, ça devrait pouvoir s'arranger. Mais comme je m'approche pour jouer les avocats du dialogue des cultures, l'intraitable virago me range aussitôt dans la catégorie de ses ennemis personnels et me fusille du regard. Il est vrai que je n'ai pas l'air d'un monsieur, je ne paye pas de mine après ma piteuse expédition à la Quinzaine et la remontée de la Croisette surpeuplée en plein cagnard ; jean informe, chemise mouillée, *Libé* sous le bras. Dans son empyrée cannois il ne doit y avoir de place que pour des officiels rondouillards en smoking ripoliné au cocktail brillantine et lavande Hugo Boss, des stars de porcelaine somptueusement permanentées qui lancent des baisers au public à l'arrière de décapotables américaines. Je ne fais même pas partie du groupe informe et confusément suspect des artistes, elle m'a rejeté d'emblée dans la masse que des moustachus dispersent à coups de bâton quand elle s'approche de trop près des étoiles du Nil. Sa fureur est tout de même intrigante, il doit y avoir quelque chose de spécial pour que sa fierté soit tellement outragée ; ou quelqu'un peut-être. J'avise alors un petit bonhomme qui se tient un peu à l'écart et pose sur la bagarre un regard fataliste et doucement désolé. Un vieux jeune aux cheveux teints et demi-sourire découvrant un piano de dents refaites, ajusté pour avoir l'air mince comme Tino Rossi en fin de parcours dans un complet bleu électrique très bon faiseur arménien de l'avenue Soliman-Pacha, un grand air de dignité et de gentillesse, manifestement ahuri par le tohu-bohu et tenté par l'évasion. Je reconnais soudain Adel Imam, l'acteur aux deux cents films, celui qui a tout incarné depuis Farouk, les comiques et les amoureux, les patriotes et les pères nobles, le genre d'artiste populaire que j'admire tendrement et qui peut passer de la bouffonnerie et du mélo surjoués à la performance subtile de *L'Immeuble Yacoubian*, le beau film qui a fait sensation au Caire, hérissé les poils des barbus et attiré plusieurs millions de spectateurs avant de faire son chemin en France dûment estampillé « réussite et renouveau ». Immense vedette dans tout le monde arabe, inconnu des services cinéphiles de notre cuistrerie critique occidentale, Adel Imam ignoré, perdu et collé contre une porte de verre fermée est le fardeau secret de la déconfiture de la fausse blonde. Cette fois le petit snob a une bonne raison de faire valoir son entregent. Je prends Adel Imam par le bras en baragouinant mes deux mots d'arabe, son instinct de cabot qui cherche la sortie l'incite à me faire confiance et d'un clin d'œil aux vigiles je l'emmène comme une fleur à l'intérieur. Restée de l'autre côté, la furie me considère désormais comme un requin stupéfait qui cognerait contre son aquarium tandis que je parlemente avec les vigiles encore un peu froissés de l'algarade.

L'œil qui frise d'Adel Imam m'indique à quel point il apprécie le renversement de la situation, il ne doit pas être fâché que la reine des interviews soit contrainte d'en rabattre un peu. De fait la métamorphose ne tarde pas, désormais enjôleuse la voilà qui me décoche ses plus aimables grimaces, le clodo de la Croisette mériterait sans doute d'être l'invité surprise de son grand show des soirs du ramadan. Enfin, l'équipe obtient son visa, le contrôle aux frontières est levé, Adel Imam me serre la main avec effusion, la fausse blonde se fend d'un sourire de conte de fées, ils disparaissent emportés par l'escalator vers quelque improbable « en direct de Cannes » et je me retrouve tel un scout qui a fait sa B.A., écoutant les doléances des vigiles fatigués de se battre depuis dix jours contre des assaillants survoltés. Il y en a un qui est de la Nièvre, il a servi « votre oncle François » comme maître d'hôtel au Vieux-Morvan, un autre s'occupait de la sécurité rue Cognacq-Jay quand j'en étais aux commencements, ils me demandent eux aussi pourquoi on ne me voit plus à la télévision. Ce sont des bons types qui aiment travailler pour le festival même s'ils pensent que c'est un peu plus dur chaque année, ils n'ont rien contre les étrangers et ils trouvent que je ne suis pas fier, mais je me sens triste tout d'un coup ; ces étincelles de vie qui concentrent des énergies perdues et s'éteignent en ne me laissant rien, le temps devant moi qui s'amenuise, les vigiles qui me parlent de leur retraite, et c'est pour bientôt, tous ces gens qui entrent et sortent autour de nous dans un brouhaha joyeux, indifférents et pressés, des trucs comme ça qui m'attrapent sans crier gare et m'abîment insidieusement le moral. Reverrai-je Adel Imam encore une fois dans ma vie, autrement qu'au cinéma, et pour quoi faire ?

J'ai toujours aimé le cinéma égyptien, en particulier celui qu'on méprisait unanimement durant ma jeunesse, les comédies musicales, les drames sociaux, les mélos chantants. Des films pour Arabes selon les uns, l'opium des masses aliénées pour les autres, le spectre du dédain était vaste et sans appel. Et d'ailleurs ils existaient à peine, personne n'en parlait autrement que pour s'en moquer et de chez nous, nul n'allait les voir. Enfant, lorsque la voiture traversait Nanterre pour nous emmener en week-end mes frères et moi, je demandais qu'on ralentisse quand nous passions devant les façades des cinémas pour mieux voir les grandes affiches aux couleurs vives, l'écriture serpentine incompréhensible, toute cette évocation surgie comme par effraction d'un univers exotique et mystérieux sur lequel pesait la hantise de la guerre d'Algérie. Plus tard j'ai écouté Oum Kalsoum quand il n'y avait que Marie Laforêt parmi les gens connus pour oser dire à la radio qu'elle l'admirait, j'ai regretté de n'avoir pu assister au concert historique de l'Olympia en 1967 faute de m'être suffisamment libéré à temps du conformisme ambiant, et je me suis consolé en allant voir Sabah au Palais des Sports, spectaculaire carambolage oriental de *Sissi Impératrice* et de Lana Turner, entonnant « Allô Beyrouth » devant plusieurs milliers de travailleurs immigrés qui sortaient leurs femmes françaises ; des laissées-pour-compte, laides et misérables mais si fières d'être au bras de leurs hommes et tellement émouvantes, vengées en somme. Abdel Halim Hafez aussi avec sa belle gueule chiffonnée de poids plume qui rappelait celles de Frank Sinatra et d'Hassan II, mais c'était déjà une autre époque, au palais des Congrès, avec un public de riches hautains et vulgaires. Je ne saisissais pas les paroles de toutes ces chansons mais j'avais les voix et le souffle, les accents rauques et le sens général ; l'interminable plainte d'amour de la mélopée me contentait amplement. C'est la musique qui m'a amené vers les films que je n'avais fait qu'entrevoir. J'en ai tout de suite apprécié les intrigues candidement romanesques, le fatras lacrymogène de boulevard du Crime et de décalque hollywoodien, les pécheresses en fourrure et les gominés amoureux, les vierges poitrinaires et les viveurs sans scrupules, les palais Louis Farouk aux escaliers qui n'en finissent pas et les boîtes de nuit où se produisent des danseuses du ventre folles de leur corps, la naïveté qui s'en fiche et le lyrisme qui n'a peur de rien, un monde qui serait l'Europe en plein désert, l'Amérique en Arabie, l'Égypte dans les décors expressionnistes de villes allemandes, en définitive nulle part ailleurs que dans un rêve où les ombres sont déraisonnables et s'allongent sous le feu du soleil de midi. Il n'y avait pas encore de livres et guère de connaisseurs, j'ai appris tout seul à identifier les stars et à retenir leurs noms, j'ai repéré les metteurs en scène et retracé leurs carrières. Je me flatte d'avoir été le premier à montrer régulièrement ces films dans mon cinéma, lançant ce qui fut d'abord une mode pour *happy few* puis un mouvement d'intérêt qui est allé bien au-delà de mes modestes tentatives et n'a cessé de s'amplifier depuis. Maintenant, plus personne ne traite le cinéma égyptien et son histoire à la légère et j'étais ému comme l'un de ces orphelins du Caire qui retrouvent leur papa dans un feuilleton des studios Misr quand Youssef Chahine a enfin reçu, devant une salle de convertis saisis par l'émotion, la palme d'honneur qu'il attendait depuis toujours. Dans

Gosses du Nil, *Le Sans Famille du Delta* ou *La Chanson du retrouvé*, tout le monde pleure, dans la salle et sur l'écran, quand ça finit bien et que le père serre contre lui le petit cireur de chaussures loqueteux qu'il vient de reconnaître devant la gare routière pendant que la pute au grand cœur chante le bonheur qu'ils vont partager enfin tous les trois en fondant une nouvelle famille. Mais ce sont des films qui n'existent pas, je les invente pour l'autre vie où j'aurais pu les tourner, le cinéma égyptien a la puissance clandestine des rêves, il s'endort quand on se réveille.

Lorsque je vais au Caire pour la première fois c'est encore le temps des défricheurs. Je laisse de côté le Sphinx et les Pyramides, le musée et ses gardiens embobineurs, l'archéologie du cinéma me semble plus urgente, l'âge d'or est passé, les grands studios ont fermé, les boîtes de négatifs rouillent dans des entrepôts dont les adresses se sont perdues. On est entre deux, en pleine bonace, il n'y a presque plus de films en tournage et pas encore de ces séries télé qui vont bientôt inonder le monde arabe. Mais je ne suis déjà plus seul ; Magda Wassef m'a appris à ne pas confondre les maîtres anciens Ahmed Badrakhan et Henri Barakat avant de m'offrir l'inestimable cadeau de me faire recevoir en audience par Abdel Wahab, le pharaon de la musique, dans sa suite mastaba de l'hôtel Intercontinental où le maître en robe de chambre de soie à pochette parfumée, veillé par son secrétaire-amant qui avait dû faire des ravages sur la plage d'Alexandrie durant les années Durrell et n'arrangeait plus que les glaïeuls en soupirant dans un vase de cristal sur le Steinway, avait posé sur moi un regard las derrière ses lunettes phares à triple foyer en murmurant : « Si vous voulez que je vous parle de mon art, jeune homme, apprenez d'abord tout Bach, tout Beethoven, et tout Luis Mariano. »

Jean-Christophe et Mahaut qui m'accompagnent veulent absolument retrouver Samia Gamal et ce rire quand elle danse qui rend les hommes fous ; on rejoue Blake et Mortimer avec Humbert Balsan, il produit Chahine et me glisse au bar du Mena House : « Tu verras, on ne peut plus se passer de l'Égypte une fois qu'on y a goûté » ; Dalida est revenue, elle tourne pour eux *Le Sixième Jour* avec une énergie du désespoir qu'on ne soupçonne pas encore. Humbert et Yolanda, minés par le même mal et qui ont certainement tenu le plus longtemps possible pour ne pas nous laisser un tel sentiment de perte et de remords. Tout est si gai, si débordant de vie et de fantaisie autour de nous, il y a tant de mémoire partout qu'il faut avancer avec des œillères et se rendre amnésique pour ne pas se perdre. Je visite l'appartement de Farid El Atrache, l'inoubliable interprète de *Lahn el khouloud*, le Nil du mélo musical où se sont abreuvés des millions de cœurs simples ; tout est encore en place, pieusement conservé et sans doute un peu mis en scène par son frère qui lui ressemble d'une manière hallucinante et qui est tout ému à l'idée qu'un étranger venu de Paris vienne se recueillir devant ces précieuses reliques. C'est assez kitsch évidemment : portraits de la star sous toutes les coutures et à tous les âges, partitions sur le piano, garde-robe des Mille et Une Nuits, autographes de célébrités, albums de photos, chromos divers et bas-reliefs de nymphes sagement dévêtues dans la salle de bains. On a l'impression que Farid vient juste de sortir pour acheter ses Craven A. Le frère me parle aussi de leur sœur, la belle Asmahan disparue durant la guerre dans des circonstances mystérieuses qui suscitent encore une abondante littérature foisonnante d'amours interdites et d'intrigues d'espionnage. Il me confirme avec feu qu'elle n'a pas été assassinée par des tueurs à la solde d'Oum Kalsoum qui aurait pris ombrage de sa gloire naissante. J'interviewe Faten Hamama, la grande dame du cinéma égyptien, Shirley Temple devenue Danielle Darrieux, qui me raconte dans un français parfait ses années d'obscurité et de solitude à Paris dans un petit logis de la rue de la Faisanderie où elle apprenait notre langue en écoutant la radio. À moitié morte de chagrin en ce temps-là dans l'attente de son mari, le trop bel Omar Sharif saisi par le démon du jeu et des conquêtes féminines ; enfin cela je le comprends à demi-mot. Au Caire on chante les passions mais on n'en parle que très doucement. Je découvre par hasard Van Leo, le photographe des stars, dans une sorte de studio Harcourt empoussiéré où il ne fait plus que les photos d'identité des officiers de l'armée et j'emmène Dalida dont il tirera le cliché célèbre que l'on retrouve dans tous les livres, prélude à un regain de gloire tardive qui me vaudra en signe de reconnaissance une superbe collection de portraits de visages oubliés et de couchers de soleil sur les Pyramides. Van Leo à qui je n'ai même pas pris la peine d'écrire pour le remercier avant sa mort. Je vais voir Chadi Abdel Salam, le réalisateur de *La Momie*, ceux qui connaissent le film devineront à quel point je suis intimidé, il me reçoit comme un roi prophète entouré de ses assistants qui le vénèrent et il me montre les maquettes des décors de son projet pour *Akhenaton*, mais sa voix s'étrangle, un cancer le dévore, il sait qu'il ne fera pas son film. Je roule à toute allure sur une autoroute urbaine qui surplombe la cime des immeubles encombrée de ferraille, de vieux pneus, de lits où l'on dort à la belle étoile, en compagnie d'une starlette amusante et vulgaire et de sa sœur qui conduit en tchador et masque de lunettes noires, allumant un cigare après l'autre. Mary Queeny me raconte les débuts du parlant, Salah Abou Seif regrette que les grands directeurs de la photo berlinois aient été chassés par Nasser parce qu'ils étaient juifs et que Togo Mizrahi se soit exilé en Italie, Tahia Carioca, la « Sangsue » qui mangeait les jeunes premiers, m'explique que les baisers en gros plan finiront bien par revenir et Leila Mourad, la reine du tango arabe, m'annonce avec regret au téléphone qu'elle ne reçoit plus personne : « Tout est fini cher monsieur, vous ne pourriez pas me reconnaître. » Boîte de nuit où une entraîneuse naine à monocle chante les standards de Camélia, la vamp dont l'avion s'est écrasé, palais en ruine gagné par le désert où un rescapé de la famille royale rajuste sa perruque de travers en me récitant le Bottin du faubourg Saint-Germain, felouque au crépuscule où un bataillon de folles entonne « Jeunesse du Nil ». C'était il y a vingt ans, parfois je me lève en me disant que c'était hier, il y a des sensations qui ont du mal à devenir des souvenirs.

Aller voir les courts métrages tunisiens c'est ne pas quitter tout à fait l'Égypte. Certains quartiers autour de l'avenue Bourguiba me rappellent un peu Le Caire, pas tant la rue Oum-Kalsoum perdue dans le lacis de la petite Sicile que les artères des années trente à l'architecture Art déco arabisante, avec leurs galeries marchandes inspirées des Champs-Élysées envahies de petits commerces de journaux et de cassettes, les terrasses pour fumeurs de narguilés et les restaurants avec des nappes à carreaux où de gros messieurs fatigués à cravates criardes sirotent du Cinzano, tout ce décor pour polar exotique en scope noir et blanc ; Eddie Constantine à la poursuite de Hind Rostom, la vamp de Zamalek que le fourbe trafiquant de femmes, Dario Moreno, a revendue à Jean Servais, vieil opiomane décavé planqué dans une villa en ruine de Garden City. C'est à La Marsa que George Cukor a terminé *Justine*, le film mal commencé par Joseph Strick, en essayant de recoller les morceaux d'un générique très « Quatuor d'Alexandrie » sur le papier et complètement sinistré par les tripatouillages du scénario. Enfin Anna Karina en Melissa, l'entraîneuse qui est « la solitude même », n'était quand même pas mal.

Le court métrage d'Amel passe en premier, vif et amusant. Je n'aurai pas à me forcer pour la féliciter, de toute façon ça n'aurait pas marché, elle sait toujours exactement ce que je pense. Je serais bien resté pour suivre le reste du programme, je me sens toujours à l'aise parmi ces jeunes cinéastes sans amertume qui filment avec beaucoup de fraîcheur leur génération et leur milieu social dans un pays où les salles se dégradent et où les paraboles diffusent les hallucinants talk-shows intégristes des chaînes du Golfe, mais notre petit jury se réunit une dernière fois avant la séance où nous attribuerons notre prix. Discussion intéressante, Annick, mon amie de Sarlat, et Stéphane, l'universitaire fin et cultivé, ont l'air sensibles à mes arguments en faveur de *Marie Antoinette*. Les rumeurs sont si hostiles pour le film de Sofia Coppola, pourtant digne de susciter des projections stimulantes dans le circuit de l'Éducation nationale, que ce serait une bonne occasion de réveiller les profs et de marquer notre différence en marge du palmarès officiel. En attendant l'ultime délibération, je persiste à prendre mon rôle très à cœur et la routine continue. Un film lituanien écolo sur un architecte désabusé qui se retire dans la forêt. C'est assez ennuyeux et mon esprit vagabonde entre les souvenirs de *L'Oiseau bariolé*, le livre si cruel de Jerzy Kosinski et l'histoire méconnue des maquisards qui tinrent tête aux communistes jusqu'au milieu des années cinquante en se cachant au fond des bois. Mais *Toi et Moi*, c'est le titre du film, n'est qu'une parabole lourdement indigeste pour festival des Amis de la Terre. *La Réparation*, version polonaise des aventures du jeune type sympathique devenu l'homme de main de *maffiosi* minables, est nettement plus intéressant. On y apprend des choses dont on se doutait un peu : la violence peut procurer du plaisir, être immigré en Pologne n'est pas plus gai qu'ailleurs, aimer une divorcée ukrainienne plus âgée que soi ne facilite pas l'harmonie dans les familles, etc. C'est bien vu et bien raconté, quoique manquant de charme le héros est crédible quand il s'enlise et se débat, et pourtant là encore j'ai tendance à m'évader en repensant à tous les beaux gosses écrasés par le destin des films de Wajda, à Cibulski le pote de Roman qu'on surnommait le James Dean polonais et qui est mort à quarante ans en essayant de monter dans le train en marche emportant une fille dont les baisers sur le quai ne lui avaient pas suffi ; cette lumière crue des films en noir et blanc d'alors, tellement plus belle que la grisaille en couleurs de ceux de maintenant, soleil des résistants et mornes éclairages du délabrement. En jouant sur le même registre, *Uro*, le thriller norvégien, est plus âpre, plus nerveux, plus sexy en somme. Ce pourrait être l'occasion d'un exercice d'école pour définir ce qui sépare un téléfilm catholique bien fait d'un drame d'action luthérien conçu pour le grand écran.

Je récupère l'enfant et son copain à la sortie d'*Indigènes*. Ils ont tous deux marché à fond dans le film, l'enfant s'est arrangé une sorte de smoking avec son costume Delaveine et un de mes nœuds papillons, l'archiduc algérien porte un Tuxedo de la meilleure coupe, ils applaudissent à tout rompre. Comme prévu la salle est debout, les bravos durent vingt bonnes minutes, les anciens combattants bringuebalent ahuris au milieu de cette effervescence, Jamel Debbouze explique drôlement que Samy Naceri n'est pas là parce qu'il a eu un problème technique, sans doute serré par les flics dans sa suite du Martinez pour une de ces embrouilles dont il a le secret, et la mouche du coche surfe comme d'habitude sur cette vague de bonne conscience où écume tout de même une émotion sincère. C'est curieux décidément cette aptitude que j'ai à vouloir partager des enthousiasmes dont je ne suis en rien responsable. Les deux lascars sont en train, ils ne parlent plus que d'aller à la fête tunisienne, sur la plage du Grand Hôtel. Autant les y laisser, Amel et Sihem les prendront en charge et ce sera sans danger pour eux, je fixe seulement et sans rigueur excessive une heure pour le retour à l'hôtel.

Au dîner que Gilles Jacob offre rituellement chaque soir dans la grande salle à manger du Carlton, je suis placé à côté de Catherine Jacob, on pourrait tomber plus mal. Sous ses dehors placides et maternels, c'est une observatrice caustique des innombrables travers de la profession et comme elle me sent complice notre conversation est très amusante. À une autre table, un peu de côté, de gros types gominés à l'air pas commode pilotent l'entrée dans le monde enchanté du jeune acteur tadjik de *Pour aller au ciel il faut mourir*. Il ouvre grand les yeux devant l'assistance, le décorum, les belles femmes dont certaines sont célèbres mais il ne le sait sans doute pas. Il est arrivé il y a trois jours de son pays perdu d'Asie centrale dont il n'était jamais sorti auparavant. Pour avoir séjourné au Kirghizistan, république voisine, je mesure ce que doit être son étonnement. Je lui parle un peu, en anglais à tout hasard, en lui disant grand bien de son film et de sa prestation de comédien, les types froncent les sourcils avec des mines préoccupées, il y en a deux qui se marrent en se donnant des coups de coude, mais le jeune Tadjik est très content qu'un monsieur de la table d'honneur se soit levé pour aller vers lui et pour lui dire des choses qui sont certainement très aimables. Il a de beaux yeux noirs légèrement bridés, la peau mate et neuve, il pense peut-être que Catherine Jacob est ma femme et que les Français sont des gens vraiment très gentils. J'imagine la tête qu'il fera tout à l'heure quand ses protecteurs malabars lui expliqueront grassement qu'il a fait une touche avec un *gallow boy*, la tante russe, une sous-espèce dévoyée du genre masculin dont il ne doit pas avoir beaucoup l'habitude à Douchanbe, capitale que même l'indispensable guide Spartacus a renoncé à répertorier. Enfin, on ne sait jamais et puisque tu es venu jusqu'ici mon chéri il n'y a rien de tel que de se faire de nouvelles relations pour progresser dans la carrière.

À trois heures les deux lascars ne sont pas rentrés et la fête tunisienne est terminée depuis longtemps. Je les cherche en vain sur la Croisette où l'on s'amuse encore. Il y a vingt ans, à la même heure, nous la parcourions de long en large avec Dominique ; elle était un peu amoureuse de moi, je la trouvais très intelligente, ce qui n'est jamais bon signe quand on s'embarque dans une affaire de sentiments où le désir ne fonctionne que dans un seul sens, il y avait de l'illusion dans l'air, nous étions jeunes et nous pensions encore que tout finirait quand même par s'arranger. Elle est devenue super chef d'entreprise, habituée vedette des pages roses du *Figaro*, on s'est perdus de vue, ce qui est triste, et moi maintenant je suis seul en pleine nuit, sur ce ruban de lumières qui donnent le teint gris, à courir après deux morveux qui se sont fait la malle. Appeler les flics serait sans doute disproportionné, j'hésite entre continuer mes vaines recherches et regagner l'hôtel, et finalement c'est la fatigue qui décide. J'ai eu tort de m'affoler, ils rentrent une heure après moi alors que je suis en train de regarder la rediffusion du spécial Line Renaud à la télévision en fumant un cigare après l'autre. Ils sont enchantés de leur soirée. Après la fin de la fête, des Tunisiens les ont emmenés au Pink, la boîte branchée près du Carlton, ils y ont rencontré des filles de leur école mystérieusement atterries à Cannes, ces filles avaient entendu parler d'une autre fête donnée par une marque de maillots de bain dans une villa près du Cannet, ils ont erré à la recherche de la villa en question et se sont retrouvés dans une autre où des folles sud-américaines dansaient sur des rythmes latinos, les filles avaient disparu dans la tourmente et les folles étaient un peu trop tactiles, ils se sont alors souvenus de mes recommandations et sont redescendus en auto-stop avec un Japonais bourré qui voulait prendre des photos d'eux au flash sur la plage. J'aurais mauvaise grâce à leur faire des reproches, c'était pareil autrefois, nous allions d'un endroit à l'autre sans connaître personne, persuadés que ça ne finirait jamais et que nous étions les appelés du plaisir de vivre.

Dixième jour

Florence Aubenas écrit régulièrement dans *Libération* une chronique sur le festival, allègre et malicieuse. Comment est-ce possible après ce qu'elle a enduré à Bagdad il y a encore si peu de temps ? On la savait solide et courageuse mais cette capacité à reprendre la plume aussi vite à propos d'une manifestation que d'aucuns considèrent frivole, avec ce côté « au fait, où en étais-je donc ? », est la marque d'une élégance et d'une force morale qui me laissent pantois. Il me semble que même si j'étais un lecteur exclusif de *Nice-Matin* cela ne m'aurait pas échappé, or curieusement personne n'a l'air surpris. Ceux qui la connaissent disent « Florence est comme ça » et passent à autre chose, les autres font comme s'ils n'avaient rien remarqué et peut-être sont-ils tellement indifférents qu'ils n'ont effectivement rien remarqué. Moi je serais bien embarrassé si je me trouvais en face d'elle et j'aurais peur de commettre une gaffe en me composant une attitude faussement naturelle ou en ne résistant pas à l'envie de lui poser des questions dont j'aurais honte aussitôt. Mais il est probable qu'elle a adopté justement le seul comportement possible pour une personne de sa trempe, le « circulez, y a rien à voir » que supposent ses chroniques où il y a pourtant beaucoup de choses amusantes à lire ; je circule donc comme tout le monde et je la lis en premier quand j'achète *Libération* au type qui le vend à la sauvette chaque matin en bas des marches. J'aime parler aux marchands de journaux et en quelques jours un lien s'est tissé entre nous deux. Il a flairé quelque chose, « la Florence est en page 27 », me dit-il avec un air complice.

Le *Two Thirty 7* est un candidat très sérieux pour notre prix. Le récit de la vie d'un collège canadien où une fille se suicide, héroïne innocente qui prend tous les péchés des autres et dont un scénario très habile préserve l'identité jusqu'au dénouement final, est remarquablement mis en scène à partir d'observations qui sonnent toutes très juste. Le réalisateur est un Asiatico-Canadien de vingt-trois ans incroyablement doué. Ses parents sont dans la salle et sa mère fond en larmes à la fin de la projection quand le public applaudit de façon très chaleureuse. J'imagine ce que la reconnaissance du talent si précoce de son fils doit signifier pour elle. Son mari et elle paraissent bien modestes, on dirait des petits commerçants immigrés de Toronto, on soupçonne les sacrifices pour l'éducation du bambin surdoué, l'angoisse à propos de son avenir, l'excitation du grand voyage vers Cannes, le cœur battant dans l'attente de l'accueil qui sera réservé au film qu'ils ont peut-être d'ailleurs du mal à comprendre. À les voir si humbles et intimidés, teint olivâtre, mise modeste, regard embué couvant leur héros qui n'a pas l'air beaucoup plus à l'aise, on pense à des parents d'une terre lointaine et d'une génération différente qui découvrent l'univers dont ils ont rêvé pour leur enfant sans le connaître. Mais peut-être que je me trompe, si le film ne parle pas d'eux, il n'aurait pu être tourné sans l'amour et la compréhension qu'ils ont donnés à ce gosse qui leur ressemble. Ils partent en remerciant les inconnus qui les entourent, tous les trois serrés sur un nuage. Je n'en saurai pas plus, Pakistanais, Indiens ou Bengalis, à moins qu'il ne s'agisse d'une de ces familles qui s'étaient établies en Afrique de l'Est et qui furent contraintes par Amin Dada et consort de s'enfuir vers un pays plus accueillant du Commonwealth. Je crains seulement pour eux que le film n'arrive un peu tard quand chacun a déjà fait son choix et que ça sent la fin. Les projections des sections parallèles s'achèvent ce soir et le tirage au sort des dates de projection ne favorise pas les derniers. Cependant j'ai du mal à penser qu'une telle réussite puisse passer inaperçue et si j'étais producteur je ne lâcherais pas d'une semelle cet étonnant jeune homme. Plonger ensuite dans *Juventude em marcha,* film portugais d'un radicalisme implacable, est une épreuve assez rude qui fortifie finalement ma propension à la cinéphilie de combat. La dérive d'un ouvrier cap-verdien, plaqué par sa femme qu'il aime encore et recasé par une administration aveugle dans un quartier minéral de HLM qui sent le neuf et le désert des sentiments, s'inscrit dans une succession de longs plans très austères et très beaux qui installent un climat d'hermétisme poétique hypnotisant. La grande salle d'ailleurs ne se fait pas prier, elle s'endort bien gentiment et je suis assez fier de moi qui passe le cap de l'ennui en pilotage automatique et me laisse envahir par un sentiment de mélancolie à faire passer le fado le plus cafardeux pour une comédie de Doris Day. La chef ouvreuse, une dame blonde extrêmement aimable comme tous les gens qui travaillent au palais, nous a installés, Amel et moi, juste à côté du grand jury, et j'observe de temps à autre Wong Kar-waï; il a retiré ses lunettes noires, ce qui est préférable compte tenu du nombre de scènes qui se déroulent dans une semi-obscurité, mais témoigne aussi de l'intérêt qu'il porte au film. À la sortie les colporteurs de nouvelles qui auront traversé comme moi le long fleuve sombre iront sans doute se répandre pour affirmer sentencieusement que le président a adoré le film portugais dont ils n'ont pas retenu le titre et que ce sera la palme surprise, les dormeurs honteux désormais très réveillés se diviseront en deux camps adverses d'égale importance militante sur l'air connu du « j'y étais » et la polémique pourra prendre son envol. Ces controverses ne durent jamais longtemps, un suspense chasse l'autre. Il s'est passé la même chose pour *Flandres*, projeté après *Babel* et pourtant bizarrement englouti dans un gouffre de ma mémoire alors que j'avais été suffisamment impressionné par sa dureté et son intégrité pour participer à quelques empoignades verbales. Peut-être moins quand même que par *La Vie de Jésus* et *L'Humanité* ou que par les films des frères Dardenne auxquels ils s'apparentent, tous belges tendance marasme, squelettiques et sans concession, funambulant entre sécheresse altière, rage sociale et mélo caché. Avec *Flandres* l'évocation pourtant puissante d'une guerre symbolique imprécise laisse poindre un désir de scénario, une nouvelle volonté de fiction qui brouille un tantinet les cartes; le curé bressonien a soudain relevé sa soutane. Et puis il en est des films comme des gens, il arrive qu'on les refuse quand on devrait les aimer parce que ce n'est tout simplement pas le moment, on ne saurait pas dire pourquoi et on n'a même pas envie de s'exprimer, on le regrette ensuite mais c'est toujours cette même histoire « des profonds divans entrevus dans des garçonnières, après il est trop tard pour tordre son mouchoir », n'est-ce pas ma petite Jeanne ?

Karine est une productrice expérimentée, fidèle à ses réalisateurs à qui elle assure les meilleures conditions de tournage possibles. Elle a souvent pris des risques, soutenu des monstres d'égoïsme qui plombaient leur budget sans vergogne mais dont elle admirait le talent, et remporté aussi de grands succès avec un metteur en scène original et charmant à qui personne n'avait voulu faire confiance avant elle. Jolie avec un visage fin qui rappelle celui de Simone Simon du temps de *La Féline*, elle est gaie et tenace, spirituelle et organisée mais en cette fin de matinée à la terrasse du Carlton elle me semble un peu lasse d'un métier où persuader d'éventuels futurs associés pour un projet de film est devenu aussi engageant que d'affronter une meute surexcitée de teckels agressifs. Cela fait longtemps que nous évoquons vaguement la perspective de travailler un jour ensemble et je me suis moralement bien préparé pour notre rendez-vous en repassant avec soin tous les arguments pour la convaincre de me produire. Mon idée est-elle folle, trop éloignée de ce qu'on peut monter aujourd'hui, doute-t-elle de ma capacité à maîtriser l'aventure que je lui propose, son attention est-elle absorbée par d'autres soucis que je ne connais pas ? Le fait est qu'un voile léger s'insinue entre nous et que je sens qu'il serait inutile que je continue à lui raconter mes histoires. On s'en tire en se disant qu'on en reparlera à Paris, c'est la formule habituelle pour échapper aux propositions inopportunes ; avant le festival on lance « nous en parlerons à Cannes, c'est fait pour ça », à Cannes on soupire « il vaudra mieux en discuter à Paris, il y a trop de monde ici et le temps manque », et c'est ainsi que tout s'enlise quand on n'est pas assez sûr de soi, que l'énergie défaille ou que l'on ne dispose pas de la carte mystérieuse. Je sais pourtant que mon projet n'est pas mauvais et que je suis raisonnablement apte à le mener à bien, je continue à penser que j'y arriverai quand même un jour ou l'autre mais insister auprès de quelqu'un que je respecte et qui ne m'entend plus me décourage, j'ai l'impression que Charles Aznavour me chante « Je m'voyais déjà » en me fixant droit dans les yeux. Je quitte donc Karine doucement en ramassant les miettes, apparemment satisfait d'une promesse de coup de téléphone que nous n'échangerons sans doute pas. Dans le hall je serre la main molle d'un grand patron de chaîne qui regarde par-dessus mon épaule quand je lui parle de mon amie Victoria qui pourrait faire une excellente émission de cinéma et se détourne brusquement sans dire un mot pour aller saluer un animateur célèbre. Ce n'est décidément pas mon jour. Dehors un orchestre de vieux babas joue des airs de Nino Rota et je reste un moment à les écouter en mâchouillant mes rêves, allons la Saraghina a quand même eu son heure de gloire et j'ai bien connu Caterina Boratto, la reine des téléphones blancs et la dame à la capeline de *Huit et demi*, il est deux heures, à l'hôtel les deux polissons doivent être levés.

Après l'inévitable McDo, leur principale référence culinaire avec la pizza surgelée et le sandwich grec, je perturbe leur emploi du temps qui prévoyait un après-midi tranquille dans leur chambre à regarder Planète Choc en essayant de localiser sur leurs portables les deux filles de la veille et je les traîne à *Quand j'étais chanteur* en martelant l'argument selon lequel on est à Cannes pour voir des films. Fausse manœuvre, les anciennes chansons de Michel Delpech et de Christophe n'évoquent rien pour eux, les boîtes de province et les dîners dansants les font ricaner, Cécile de France n'est pas leur genre et ils savent à peine qui est le grand Gérard. Le film de Xavier Giannoli a beau diffuser une nostalgie paresseuse assez agréable et Depardieu racoler le grenier de ses admirateurs en tirant sur la ficelle autobiographique de manière plutôt plaisante, tout ce flash-back vers un passé qu'ils ignorent les laisse complètement froids. Ce sont pourtant des enfants intelligents, sympathiques et relativement instruits mais ils se fichent de ces histoires de vieux. Comme ils m'aiment bien quand même ils font l'effort d'avoir l'air de suivre et cachent de la main leurs messages quand ils s'allument. Le pire est que leur désintérêt me contamine insidieusement, le charme vague du film s'évapore et j'aurais la tentation de sortir si je ne craignais de leur donner raison. À quoi bon leur expliquer que Depardieu fut un magnifique sauvage dans sa jeunesse, une nouvelle vague à lui tout seul comme le disait Toscan, le fauve magnifique et terrible que j'interviewais en balbutiant après *Loulou* et l'acteur qui pouvait tout jouer et même la comédie de l'amitié avec un figurant aussi inoffensif que moi, ils ne voient qu'un gros bateleur qui s'agite sur l'écran en déplaçant des volutes de poussière. S'il est difficile de se résigner au fait que des garçons de cet âge n'aiment pas le cinéma et ne s'intéressent pas à son histoire, ce n'est pas avec un film pareil que je pourrais les faire changer d'avis. Ils appartiennent au temps du clip, du zapping et du téléchargement sur ordinateur, les images qu'ils regardent sont interchangeables et n'ont ni passé ni origine, même le porno ne retient que distraitement leur attention, ils ne vont dans des salles que pour être en bande et se gorger de films d'action qui enfilent les scènes de poursuites et d'explosions ou de comédies débiles avec des amuseurs formatés par la télévision, ils les oublient très vite et ne retiennent que les noms de stars éphémères lorsqu'elles passent dans des reportages de promotion commentés par des voix abominables, des émissions de rigolade d'une vulgarité offensive où ils préfèrent d'ailleurs les animateurs, les footballeurs et les chanteuses, le noir et blanc leur semble préhistorique, l'idée qu'on puisse éprouver des sentiments et des émotions plutôt qu'une distraction passagère et qu'une foule de gens se soient donné un mal de chien pour réaliser un long métrage leur paraît insolite et au fond peu encourageante.

J'en ai pris mon parti avec l'enfant malgré quelques retours de flamme où je tente maladroitement et sans succès de lui faire honte. Son charme, sa gaieté, sa joie de vivre me suffisent et je n'ai aucune intention de le séparer de ses copains. Je peux toujours espérer qu'un déclic se produira peut-être un jour, mais il vaut mieux ne rien regretter pour l'instant, c'est ainsi et puis c'est tout, il appartient à une génération qui grandira sans être vraiment concernée par le cinéma tel que je l'ai pratiqué. Ailleurs, dans d'autres milieux, d'autres pays, il y a sans doute des gosses qui rêvent encore en regardant des films mais ils ne sont pas comme celui que j'aime. J'aurais tort de le lui reprocher, je prends déjà tellement de place dans son existence, il a certainement besoin de cultiver d'autres jardins et il aura d'autres nostalgies que les miennes.

Pourtant aussi loin que ma mémoire m'emmène sur les chemins de ma propre enfance, bien avant Marilyn, James Dean et les sœurs Dorléac, j'ai des souvenirs de cinéma. Ils m'ont imprégné beaucoup plus fortement que mes lectures même si j'étais un petit garçon qui posait au grand lecteur. Les salles obscures avec leur rituel, le prospectus des programmes au petit cinéma des Champs-Élysées dont je parle tout le temps parce qu'il me manque, les ouvreuses en blouse bleu nuit du Normandie avec son écran illimité, les attractions misérables et pathétiques du Cinémonde à Évian, autant de refuges et de promesses tenues d'évasion. Rien de bien original à cela mais ma vie n'était pas originale non plus, seulement plus inquiète et plus secrète peut-être que celle de la plupart des gamins de mon âge. Ann Dvorak qui danse avec des manières de marlou devant George Raft dans *Scarface*, Burt Lancaster et Deborah Kerr que même une vague ne parvient pas à séparer en les recouvrant lorsqu'ils sont enlacés sur la plage de *Tant qu'il y aura des hommes*, Pablito Calvo le petit pauvre espagnol au regard d'ange et Georges Poujouly qui ressemblait tant à mon cousin préféré de Charente, Yul Brynner en pharaon, premier frisson d'érotisme violent, Ettore Manni et Jacques Sernas, autres héros de péplums dont nul ne prononce plus le nom, les belles femmes amoureuses pour qui ça ne marchait jamais, les enfants perdus qui me racontaient des secrets que je gardais pour moi, les hommes aux corps musculeux que désiraient de méchantes reines et qui leur préféraient la douce confidente, le rire tellement triste de Toto et celui si tendre de Bourvil, les larmes du mélo jusque dans mon lit longtemps après la séance, les vraies voix et les sous-titres, les génériques des films japonais avec ma grand-mère qui me disait en riant qu'il y avait dix mille signes à apprendre et Maman qui me racontait que Gabin avait été très courageux pendant la guerre et mon père qui aimait tant Fred Astaire et mes frères qui collectionnaient les *Ciné Revue* et les confidences de Joan Mac Trevor en direct d'Hollywood et moi dans le métro au milieu de tous ces gens qui n'avaient pas vu le film quand je rentrais seul et que je répétais un mensonge pour faire passer mon retard, comment expliquer à l'enfant que c'était aussi bien et peut-être au fond plutôt mieux que Fifty Cents et ses potes rappeurs bodybuildés ? À l'époque, c'était à l'époque me dit-il en me considérant de l'air sincèrement navré que l'on arbore devant un malade qui vous est cher et pour qui on ne peut plus rien.

Au point où nous en sommes je les libère, le petit archiduc algérien et lui, sans les emmener voir *La Californie* dont je devine avec raison qu'elle n'arrangerait pas mes affaires. Je leur épargnerai plus tard l'affligeant article du *Monde* cirant les pompes de Depardieu et de son film avec une perversité stupéfiante, ce n'est pas parce que je n'arrive pas à leur donner l'envie du cinéma qu'il faut que je les dégoûte aussi de la lecture des journaux. Je les retrouve un peu plus tard, les portables ne leur ont pas fourni les renseignements espérés sur les films de la veille et ils sont excités comme deux matous à l'idée que je pourrais les emmener dans une fête. Mais la soirée n'est pas très propice, le personnel des grands hôtels s'est mis en grève et des manifestants tentent de bloquer la circulation sur la Croisette au milieu d'une foule de badauds éberlués qui prennent leur revanche en narguant les flics et en frappant aux vitres des limousines où s'agitent des prisonniers en smoking et robes longues. Il règne une sale ambiance de mauvaise humeur généralisée et les vigiles défendent les quelques raouts où je connais du monde comme des forteresses assiégées. Impossible d'entrer à la boum de clôture de la Quinzaine des réalisateurs, une masse compacte attirée par la musique techno bouchonne contre les barrières et bien que le climat d'orage s'y concentre, c'est précisément là que les deux sacripants veulent se rendre. Ruse naïve je prétends passer par la plage ; sur le sable, à la fête des Canadiens, paso doble et blondes dans leur troisième jeunesse, nous traversons sans encombre ; chez les Italiens, c'est un peu plus dur, les pizzas géantes ont attiré du monde, mais il y a un jeune aux beaux yeux gris qui se laisse baratiner ; encore une plage, déserte celle-là mais déjà submergée par la techno d'à côté. Nous marchons au ras des vagues, les deux garçons ont l'impression de rejouer *Il faut sauver le soldat Ryan* et c'est sur cette perspective consolante d'un film qu'ils auraient au moins vu jusqu'au bout au point de s'en souvenir que nous sommes ceinturés par quatre types qui tiennent des rottweillers en laisse tirant sur leurs muselières. Les maîtres et leurs chiens respirent la méchanceté brute, le goût de la violence et du sang. Assourdi par la musique, dépité de m'être fait attraper si près du but, repoussé dans l'eau qui me mouille jusqu'aux chevilles, je ne suis pas dans les meilleures conditions pour parlementer tandis que les deux gosses restent silencieux, tétanisés par la peur des molosses. J'obtiens finalement un sauf-conduit pour une expulsion vers la Croisette où nous échouons sans gloire, les pieds trempés et la mine défaite, à deux pas des assaillants de la boum qui se moquent bruyamment de notre déconfiture. L'archiduc est au bord des larmes et l'enfant me glisse : « Tu avais raison c'était mieux hier, la techno ce n'est pas mon truc, c'est la zouc que je préfère. » Il ne faut pas oublier la notice de fonctionnement à Cannes car autrement il y a des moments où on se sent subitement vieux et où comme dans les accidents toutes les erreurs d'une vie défilent dans la tête à toute allure. Finalement, j'ai réussi à les faire entrer, la techno n'était quand même pas si mal et ils se sont bien amusés.

Onzième jour

C'est le dernier jour de la compétition, le jury se réunit ce soir et demain ce sera le dernier jour du festival avec la proclamation du palmarès et la cérémonie de clôture. Nous aurons remis notre prix quelques heures plus tôt et après je ne serai plus là. Les coureurs de projections affichent des airs épuisés et traînent la patte en déclarant à tous vents qu'ils ont hâte que ça se termine mais je ne les crois qu'à moitié, c'est ainsi qu'ils se comportent chaque année et j'ai plutôt l'impression qu'ils cherchent à se disculper de s'être bien amusés pendant une dizaine de jours dans l'atmosphère insouciante de leur bulle ensoleillée où ils ont également profité du jeu des rumeurs et de la frénésie des fêtes, des petites aventures et de l'oubli sensoriel du reste du monde. Moi, je ne me sens pas fatigué du tout mais toutes les fins m'attristent même quand le champagne coule à flots et qu'on promet de se revoir l'an prochain, la cérémonie de clôture me rappelle les distributions de prix au lycée autrefois avec le sentiment déchirant de rupture et de séparation qu'annonçaient les grandes vacances. Au Carlton les compagnies américaines démontent déjà leurs stands, le yacht allemand a disparu pendant la nuit et les vieilles dames aux cheveux bleutés reprennent timidement possession de la Croisette et des terrasses de café. Ça sent la débâcle, la fuite du camp nomade et le retour en force des Cannois. J'ai vécu plusieurs nuits de palmarès au rituel pratiquement immuable ; le suspense un peu émoussé par le retour sur les marches des artistes que l'on a fait revenir parfois de très loin et qui ont compris qu'ils vont se voir décerner un prix, ce côté reine d'un jour des jurés qui seront oubliés pour la plupart dans quelques heures et les informations invérifiables concernant l'influence du président sur les délibérations, l'électricité dans la grande salle et le public qui siffle ou applaudit comme s'il était investi d'une sorte de pouvoir de contrôle démocratique et cinéphile, les stars vraies ou fausses qui remettent les prix et attrapent au vol un peu de lumière, la joie sincère des lauréats et la déception mal dissimulée de ceux qui espéraient mieux que ce qu'ils ont obtenu, le dernier film dont tout le monde se fiche et qui est souvent décevant, l'ultime bousculade pour être au « dîner des ambassadeurs », cette complicité de cour de récréation qui va bientôt s'évanouir lorsque à nouveau nous ne serons plus rien les uns pour les autres et le mal que l'on éprouve à se quitter, la belle fille qui rentre à son hôtel un peu grise et qui se déchausse pour marcher sur la plage, ses fins souliers à la main, seule parce qu'elle n'a trouvé personne. Toutes celles auxquelles j'ai pu participer étaient agréablement fiévreuses avec leurs surprises, leurs instants d'émotion, leurs accès de délire ; Shoheï Imamura, ronin massif dont une jolie poupée en kimono traduisait avec force courbettes les grognements de gratitude, Volker Schlöndorff tenant dans ses bras le curieux gnome du *Tambour* qui envoyait des baisers, la crise de contentement furieux de Maurice Pialat pour qu'on l'aime et qu'on le déteste encore un peu plus. Improbable maître de cérémonie avec la douce Carole Laure, l'année où fut couronné pour la seconde fois Bille August, morne clone de Bergman, j'ai été touché en plein cœur par le regard que m'a lancé Vitali Kanevski, sa poignée de main vigoureuse de prolo soviétique, ses dents en or de galérien et son sourire éclatant d'allégresse et de revanche. Ce type au visage buriné par des années de goulag et de vagabondage en Sibérie sortait d'un abîme et le prix spécial du Jury lui rendait justice pour toute l'humanité qu'il avait su préserver et les efforts insensés qu'il avait dû accomplir. Mais tout va si vite un soir de palmarès et qui se soucie de produire aujourd'hui un metteur en scène à l'âme si belle, tellement puissant et singulier ? Cependant c'est lorsque Wim Wenders a enfin reçu la Palme d'or en 1984 pour *Paris, Texas* et qu'il remercia le festival avec une élégance royale de sa voix lente à l'accent germanique, l'étudiant allemand idéal d'avant toutes les guerres, que j'ai eu le sentiment comme bien des gens de mon âge de partager vraiment la joie de sa récompense. Et pourtant je ne le méritais pas.

Munich, un jour de mai au début des années soixante-dix. Les terrasses de café de la Leopoldstrasse débordent de monde, des corps jeunes à demi nus prennent le soleil sur les pelouses du Jardin anglais. Nous sommes venus avec François pour retrouver Werner Schroeter alors en pleine ascension dans sa carrière d'avant-gardiste branché. J'ai sorti ses premiers films dans mon cinéma et, impécunieux et insouciants comme nous le sommes, nous jouons la bonne vieille comédie du mécène en herbe et du créateur provocateur, il faudra en rabattre assez vite mais nous ne le savons pas encore. Werner m'a fait découvrir un univers tonique dont un coincé dans mon genre n'aurait jamais osé s'approcher tout seul, celui où des garçons en cuir font l'amour sur la banquette arrière de la voiture quand je conduis, avec leurs fous rires, leurs râles et Lou Reed en fond sonore et celui où des filles à l'esprit large un peu attaqué par les champignons mexicains que leur a refilés Anita Pallenberg se persuadent d'avoir encore une chance auprès de tels amants si distraits et leur servent dans des appartements petits-bourgeois dévastés le thé indien si bon pour le karma que j'ai préparé à la cuisine submergée de vaisselle sale. C'est encore assez nouveau pour moi et ça ne l'est plus du tout pour François qui a déjà largué les amarres avec la bohème dorée et poétique de son adolescence pour forcer la dose en traînant avec Robert Mapplethorpe dans tous les mauvais lieux de New York ; récits d'excitation libératrice et d'anarchie vengeresse que l'on se racontait jusqu'à plus soif ces années-là, bien longtemps avant la facture. Werner me témoigne une sympathie un peu étonnée qui me rassure et je le soupçonne d'avoir très envie de se faire François, certainement flatté dans son narcissisme attendrissant et prêt à quelques arrangements à la perspective, à vrai dire assez vague, de tourner dans un des films de son nouvel ami allemand. En délicatesse provisoire avec Catherine, qui ne maîtrise pas encore tout à fait le mode d'emploi d'avoir un ange à la beauté foudroyante pour mari, François ne s'est pas fait prier pour m'accompagner. Ces petits soucis de famille s'arrangeront forcément puisque, selon lui, tout est divin sur cette terre et qu'il y a partout des gens géniaux à rencontrer, à condition de savoir s'y prendre pour éviter les scènes et les raseurs ; Catherine comprendra sans faire de drame et toi tu n'es pas un donneur de leçons, n'est-ce pas ? Il m'arrive parfois d'avoir quelques doutes sur cette heureuse philosophie de l'existence mais je les garde pour moi car François me subjugue, au fond la vilaine sœur de Cendrillon est plutôt une gentille fille. Bref il fait très beau à Munich, nous sommes encore tout neufs et en pleine forme, écume légère qui se moque des profondeurs intenses. Seul problème, Werner n'est pas au rendez-vous et nous l'attendons depuis une heure tandis que passe et repasse devant nous la jeunesse du Schwabing. Il n'y avait pas de portables en ce temps-là. François peut aussi avoir l'humeur changeante ; à quoi bon s'exciter sur la nouvelle vague du cinéma allemand, Schlöndorff qui les a réveillés, Syberberg et ses plongées sulfureuses dans une mémoire en toiles peintes, Fassbinder qui tourne déjà deux films par an, si on doit rester en carafe sur une terrasse où on ne connaît personne dans un pays dont on ne parle pas la langue, à la Factory on serait déjà en train de rigoler avec Morrissey et toute la ménagerie. François veut aller faire un tour à la réserve de blondinets bronzés du Jardin anglais et je n'en mène pas large, cramponné à mon siège. Un grand type s'approche alors de notre table où le moral décline à vue d'œil. À peine trente ans sans doute, physique agréable, en pantalon de velours retenu par de larges bretelles sur une chemise de fermier américain, lunettes rondes et regard clair, très clean, très calme, l'air d'un étudiant prolongé sérieux et réservé qui doit plaire aux femmes instruites. Comble d'infortune c'est à moi qu'il s'adresse fort poliment dans un français monocorde, François ne l'intéresse pas. Il m'a croisé à Paris où il a vécu plusieurs mois mais je ne me souviens pas de lui, il a déjà réalisé plusieurs longs métrages, il regrette qu'aucun n'ait été diffusé en France et il cherche une salle qui pourrait les sortir, seulement une salle pour commencer, la mienne par exemple qu'il connaît bien pour y être allé quelquefois. J'affirme évasivement qu'elle n'est pas terrible, décentrée et difficile à trouver, et que je n'ai pas beaucoup de moyens à ma disposition, mais non elle lui conviendrait tout à fait. Je commence à avoir l'habitude des demandes d'inconnus et je suis devenu assez circonspect, trop peut-être ; on s'embarque vite dans des aventures incertaines où l'on s'épuise à sortir des films ni bien ni mal qui ne marcheront jamais parce qu'un type a su se montrer persuasif. Mais il dégage une impression d'assurance tranquille qui me fait quand même beaucoup d'effet et rien à François plongé dans l'observation de plus en plus morose des beaux gosses sur le trottoir d'en face. Il insiste, doucement, à sa manière concentrée, dénuée de complaisance, sur ce ton étrangement égal qui ne manque décidément pas de charme. Il me presse un peu car il organise une projection de son dernier film dont il vient d'achever le montage, demain, tout près d'ici, il serait content que je puisse venir, il me dit le titre en allemand mais au point où nous en sommes ce n'est pas la peine de traduire ni de résumer l'histoire, il ne saurait pas le faire exactement, ce qu'il faut c'est voir le film, il sent que cela m'intrigue et il pense surtout qu'il me plaira, si je veux ensuite le présenter chez moi, il s'entendra pour mon compte avec les producteurs, ce n'est pas une affaire d'argent. Il ne veut pas m'ennuyer non plus, François bâille et lui décoche des regards hostiles, je dis oui, je promets que je viendrai, il me fait un sourire très franc et un peu mélancolique, j'ai dû manquer de conviction, il me glisse sa carte de visite où il a griffonné l'heure et le lieu de la projection et puis il s'en va. Wim Wenders, lit et relit François, quel drôle de nom, passe encore pour Wenders mais Wim, c'est bien la première fois qu'on rencontre un Wim, on rit, nous sommes deux petits cons de Français pleins d'arrogance et qui se croient très malins. Werner arrive enfin, je lui demande dans le taxi qui nous emmène chez lui s'il connaît ce Wim Wenders, mais ce n'est pas le moment, Werner n'aime encore que les réalisateurs pédés, il me répond par deux ou trois plaisanteries sarcastiques qui ne m'amusent pas autant que je le voudrais, François et lui sont très occupés par le programme de la soirée, des boîtes de mecs où les garçons sont « *wunderbar* », je sais déjà qu'on va courir dans tous les sens, se coucher tard et n'importe où, et que je vais louper la projection du lendemain. Allons ce n'est pas si grave, nous sommes venus à Munich pour Werner Schroeter et pas pour un grand type à bretelles qui veut me faire confiance.

Tout se passe aussi mal que prévu ; Werner n'a pas envie de parler de la sortie de son prochain film et il m'enfume pour gagner du temps de considérations techniques auxquelles je ne comprends rien comme d'habitude, François et lui disparaissent ensuite dans les tréfonds du Barracuda Herren où un gigolo rocker en marcel aux splendides épaules tatouées me baratine en me saoulant au schnaps avant de s'éclipser avec ce qu'il me reste de marks ; je rentre vaille que vaille chez Werner avec Magdalena Montezuma, sa très étrange égérie silencieuse au physique de camionneur transsexuel qui me donne son lit et va se coucher sur un matelas à même le sol dans le couloir, sans que je sache si elle est ma geôlière ou ma protectrice. Je devinerai peu à peu que la vedette emblématique de tous les premiers films de Werner est une très bonne personne, mystérieuse et poétique, farouchement dévouée à son Pygmalion, de l'espèce animale qui sait attendre, ne pose pas de questions et ne se plaint jamais. Elle mourra d'ailleurs quelque temps plus tard, cancéreuse exsangue chantant la barcarolle en play-back et agonisant avec des œillades de vamp expressionniste devant sa caméra cruellement indifférente comme la bête trop fidèle qui cache sa détresse à son maître, folle peut-être et en tout cas possédée par le désir de laisser quelque chose de son passage sur terre, sans que j'aie pu percer le secret de son flamboyant personnage ni celui de ses origines et de sa rencontre avec Werner; pauvre star underground néanmoins vouée à l'oubli, fleur mastoc et tendre que nul ne songe à ressortir de l'herbier desséché des cinémathèques. Moi, je sais qu'un jour je ferai quelque chose pour elle, pour qu'on se souvienne d'elle, Magdalena Montezuma. En tout cas, toujours muette et prévenante, elle me prépare au matin un café à réveiller un mort dans l'appartement où les deux dragueurs ne sont pas rentrés, avant de repasser les caleçons de son génie en écoutant la Callas, très Dita Parlo dans *La Grande Illusion* et Marlene plaquée par les vampires. Il est bien trop tard pour la projection et de toute manière j'ai perdu la carte de visite mais entraîné par un remords flottant je retourne au café de la Leopoldstrasse, il fait froid et il pleut, dehors les chaises sont renversées sur les tables, à l'intérieur je retombe évidemment sur celui que je ne veux pas revoir et que je cherche quand même. Il n'a pas la même apparence qu'hier, imperméable long sur costume sombre et chemise blanche à col ouvert, l'air un peu plus âgé et très chic en vérité, il a dû s'habiller pour la projection, il y attendait sans doute des gens importants ; pas moi, des producteurs, des journalistes, des gens influents mais enfin je sais qu'il m'attendait aussi et je vois bien qu'il se lève et qu'il s'approche pour me parler. Il ne me laisse pas le temps d'inventer un médiocre mensonge, il me dit avec ce timbre uniforme où on peut entendre de la fermeté, de la mélancolie, de la distance, en somme tout ce que j'aime chez un homme, qu'il regrette que je ne sois pas venu. Il ne me demande pas pourquoi, il ne me fait aucun reproche, il n'attend ni explication ni excuse, il se contente de me dire ce pour quoi il s'est levé et s'est approché et il se tient seulement devant moi avec son regard clair dans les lunettes rondes qui me fixe, je dirais tristement si son attitude n'était pas si impassible et tranquille. Au fond, il ne faut pas exagérer, il n'espérait pas forcément grand-chose de moi et il y avait même un doute en lui la veille quand nous nous sommes quittés mais c'est à cet instant que je prends conscience d'être un garçon qui ne tient pas ce qu'il promet et que j'envisage d'un coup ma vie à venir comme un gâchis, une succession d'échecs, si je ne fais pas un effort immense sur moi-même pour éviter le plus possible de commettre encore ce genre de faute. Un silence suit, je ne sais plus comment nous en sortons, à moins qu'il ne dure encore, caché en moi quelque part, ce dont je ne saurais me plaindre. Je n'ai donc pas sorti *Alice dans les villes* dans mon cinéma, et je suis allé le voir et le revoir ailleurs. On pourrait dire que c'est trop bête, et ça l'est effectivement, mais pas comme on voudrait l'entendre, autrement. Le soir je retrouve Werner et François, Magdalena nous fait la cuisine, on parle enfin sérieusement de la diffusion du prochain film, la fin du séjour est très gaie bien qu'il n'y ait plus de soleil sur Munich ni de corps à demi nus étendus au Jardin anglais.

Au cours des années suivantes, j'ai sorti beaucoup de films allemands dans mon cinéma, j'ai suivi l'apogée de leur succès auprès du public, j'ai connu la plupart de leurs artistes, parfois de très près, et j'ai vu se retirer peu à peu la génération à laquelle ils appartenaient, certains se sont perdus, d'autres sont morts, je n'ai plus de nouvelles de Werner et François n'est hélas plus là pour m'indiquer la différence entre les divins et les raseurs, même si sa voix résonne toujours en moi et m'est encore souvent bien utile. Je croise Wim de temps en temps, il est venu présenter une sélection d'extraits des films d'Ozu dans ma salle avant qu'elle ne ferme, il a écrit le scénario des *Ailes du désir* dans la maison de Provence que j'avais louée avec des amis et m'a montré le *Buena Vista Social Club* avant qu'on ne le projette à la presse. Je ne fais pas partie de ceux qui se sont détournés de son cinéma et je recopie chaque année sur la première page de mon agenda le texte magnifique qu'il a écrit et prononcé avec sa diction tellement émouvante en préambule de *Tokyo-ga,* le film qu'il a consacré à Ozu. Il est toujours très gentil avec moi quand il me voit, au début je lui reparlais à chaque fois de la déception de Munich et puis j'ai eu l'impression que je l'ennuyais et j'ai arrêté. Je crois qu'il a oublié ou bien qu'il n'y pense plus.

Les enfants dorment et sont heureux. Leur chambre est en désordre, ils ne prennent pas le temps de ranger leurs affaires, sacs en vrac et vêtements par terre, ce qui m'agace habituellement et m'attendrit plutôt ce matin, Cannes les étourdit, ils sont toujours pressés de sortir pour courir après des chimères de blondes célèbres, de play-boys en Ferrari et de fêtes où il n'y aurait que des stars, et lorsqu'ils ne sont pas dehors ils tombent de fatigue et sombrent dans un profond sommeil veillés par leurs portables dont les batteries se rechargent avec des fils qui traînent partout, le halo du téléviseur encore allumé, la musique des i-Pod qui s'infiltre dans leurs rêves de dragueurs précoces. J'éteins tout mais je n'ai pas le cœur de les obliger à se lever parce que je ne supporte pas de les voir embrumés et tâtonnants quand je suis déjà sur le pied de guerre et que je ne vois en fait aucune raison valable pour les contraindre à me suivre dans mes activités durant les trois jours où ils font provision de liberté et de récits triomphants pour épater leurs copains lorsqu'ils seront de retour à l'internat. Il est probable que je ne suis pas un modèle d'éducateur mais les bons principes d'autrefois ne m'ont pas été très secourables et je n'arrive pas à me reprocher mon laxisme ; si mon garçon est peut-être trop en avance, comme l'étaient les jeunes tombeurs de ma jeunesse dont les exploits me fascinaient et qui ne s'en sont pas plus mal portés pour autant, il apprend certainement ici des choses que je ne connaissais pas à son âge et qui auraient contribué à me désinhiber quand il était encore temps ; il sait aussi qu'il existe des risques vers lesquels je ne le laisserai pas déraper. Affaire de confiance mutuelle, il n'y a pas de silence entre nous même si je devine qu'il a ses secrets ; il les garde autant pour ne pas m'inquiéter que pour s'affirmer. Je constate seulement qu'il grandit et qu'il change sans me donner l'impression de trop s'éloigner de moi, même si j'ai aussi toujours peur qu'il ne lui arrive du mal à cause de cette nature insouciante, perpétuellement optimiste et aventureuse qui le caractérise et qui est si différente de la mienne. Je ne sais pas quel genre d'homme il sera quand viendra le moment où il n'aura plus autant besoin de moi. Pour l'instant le petit archiduc algérien qui le suit comme une ombre me semble parfaitement recommandable, mais il est vrai que je n'ai pas encore vu les filles. Enfin qu'ils dorment donc et je leur laisse un mot pour les retrouver tout à l'heure.

S'il ne tenait qu'à moi *Le Labyrinthe de Pan* obtiendrait haut la main le prix de la mise en scène au palmarès. En racontant les rêves d'une petite fille qui s'enfuit pour échapper à l'horreur que lui inspire son beau-père, un officier franquiste névrosé et cruel qui traque les rouges dans la forêt, sur le chemin initiatique d'un univers imaginaire où des monstres la soumettent à des énigmes et des épreuves, le film imbrique une description terrifiante de la réalité de la guerre civile espagnole et un récit poétique angoissant qui collent parfaitement l'un à l'autre. Il y avait certainement d'énormes risques à vouloir mettre en scène sur le même plan l'atmosphère de sadisme besogneux d'un chapitre de l'Histoire particulièrement atroce et les cauchemars d'une Alice au pays des merveilles massacrantes et sanglantes, et cependant la métaphore s'impose avec un naturel et une grâce littéralement extraordinaires. Sergi Lopez, tellement méconnaissable que je n'en croyais pas le générique, est aussi hallucinant en brute perverse et galonnée que les créatures, habilement décalquées des sciences-fictions américaines habituelles, qui hantent l'imagination de l'enfant. Je ne vois pas qui aurait pu tenir ce genre de pari avec autant d'intelligence et d'aplomb que Guillermo del Toro, réalisateur dont je n'avais pas vu les précédents films mais dont on me dit grand bien à la sortie avec cet étonnement condescendant que méritent les ignares de mon acabit. Un Français y serait allé de sa dénonciation certes légitime mais pesamment militante en escamotant toute la part du rêve, un Américain aurait forcé la note sur les effets spéciaux et l'épouvante onirique et j'imagine la tête de Ken Loach si des producteurs imprudents lui avaient proposé le scénario, si peu politiquement correct en apparence. Décrire la folie criminelle des forcenés de la nouvelle croisade espagnole comme un conte de sorcières à épouvanter les petites filles, mais enfin vous n'y pensez pas ! Guillermo del Toro est mexicain, hormis son talent saisissant c'est sans doute là aussi que réside la différence, il a eu son content de révolutions, d'atrocités, de récits familiaux de grand-guignol où des têtes de mort à sombreros ricanent au milieu des charniers en fumant le cigare sur fond sonore de mariachis, de cucaracha et de pétards qui amusent tant les petits enfants. On a oublié le surréalisme morbide et féerique du franquisme avec ses généraux qui hurlaient vive la mort, ses curés en soutane bénissant le garrot, son Caudillo qui écrivait des scénarios de navets militaristes et signait les listes d'exécutions le soir au coin du feu en papy pressé de reprendre sa réussite tandis que Doña Carmen tirait tranquillement l'aiguille, ses superproductions trop léchées exaltant pompeusement la gloire universelle d'Isabelle la Catholique et celle plus confinée de la star maison Amparo Rivelles, ses histoires d'héroïques espionnes de la

Phalange démasquant des suborneurs communistes, ses bals de débutantes à grand tralala protégés par la paix des cimetières et la répression féroce des miséreux où la duchesse d'Albe, délicate et jolie, recevait avec effusion en pleine guerre mondiale le gratin frivole de Londres et de Berlin tout content d'être enfin réuni dans une Europe à feu et à sang, comme avant, comme s'il ne s'était rien passé du tout. Même l'abominable comte Ciano, gendre de Mussolini et son futur traître, figure particulièrement réussie de fasciste cynique contaminé jusqu'à la moelle qui mériterait bien que Sergi Lopez fasse encore un petit effort et endosse sa chemise brune poissée de sang, était revenu d'un séjour à Madrid de congratulations mutuelles pour célébrer l'heureuse conclusion de la guerre civile, médusé par la froide sauvagerie du régime et de très méchante humeur parce que le bruit incessant des pelotons d'exécution l'avait empêché de dormir. Il s'en plaint dans son journal en comparant la férocité du Caudillo et la mansuétude du Duce, toujours si prompt à pardonner, comme chacun sait.

Amel adore que je lui raconte ce genre d'histoires. Malgré tout ce qu'elle sait du passé, le franquisme relève pour elle de la vie des dinosaures, alors que j'avais son âge quand je parcourais l'Espagne encore engourdie où le dictateur rondouillard, plus *cara al sol* que jamais, étranglait voracement les derniers Basques. Je l'étonnerai en lui disant que si Hitler et Mussolini avaient vécu aussi longtemps que Franco mais dans un recoin perdu comme un médiocre excité d'arrière-café et un obscur maire socialiste de village romagnol, ils seraient morts au début des années soixante-dix après avoir vu Kennedy, Marilyn Monroe et le premier homme sur la Lune à la télévision ; autant de repères qui semblent beaucoup plus proches à Amel. Et curieusement le passage à l'an 2000 dont je me fichais complètement avant qu'il ne survienne m'a brusquement incité à évaluer le temps qui me reste à vivre dans le siècle où je n'irai forcément pas très loin ; dans les dictionnaires je regarde toujours avec une morne angoisse jusqu'à quelle décennie d'un siècle suivant ont tenu ceux qui sont nés au mitan du précédent. Je m'effraye parfois de cette propension à faire des comparaisons absurdes et des calculs bizarres.

Chroniques d'une fuite, long métrage qui relate efficacement les crimes perpétrés à Buenos Aires par le régime des militaires à coups d'enlèvements, de séquestrations, de tortures et de disparitions, et *Recycle,* suspense chinois assez ingénu où une jeune écrivaine à succès est vampirisée par les fantômes dont elle a fait les héros de ses livres, mettent encore plus en relief l'étonnante réussite du *Labyrinthe de Pan*. Réalisateur uruguayen pour le premier, façon de rappeler qu'il y eut autant d'abjectes tueries d'un bord à l'autre du río de La Plata dans les années soixante-dix, et natif de Hong-Kong pour l'autre, les forces surnaturelles lisent Mary Shelley dans les gratte-ciel de bureaux. Intéressants et fignolés dans le style international plein de bonne volonté et un peu fade que l'on acquiert dans les écoles de cinéma sérieuses, les deux films apparaissent comme les hémisphères séparés que Guillermo del Toro a recollés dans le ténébreux cerveau de son propre film. L'un se veut strictement politique, l'autre uniquement romanesque, aucun ne décolle des limites qu'il a imposées à son sujet.

Je repasse à l'hôtel, un peu sonné par cette longue matinée cinéphile, mais l'enfant est déjà sorti avec son copain. Les portables ont dû se déchaîner pendant mon absence et les auront entraînés dans l'entonnoir vertigineux. Comme d'habitude je me tracasse un peu, le fameux sang d'encre dont me parlait ma grand-mère quand elle n'avait pas de nouvelles de moi, mais je refrène mon envie de l'appeler pour qu'il n'ait pas l'impression que je le harcèle. De toute manière, je ne fais pas partie de la bande qu'il reconstitue presque instantanément autour de lui partout où il se trouve et alors que ses satellites parviennent toujours à le joindre. Je tombe immanquablement sur le répondeur lorsque vient mon tour, ce qui me vaut ensuite des explications embrouillées que je ne cherche pas à vérifier. Je maîtrise mal la science de la téléphonie moderne et j'ai mis du temps à comprendre qu'on peut ne pas prendre une communication lorsque le numéro s'affiche sur le cadran. Je vis à la fois la jeunesse que j'aurais voulu avoir à travers lui et l'angoisse d'un adulte aimant qui s'inquiète pour un petit trop hardi. Il s'arrange très bien de me sentir immature et responsable selon les circonstances et il gère la situation mieux que moi. Je trouve finalement un mot sur mon lit où il est question d'une promenade en bateau aux îles de Lérins (avec qui ?) et d'un rendez-vous pour le soir (à quelle heure ?) où il espère que nous pourrons dîner ensemble. Je me sens un peu plus tranquille puisqu'il continue à tirer sur la laisse même si c'est moi qui ai le collier autour du cou.

Neuf sur sept, film russe d'un inconnu de trente ans qui n'avait réalisé que des courts métrages, m'offre une très belle fin de festival bien que je ne sois pas très sûr de pouvoir partager avec beaucoup de monde le sentiment de tendresse mélancolique qu'il m'inspire. Le sujet n'est pas gai : un jeune savant qui a obtenu un poste apparemment intéressant dans un institut de recherche s'aperçoit que les scientifiques eux-mêmes servent à leur insu de cobayes pour les expériences, dangereuses et même peut-être mortelles. Décor postcommuniste et *destroy* à souhait de laboratoire vétuste, demi-saison humide et boueuse, trentenaires fatigués et belles femmes qui se fanent comme leurs illusions. Tarkovski est passé par là, on devine que la nouvelle génération des cinéastes de l'ère Poutine, qui ne sont pas vraiment à la fête, doivent l'idolâtrer comme une icône et un prophète, on serait bien en peine de leur donner tort. Mais le film renvoie aussi à une merveille oubliée du cinéma soviétique apparue durant la brève et fragile éclaircie de l'époque Khrouchtchev, *Neuf jours d'une année*, soit encore le chiffre neuf et certainement pas par hasard. C'était aussi une histoire de physicien amoureux et irradié dans une atmosphère certes plus flambarde de cité scientifique pour champions positifs du progrès atomique, mais filmée avec un goût et une liberté de ton stupéfiants, diffusant un humour doux-amer et une neurasthénie singulièrement communicative. Mikhaïl Romm, le réalisateur, qui n'en pouvait plus d'enquiller les portraits de Lénine et les fresques de prolétaires héroïques, y avait mis toute son expérience d'artiste terrorisé par des années de stalinisme en essayant d'amadouer les bureaucrates de la censure : « Le jour je suis optimiste et la nuit c'est le contraire, c'est pourquoi je tourne plutôt le jour » ; or s'il filmait effectivement le jour, c'était surtout pour reconstituer des scènes de nuit. À quelques mois près d'ailleurs, Tarkovski tournait *L'Enfance d'Ivan*, première plongée d'émotion maximum au pays perdu des blonds adolescents rêveurs et des hommes bons laminés par le destin et la dictature du prolétariat ; Tarkovski que j'ai vu, malade et d'une insondable tristesse, demander avec une humilité déchirante lors d'un repas en petit comité rue de Valois que l'on intervienne pour laisser sortir son jeune fils d'URSS où il était retenu en otage, ce que Jack Lang a fait en obtenant gain de cause. Et c'est en 1960 aussi, donc pratiquement en même temps, que Iossif Kheifits, autre briscard du cinéma stalinien, présenta à Cannes le préféré de tous mes films préférés, cette *Dame au petit chien* si intensément tchekhovienne dans son évocation d'un bonheur perdu par un réalisateur qui ne devait pas en avoir connu beaucoup au cours de son ingrate carrière en plomb. Mais qui se soucie de ce genre de films aujourd'hui, hormis une poignée de nostalgiques et le jeune Nikolay Khomeriki, le réalisateur dont je note le nom comme celui d'un ami inconnu qui jetterait des bouteilles à la mer ? J'ai toujours aimé explorer les failles de l'enchantement totalitaire, je suis incollable sur la filmographie de Lioubov Orlova, la Marlène soviétique dont je raconterai peut-être un jour la vie secrète pour quelques folles érudites et particulièrement curieuses, j'ai un peu ébranlé la schizophrénie angoissée d'Alexeï Batalov un soir d'alcool dans un bar à filles près de la Madeleine et je me demande s'il s'en souvient dans le trou noir de l'histoire du cinéma où il a fini par disparaître après avoir été durant trente ans l'idole de la jeunesse soviétique moitié Gary Cooper et moitié Gérard Philipe, et j'ai encore honte d'avoir fait pleurer Tatiana Samoïlova, babouchka noyée au regard de biche intact dînant pauvrement à la cantine brejnevienne de la maison des cinéastes de

Moscou en lui disant que *Quand passent les cigognes* était l'un des plus beaux films du monde et que tout le monde l'aimait à Paris en attendant qu'elle fasse son grand retour devant les caméras. Un petit mensonge avec une part de ma vérité personnelle dont j'ai bien senti, malgré ses larmes, qu'il lui faisait du bien.

Les garçons m'attendent à l'hôtel avec une impatience qui me fait plaisir ; je décide de les emmener dîner au Carlton pour une petite cérémonie des adieux au festival, histoire de jouer une dernière fois au grand seigneur protecteur et de tester leurs bonnes manières. Yves Lecoq et son copain tunisien nous rejoignent, chemin faisant j'ai rattrapé Amel et entraîné Marjorie ma belle amie du temps de TV5 et de ma brève incursion parmi les seconds couteaux de la nomenklatura culturelle. C'est un repas de famille aimable et gai avec une ombre légère qui passe de temps en temps puisque maintenant c'est vraiment la fin. Yves nous fait rire, les garçons demandent pourquoi il n'y a pas de poulet-frites sur la carte, Amel voudrait qu'on ne se quitte jamais mais elle est bien contente aussi à la perspective de retrouver son bel amour qui l'attend sagement chez elle, Marjorie dit qu'on se reverra certainement l'année prochaine, je joue un peu avec l'idée qu'il m'arrivera peut-être un jour de rencontrer un beau gosse aussi charmant que le Tunisien, la salle à manger est presque déserte, une Américaine ivre morte engueule hystériquement le maître d'hôtel en criant qu'on lui a tout volé dans sa chambre. Il y en a pour qui l'atterrissage est plus difficile que pour d'autres. Demain nous remettrons le prix de notre jury, à Sofia Coppola sans doute, je tâcherai de trouver les mots qu'il faut pour justifier notre choix, je dirai au revoir à nos compagnons de voyage et je prendrai l'adresse d'Annick à Sarlat, Amel accompagnera l'enfant et le petit archiduc algérien à l'aéroport puis elle repartira pour Tunis et j'irai déjeuner sur la plage avec tante Henriette avant d'aller traîner un peu autour de la Bastide aux volets clos pour mesurer le temps qui passe. Je serai seul comme je suis déjà ailleurs.

L'ombre de la mère

Luca

À la fin des années quatre-vingt j'étais un peu amoureux du fils d'Anna Magnani. J'avais voulu réaliser une émission de télévision sur sa mère, disparue en 1973, et j'étais parvenu à entrer en contact avec lui au téléphone en espérant qu'il pourrait m'apporter son aide. J'avais abordé la question avec précaution car on m'avait dit qu'il se méfiait des indiscrétions, des médias et de tout le trafic de sentiments qui va avec. Il s'était d'ailleurs montré plutôt froid et évasif avant d'accepter finalement de me rencontrer à Paris où il avait prévu de se rendre prochainement. En raccrochant, avec l'habituel sentiment d'exaltation légère qui me prend à chaque fois que je surmonte ma timidité pour m'avancer vers l'inconnu, j'étais resté frappé par l'élégance de son français, sa voix très ferme et très présente. Je me rappelle avoir imaginé qu'il habitait peut-être encore l'appartement du Palazzo Altieri dont elle refermait la porte devant Fellini dans *Roma* en lui disant en pleine nuit : « *Ciao* Federico, rentre chez toi et va te coucher maintenant », et en ajoutant me semble-t-il : « Je ne te fais pas confiance », mais je n'en suis pas sûr, il faudrait revoir le film et transcrire tout cela en italien pour mieux garder le charme. Enfin ce fut sa dernière apparition au cinéma, moins d'une minute, après il y eut ces quatre superbes téléfilms qu'on ne nous montre jamais. De toute manière, le fils d'Anna Magnani ne vivait certainement plus là, si tant est qu'il y eût jamais vécu, et le fil de la conversation avait dû se poser ailleurs sur les toits de Rome ; en apprenant à le connaître, je me suis vite aperçu qu'il n'était pas un petit chéri à sa maman malgré la formidable intensité de leur relation, pas le genre à ne jamais quitter la maison ou à garder comme un mausolée la chambre de celle qui s'était éteinte.

Je connaissais plus ou moins son histoire ; j'avais vu des photos et lu des articles dans *Cinémonde* mais cela remontait à très longtemps, la fin de mon enfance, et le moins que l'on puisse dire ce qu'il en restait était plutôt vague. Il y avait tout de même une photo dont je me souvenais très bien ; on la voyait dans un dîner de gala, à Hollywood ou au Festival de Venise, lui caressant la joue avec un grand rire de cannibale tendre, il était en smoking, un demi-sourire aux lèvres, il devait avoir quinze ans et on avait l'impression que c'était son homme. La légende insistait, « la seule grande passion de sa vie, bien plus que sa carrière, le fils qu'elle a failli perdre », et il était question de la polio qui l'avait atteint à l'âge de deux ans et l'avait laissé infirme des jambes. On ne s'en serait pas rendu compte sans la légende puisqu'ils étaient tous les deux assis, apparemment si heureux d'être ensemble dans cette atmosphère de fête. Il est probable que j'avais dû fantasmer pas mal sur cette image de l'amour maternel entre un adolescent frappé par un mal qui répandait encore la terreur et cette star dont je n'avais vu aucun film et qui me paraissait tellement différente de toutes les autres; les cernes, la coiffure d'évadée, le côté bohème chic des boucles d'oreilles et de la robe sombre. J'en étais encore à rêver d'être gravement malade pour que mon étoile de mère ne puisse plus se passer de moi. Et il y avait l'Italie en prime, cet esprit de désordre, d'emphase et de drame qui me semblait le comble du romanesque en comparaison du refoulement anxieux où pataugeait le marmot craintif et si mornement français que j'étais alors, même pas capable d'attraper autre chose qu'un petit rhume inutile. Franchement, imaginer des trucs pareils, il n'y a pas de quoi être fier, la solitude de l'enfance rend monstrueux. Il avait réellement souffert le martyre, un jour après l'autre; grandir avec des attelles en fer, négocier les mouvements impossibles, soutenir le regard des autres, supporter les médecins qui en ont vu d'autres sur les traitements inutiles, savoir qu'il en sera toujours ainsi, se construire sans devenir amer, méchant ou fou; alors que moi...

À Paris, il habitait dans un studio près des Champs-Élysées, c'était facile à trouver, à deux pas du cabaret Raspoutine où je continue à regretter de n'être jamais allé à chaque fois que je passe devant les photos de musiciens tziganes et de replètes chanteuses à nattes blondes qui ont dû être épinglées dans les vitrines au lendemain de la Révolution. Le studio lui-même avait l'air d'appartenir aussi à une autre époque, celle où l'on a construit quelques immeubles sur le modèle américain, des buildings pour célibataires avec seulement des suites à chaque étage. Ils datent d'une vague moderniste oubliée de l'entre-deux-guerres et il y a généralement un nom très « café society » au-dessus du porche vitré, le Manhattan, le Beverley, le Florida ; on s'attend à croiser Claudette Colbert et Lilian Harvey dans les couloirs. J'en ai repéré deux ou trois comme ça dans Paris autour de l'Étoile. Des mannequins sur le retour, des petits stylistes qui rament, des hommes d'affaires étrangers ne roulant pas sur l'or y vivent maintenant dans une atmosphère crépusculaire d'ascenseurs en panne et de peinture qui s'écaille. La porte du groom s'est refermée définitivement sur eux mais ils ne le savent pas encore. J'imaginais que sa mère avait dû faire un placement au temps où elle tournait *Le Carrosse d'or* et où le monde des producteurs de cinéma palpitait juste à côté.

La pièce était assez grande, claire, bien agencée, maintenue très en ordre quoique dans un style impersonnel qui me laissait l'impression curieuse d'être dans une sorte de maison de rendez-vous un peu fanée. J'y suis venu à deux ou trois reprises, il était toujours seul pour m'accueillir, on s'asseyait dans de vieux fauteuils en cuir et il me proposait un Martini ; à quelques détails que je ne saurais plus citer précisément je m'interrogeais sur la proximité d'une présence féminine. J'avais l'expérience de ces périodes indécises où flotte une sorte de parfum d'espoir ; il faut alors parler de soi-même comme d'une vague connaissance, éviter à tout prix de poser des questions trop personnelles et zigzaguer à travers ce qui est vraiment intéressant, le cœur battant et mine de rien à l'affût du moindre indice dans un sens ou dans l'autre. En l'occurrence je n'avais pas tardé à revenir sur terre et à saisir que je me retrouvais hors jeu avant même qu'il eût commencé. Il avait donc une femme dans sa vie qui devait sortir sous prétexte de faire des courses lorsque je lui rendais visite, peut-être par délicatesse pour ne pas le gêner quand il serait question de sa mère ou peut-être parce qu'elle ne trouvait aucune raison valable de faire la conversation avec un inconnu qui était appelé à le rester. En tout cas cette compagne invisible m'intriguait et il fallait que je me force pour détourner la tête du dessus de lit retour d'Afghanistan. Sans m'y aventurer jusqu'à être jaloux d'elle, enfin pas encore, je l'enviais pour la chance qu'elle avait de partager l'existence d'un tel homme, puisque dès notre première rencontre je m'attachai à lui.

Il devait avoir un peu plus de quarante ans, il était aussi grand que moi en dépit de la polio et bien plus vigoureux comme c'est le cas en général quand on doit surmonter un handicap sévère. Il se déplaçait avec des béquilles et j'évitais évidemment d'y prêter trop d'attention ou d'esquisser un geste pour l'aider, il n'est pas très facile de trouver la bonne attitude dans ce type de circonstances, surtout que je ne pouvais pas m'empêcher de regarder ses jambes à la dérobée ; je les devinais malingres et flageolantes dans son pantalon. Il ne fallait pas être très malin pour comprendre immédiatement qu'il avait réglé une fois pour toutes et depuis très longtemps le problème de l'apitoiement sur soi-même et qu'il méprisait furieusement tous les élans de compassion à son égard. Il n'y avait aucune aménité dans son regard que je n'avais ni l'énergie ni l'intention de soutenir, je ne me souviens pas de l'avoir vu sourire même si c'est certainement arrivé quand on a commencé à se connaître un peu mieux, toute son expression était concentrée sur ce qu'il avait à dire, il ne laissait aucune place à l'émotion ou à une quelconque divagation sentimentale qui aurait ouvert la voie aux gentilles effusions et aux tentatives humoristiques auxquelles j'avais recours pour mes manipulations affectives rituelles. Mais il n'était pas désagréable pour autant, poliment et fermement il s'en tenait au contrat tacite que nous avions passé. Il m'avait très vite donné son accord pour l'entretien télévisé, m'ayant sans doute jugé d'emblée plutôt bien intentionné et relativement inoffensif, il voulait savoir précisément ce que j'attendais de lui et fixait les limites de son intervention qui n'irait pas au-delà d'une série d'anecdotes strictement professionnelles concernant la carrière de sa mère. Rien de familier ou de personnel et je sentais clairement que j'aurais tout intérêt à respecter les règles et à ne pas lui manquer. C'était à prendre ou à laisser et j'étais quand même preneur car il m'offrait une mine d'informations sur l'histoire des films italiens et le rôle que sa mère y avait tenu durant plus de trente ans. Il en parlait avec un détachement objectif et une intelligence remarquable.

Cependant le problème n'était pas là, car il y avait bien sûr un problème, je continuais à penser à Luca de plus en plus après l'avoir quitté et en m'éloignant de chez lui, du Raspoutine, de toutes ces rues de cinéma que je parcourais à pied pour rentrer à la maison et qui semblaient soudain désertes ; je voyais se lever devant moi le voile sombre et bien connu de l'impossible, doux-amer. Or il n'y eut que ces rares rencontres et je m'en souviens encore parfaitement aujourd'hui. Dans son refus obstiné de séduire il dégageait une impression d'intégrité et de force à laquelle je ne souhaitais pas résister ; elle réveillait en moi la mémoire de mes camarades de classe qui m'avaient attiré le plus autrefois ; ceux qui étaient rudes, indifférents à moi, portés par des volontés et des désirs indéchiffrables qui les affranchissaient de la discipline et de l'ennui quotidien du lycée. Solides comme des rocs et en même temps insaisissables et ailleurs. Pourtant je n'aurais pas été déchiré à ce point par la puissance de sa personnalité s'il avait été laid ou simplement doté d'un physique ordinaire ; il est probable que je me serais contenté de nos intéressantes conversations cinéphiles avant de le ranger quelque part sur les rayons où dorment les cassettes de mes anciennes émissions. Mais voilà ce type blessé et taciturne était aussi d'une beauté stupéfiante et subjugué comme je l'étais, j'avais une envie folle de tirer le grand rideau de la fenêtre sur cour pour pouvoir le toucher et l'embrasser, sans aucune peur de l'énigme des jambes, évidemment émouvantes. Luca Magnani était tout simplement magnifique.

Néanmoins c'est une chose à peu près impossible à décrire surtout quand il y a la dévastation du charme en plus. Autant s'en remettre au facile réflexe de l'invocation aux saints voyous du Caravage et aux ragazzi pasoliniens, leurs lointains descendants, accouchés au travers du charivari des générations par des filles de cardinaux, des bourgeoises adultères, des femmes perdues du Trastevere, sa mère en somme, glorieuse sorcière archaïque que l'on voulait surgie du peuple alors qu'elle venait, certes un peu par effraction, d'un bon milieu comme ils disent. Il lui ressemblait bien sûr, les traits, le tourment, le feu, on ne pouvait douter qu'ils avaient toujours vécu ensemble dans un état d'égalité fusionnelle absolue même quand il était encore en elle et qu'elle renonçait à tourner *Ossessione* pour ne pas risquer de le perdre bien qu'elle eût affirmé dans un premier temps à Luchino, en rentrant son ventre, qu'il était solidement accroché et qu'elle pourrait courir les routes brûlantes, même quand il était bébé et qu'elle travaillait comme une folle sur les scènes de *varieta* pour gagner de quoi le nourrir, même quand il était malade et ce devait être à peu près au moment de *Rome ville ouverte*, même quand il était compliqué à trimballer et à supporter, sans doute enragé contre son propre malheur et pas plus facile à vivre qu'elle ne l'était elle-même, mais aussi adorable, sensible, bon et intelligent comme elle ne cessera jamais de le répéter sagement. Moi, bon garçon et toi, ma mère ; dehors c'était la jungle d'un fascisme à l'agonie venimeuse, la carrière cahotante dans un climat ténébreux de guerre, de terreur et de misère. Au fond, ils étaient seuls au monde et Luca Magnani avait choisi de porter le nom de sa mère.

Il était venu après Alessandrini, le metteur en scène préféré du Duce qui la trompait tout le temps et qu'elle avait fini par quitter mais sans l'abandonner puisqu'elle l'aida jusqu'au bout en réglant son loyer de petit retraité oublié, et avant Rossellini avec qui elle partagerait des années de confiance sans limites et de rancune volcanique ; ainsi que les derniers instants quand il revint près d'elle, généreux de son temps comme de l'argent qui lui manquait pourtant cruellement, attentif à tout et encore à faire rire Luca qui n'avait vraiment pas le cœur à ça, en évoquant les bagarres sensationnelles du passé. De toute façon, il y a toujours eu des hommes dans la vie de sa mère et l'un d'entre eux ce fut son père, Massimo Serato, super beau gosse du cinéma des années quarante, des films à la pelle où il s'efface lentement comme s'éteint la joliesse un peu fade des jeunes premiers qui ne savent séduire que des femmes, plus tard perdu de vue dans les mélos populaires et les péplums. Je ne sais pas combien de temps dura leur liaison, elle n'était plus toute jeune et quand même il n'était sans doute pas si mal pour qu'elle veuille attendre un enfant de lui. Ils n'ont pas dû se raconter beaucoup d'histoires, elle était elle-même fille naturelle et dans cette atmosphère de naufrage universel, l'Italie des familles vertueuses était passée cul par-dessus tête. Luca Magnani ne me parlait jamais de son père.

Quand je repense à lui, ce qui m'arrive assez souvent, et parfois jusque dans mes rêves, un problème tout de même assez curieux si l'on songe à la rareté et à la brièveté de ces anciennes rencontres, je me demande s'il s'était rendu compte de l'effet qu'il me faisait. Il était impossible que des types ne lui aient pas tourné autour dès son jeune âge et avec la crème internationale des artistes pédés qui entraient et sortaient en permanence chez sa mère il avait dû évaluer très tôt la force de l'attraction qu'il exerçait sur eux. On peut imaginer que Luchino, Tennessee ou Pier Paolo avaient su se tenir pour éviter des situations embarrassantes et qu'ils avaient opté pour une sorte de parrainage affectueux plutôt flatteur dont sa mère et lui s'amusaient gaiement et sans insister. Mais il y a tant d'occasions pour attraper un garçon qui passe beaucoup de temps seul chez lui quand sa mère travaille ici ou ailleurs et tant de gens qui n'ont pas ce genre de scrupules. Il n'était pas intéressé et le combat victorieux qu'il menait contre son infirmité n'avait pas dû l'inciter non plus à l'indulgence à l'égard de quiconque aurait prétendu abuser de la situation pour tenter de le séduire. À force d'être sur ses gardes il n'aurait pas été étonnant qu'il fût même devenu hostile. Lorsqu'ils se sentent menacés, au moindre regard très appuyé, frôlement, sous-entendu tactique et sourire de fausse connivence, certains garçons parmi les plus tendres et les plus avisés peuvent glisser dans une sorte d'animosité froidement violente qui laisse une sensation de morsure indélébile à ceux qui ont eu l'imprudence de s'approcher. Et puis j'étais un cas qu'il connaissait assurément très bien, le mec pour qui les mystérieuses jambes malades n'étaient pas un empêchement, tout le contraire, je sentais bien qu'elles étaient au cœur du processus de séduction qui s'était mis en marche et s'était refermé sur moi comme un piège dès le premier instant de notre première rencontre. À me les figurer, presque inertes et contrefaites, je trouvais sa beauté si attirante encore plus poignante et dans le chapitre le plus fou du scénario mental que je tentais sans grand succès de tenir à distance de mon imagination l'instant fatal où il me les découvrirait serait le plus exaltant de notre liaison, celui du pacte de confiance mutuelle absolue. Il y a des moments comme ça où je m'emballe furieusement mais une chance inouïe doit veiller sur moi, ils surviennent toujours quand je suis seul dans mon coin, avec personne à qui parler. Pourtant, je suis allé un jour, il n'y a pas si longtemps, avec un garçon au sourire d'ange, un mendiant maghrébin qui était encore plus sévèrement atteint et marchait comme une araignée. J'en ai retiré un sentiment de satisfaction extraordinaire et lui aussi d'ailleurs m'a-t-il semblé ; peut-être préférait-il également les femmes mais il vivait enfoncé dans un abîme avec ses pattes d'insecte sur lequel nul ne s'était jamais penché autrement qu'en lui lançant des regards de mépris ou de commisération dédaigneuse et il n'avait certainement jamais inspiré de désir à qui que ce fût avant moi. On se console comme on peut de ses remords.

L'affreux chantage narcissique de l'égoïsme amoureux qui se suppose lui-même infirme et veut absolument se reconnaître dans l'infirmité réelle de l'autre devait faire particulièrement horreur au fils de la louve romaine. Démasqué, j'aurais été bon pour qu'il mette fin brutalement à nos entretiens. Ce n'est pas arrivé, soit que j'aie su donner le change, soit que son expérience de la cruauté des sentiments en général l'ait incité à ne pas m'accorder beaucoup d'importance. Il n'était plus un enfant et il voulait parler de sa mère à la télévision malgré tout.

Lorsque le rouge s'alluma enfin sur le plateau, tout était prêt. Il ne s'était pas montré particulièrement directif pour le choix des extraits de films qui illustreraient notre entretien et j'avais instinctivement privilégié les grands classiques, *Rome ville ouverte*, *Bellissima*, *Mamma Roma*. Il aimait beaucoup les mélos théâtraux et les comédies chantantes de ses débuts, ainsi que *Le Carrosse d'or* et toute la période américaine mais j'avais eu l'impression qu'il préférait la retrouver telle qu'il l'avait vue au cinéma durant son enfance et son adolescence ; et en italien, leur langue maternelle. Elle avait toujours voulu le tenir à l'abri des aléas de sa carrière et de tout le tapage de la célébrité mais il allait de lui-même dans des salles de quartier pour voir ses films ; ses expéditions clandestines de petit garçon vacillant accomplissant des efforts surhumains afin de la contempler sur grand écran devaient la rendre folle de culpabilité et d'inquiétude lorsqu'elle s'en rendait compte. Et peut-être prenait-il de l'argent dans son sac pour payer le taxi et la place de cinéma. J'avais également préparé quelques documents d'archives où elle s'expliquait brièvement sur son métier mais j'y étais allé avec prudence car on entrait en zone dangereuse ; risques élevés d'allusions à la vie privée, débordement de ma propension personnelle au pathos et menaces de réaction très négative en retour. Comme nous avions opté pour une diffusion immédiate, c'était un truc à démolir l'émission en direct. Enfin je connaissais la règle, je l'avais observée tant bien que mal jusque-là et je n'étais pas trop inquiet, juste le trac habituel. La production avait prévu d'aller le chercher mais il avait refusé ; c'était sans appel, il viendrait par ses propres moyens, nous n'avions pas insisté. J'avais imaginé que sa compagne secrète l'aurait accompagné mais quand on m'a appelé pour descendre sur le plateau il était là, seul, déjà à sa place, silencieux et impassible, apparemment indifférent à la tension électrique soulevée par sa présence parmi des techniciens brusquement intimidés. À l'heure dite, on commença donc.

Au début l'entretien s'est déroulé comme prévu. Je posais les questions précises auxquelles nous avions pensé, il répondait d'une manière réfléchie dénuée de toute appréhension ; un échange sérieux et une bonne leçon de cinéma propre à combler les amateurs. Mais puisque nous ne sortions pas du cadre qu'il avait défini notre gravité distante rendait la conversation tout de même un peu trop froide et conventionnelle. De temps en temps je l'observais sur mon petit écran de contrôle, il éclairait littéralement l'image avec autant de magnétisme que sa mère et c'était particulièrement frappant lorsque les caméras revenaient sur lui après la diffusion d'un extrait de film ou d'un document d'archives. J'espérais que cette lumière ne s'éteindrait pas. Un extrait de *Bellissima* modifia d'un coup l'atmosphère, cet instant du film où

Anna Magnani fond en larmes et appelle à l'aide près de sa petite fille que l'on a cruellement humiliée. J'ai lu quelque part que Luchino n'avait pas prévu qu'elle ressentirait une telle émotion en tournant cette scène et qu'il l'a laissée faire, abasourdi par la force incroyable de sa détresse ; elle pleure sur le chagrin qu'elle a infligé sans s'en rendre compte à l'enfant en voulant à tout prix qu'elle soit choisie pour jouer dans un film, elle pleure sur la faillite de ses illusions et leur vie sans perspective ni espoir, elle pleure parce qu'elle sait que personne ne viendra à leur secours. Ce n'était pas seulement la lettre du scénario, ça venait de bien plus loin. J'ai vu alors son regard se voiler, je n'ai plus posé de questions, le jeu formel s'est arrêté et de sa voix assourdie qui murmurait désormais dans le micro, il nous a tous emmenés à San Felice Circeo.

Je n'avais jamais entendu parler de San Felice Circeo mais aujourd'hui encore j'ai l'impression d'y avoir passé en secret quelques-uns des plus beaux étés de mon enfance sans que Luca ait jamais deviné que je me tenais près de lui. Il y a des souvenirs qui nous appartiennent dans une autre vie que nous avons vécue sans le savoir et qui se découvrent à nous soudainement. San Felice Circeo est un petit port sur la mer Tyrrhénienne à une centaine de kilomètres au sud de Rome au pied du mont Circé où la perfide enchanteresse d'*Odyssée* voulut kidnapper Ulysse et ses hommes pour leur faire subir le sort qu'elle réservait à ses amants qu'elle transformait en bêtes, les plus appréciés ayant l'honneur de se réveiller parmi les fauves et le tout-venant du plaisir se retrouvant à la porcherie ou à la basse-cour. Terre de sortilèges antiques mais aussi de malaria durant des siècles jusqu'à ce que Mussolini assèche les marais Pontins tout proches et y plante des agro-villages futuristes dont les groupies du fascisme se glorifient encore. En face, à un bon paquet d'encablures, le modeste archipel de Ponza, oubliettes maritimes où le sénat de Rome, les papes, les Bourbons de Naples ou le Duce déportèrent des générations de proscrits abandonnés aux tempêtes et aux vents humides de l'hiver ; pour certains érudits c'est plutôt là que Circé exerçait ses maléfices et abritait sa ménagerie, en somme on peut la retrouver partout dans les parages. Gaète et sa forteresse, dernier refuge du roi des Deux-Siciles détrôné par Garibaldi, n'est pas très loin en continuant à descendre le long de la côte, on s'y souvient encore des fusillades du monarque aux abois. Malgré ces lugubres antécédents toute la région est splendide avec le promontoire spectaculaire qui surplombe la mer, le long Belvédère où s'étagent les domaines de villégiature de la société romaine élégante, la succession des jardins luxuriants abrupts que l'on aperçoit certains jours, flottant dans tout le bleu quand se dissipent les brumes de chaleur. C'est là qu'il passait ses vacances dans une maison qu'elle avait achetée après la guerre, au plus fort de sa carrière, elle ne s'était pas trompée, c'était exactement l'endroit pour lui. Il y menait une vie solitaire et sauvage qui lui convenait plus que tout, veillé par un vieux domestique, se baignant en contrebas et escaladant les rochers comme s'il était ingambe, ayant fait passer aux gamins du pays l'envie de se moquer de lui, lisant beaucoup, dessinant, écoutant de la musique, regardant le football à la télévision et surtout l'attendant quand elle n'était pas là et qu'elle viendrait bientôt le rejoindre, sûr et certain, c'était promis, elle, la femme de sa vie, sa mère.

Celle qui lui parlait chaque soir au téléphone même lorsqu'elle se trouvait au bout du monde, celle avec qui il se disputait si souvent, celle qui le traitait de trésor ou de monstre selon ses humeurs et il savait bien qu'elle ne lui mentait pas et qu'il était effectivement son trésor et son monstre, celle qui l'embrassait sur la bouche en le mangeant de caresses et qui le suppliait de lui pardonner lorsqu'elle s'était montrée injuste ou violente, celle qu'il apaisait par son calme quand elle était submergée d'angoisse ou de mélancolie, celle qui lui demandait des conseils qu'elle ne suivait pas toujours, celle qui ne savait comment lui présenter ses amants et qui saisissait immédiatement dans son regard si elle commettait encore une erreur ou si ça pouvait aller, celle qui ne se montrait pas nue devant lui et gardait la porte des toilettes ouverte pour pouvoir continuer à lui parler, celle pour qui il repoussait le plus possible le moment de s'endormir afin de continuer à entendre ses pas pressés d'insomniaque dans la chambre d'à côté, celle qui comprenait tout de lui et qui l'avait forcé à tenir bon, celle qui le protégeait autant qu'il la protégeait, celle qui était la seule personne sur terre dont il ne pouvait pas douter et qui ne le trahirait jamais, combien de temps passait-il ainsi à l'attendre à San Felice Circeo, des heures, des jours, des semaines ? Il ne s'en plaignait pas puisqu'elle était aussi malheureuse que lui lorsqu'ils étaient séparés, mais il savait aussi comment s'y prendre pour la faire venir, toutes affaires cessantes, et c'est un secret entre eux qu'on ne connaîtra jamais. Quand elle arrivait enfin, il était comme ces chiens qu'elle ramassait sur les routes et qui sentent, bien avant tout le monde, que l'instant de la délivrance approche. Il restait alors près d'une fenêtre ouvrant sur les collines et il voyait les phares de la voiture dans la nuit depuis très loin, des kilomètres même, leur faisceau apparaissant et disparaissant entre les virages, les pentes et les montées, s'approchant de lui peu à peu. Ce n'était jamais une autre voiture, il n'y avait pas d'erreur ce ne pouvait être que la sienne puisqu'il avait senti que c'était la sienne, et elle folle de joie de le retrouver, et lui sombre en l'accueillant parce qu'il n'avait que cette rage muette de l'avoir trop attendue à étaler devant elle pour qu'elle sache exactement à quel point elle lui avait manqué et à quel point lui, le reclus de San Felice Circeo, il aimait sa louve romaine comme elle l'aimait elle-même. Voilà ce que j'ai entendu de Luca Magnani ce jour-là et je ne me souviens plus du reste.

Je ne l'ai pas revu, je n'ai pas eu de nouvelles de lui et je n'ai pas tenté d'en avoir, je ne sais pas ce qu'il est devenu. On m'a seulement raconté qu'il a voulu que sa mère repose enfin à San Felice Circeo. Quinze ans après ses obsèques à Rome, au milieu d'une foule gigantesque accourue de toute l'Italie pour l'applaudir une dernière fois, c'était encore la famille Rossellini qui abritait sa dépouille, la municipalité ayant été incapable de tenir l'engagement de lui trouver une sépulture convenable ; il a donc fait reconstruire une chapelle ancienne pour l'accueillir chez eux, dans le petit cimetière du village qui donne sur la mer et il a demandé que l'on y inscrive, en lettres d'or, « À ma mère Anna Magnani qui s'est battue et m'a protégé avec la sagesse de la prudence » ; il y a aussi la date de sa mort, le 26 septembre 1973, comme si elle avait toujours été là dans cette chapelle et que la longue escale à Rome n'avait été qu'un exil qui les aurait arrachés l'un à l'autre et qu'il convenait d'effacer.

Une des fenêtres ouvre à l'est, vers le soleil levant ; selon Homère, Circé guettait chaque matin l'apparition du soleil, à l'affût des marins doublant le cap de Gaète aux premières lueurs de l'aube, victimes désignées qui succomberaient à ses maléfices ; et lui-même avait surpris si souvent sa mère sur la terrasse de la maison observant en silence la naissance du jour, mais pour elle ce n'était pas dans le même but, elle espérait la promesse quotidienne du renouveau.

J'ai découpé plusieurs photos dans un livre, elle et lui ensemble ; elle qui ne change presque pas et lui à divers âges, bébé, enfant, adolescent, jeune homme. On pourrait se contenter de les regarder au lieu de raconter toutes ces histoires. La seule où il sourit a été prise à San Felice Circeo un jour de plein été. Il doit avoir quinze ans et elle pas loin de cinquante. On ne voit que leurs visages et leurs épaules nues, ils sortent de l'eau, ils sont encore mouillés, ils sont collés l'un contre l'autre. Son sourire est celui d'un garçon plein d'expérience, de confiance et de gaieté et elle qui le recouvre un peu dans un geste familier de tendresse maternelle exsude la joie d'être avec lui. Une image que l'on encadre pour la garder dans sa chambre et peut-être l'a-t-il encore dans la sienne. Le photographe est inconnu et si ce n'était pas un ami très proche il aurait mérité de le devenir car il est impossible de ne pas les trouver irrésistibles. La photo la moins ancienne a été prise trois ou quatre ans plus tard, au temps de Noël, on aperçoit le sapin illuminé et ils sont habillés comme pour le réveillon. C'est une photo étrange qui a été prise certainement à l'improviste, à la fin d'une dispute. Il est au premier plan, le visage fermé tel que je l'ai connu, il tourne le dos à sa mère, et il regarde un peu de côté. On a l'impression qu'il boude, qu'il garde quelque chose pour lui qu'il ne veut pas lui dire. Elle se tient à l'arrière, un peu floue, elle a les yeux fixés dans sa direction et elle tend le bras pour le toucher et le retenir ; c'est un geste décidé mais qui exprime le regret, l'élan pour se réconcilier. On voit bien qu'il l'attend ; elle s'approche, il va tourner la tête vers elle et lui dire enfin ce qu'il a sur le cœur, elle va le prendre dans ses bras et lui murmurer doucement que ce n'est pas la peine et qu'elle le savait déjà. C'est vraiment l'affaire d'un instant, dans un film ce serait le même plan. J'ai rangé cette photo avec les autres, dans mon album de famille, mais c'est vers celle-là que je reviens le plus souvent, elle montre peut-être encore mieux que celle de San Felice Circeo la qualité et la force inouïes du lien qui les attachait l'un à l'autre, tel que même la mort n'aura pu parvenir à le déchirer. Et au fond je sais maintenant que si j'ai eu tellement envie d'aimer Luca Magnani, durant quelques semaines il y a bien longtemps, ce fut pour l'amour qu'il portait à sa mère.

L'ombre du père

Avec l'aimable autorisation d'Olivier Barrot
et du magazine *Senso*

Confessions

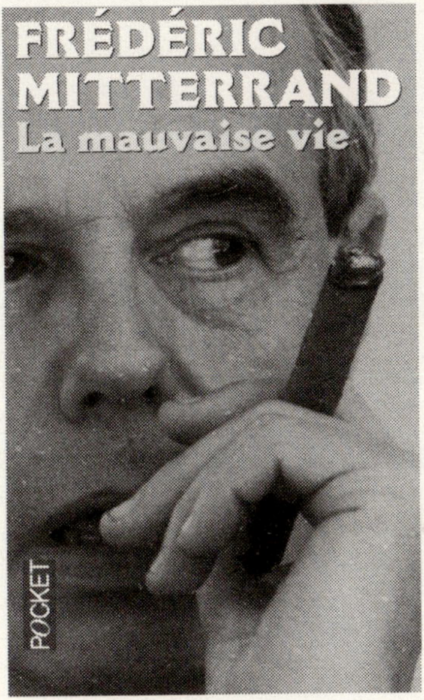

(Pocket n° 12814)

Fragments de la vie d'un personnage ressemblant singulièrement à Frédéric Mitterrand, confessions mélancoliques aux accents déchirants d'un homme qui ne veut plus se mentir. Cet homme se penche sur son passé, une vie bien différente de ce que laisse supposer sa notoriété. On aurait pu y lire une divulgation de sa part d'ombre, mais cette « mauvaise vie » qu'il décrit est la seule qu'il a connue. Une vie marquée par la peine et la nostalgie du bonheur…

Impression réalisée par

CPI
Brodard & Taupin

55030 – La Flèche (Sarthe), le 15-10-2009
Dépôt légal : mars 2008
Suite du premier tirage : octobre 2009

POCKET – 12, avenue d'Italie - 75627 Paris cedex 13

Imprimé en France